D1925542

rororo

rororo

Zu diesem Buch

Alberto Manguel, geboren 1948 in Buenos Aires, ist in England aufgewachsen. In mehreren Sprachen zu Hause, wirkte er u. a. in Buenos Aires, Paris, London, Mailand und Toronto als Verlagslektor und Literaturdozent, übersetzte zahlreiche Bücher und ist Herausgeber von Anthologien und Kurzgeschichten. «Im siebten Kreis» ist sein erster Roman. Er lebt vorwiegend in Toronto und Paris und ist seit 1988 kanadischer Staatsbürger. Als *rowohlt paperback* erschien 1999 «Eine Geschichte des Lesens» (*taz*: «Ein Buch, das man unbedingt besitzen muß!»)

Alberto Manguel

Im siebten Kreis

Roman

Deutsch von
Chris Hirte

Rowohlt Taschenbuch Verlag

Die kanadische Originalausgabe erschien 1991 unter dem Titel
«News from a foreign country came»
bei Random House of Canada Limited, Toronto
Umschlaggestaltung C. Günther / W. Hellmann
(Foto: photonica)

Veröffentlicht im Rowohlt Taschenbuch Verlag GmbH,
Reinbek bei Hamburg, November 1999

Gesamtherstellung Clausen & Bosse, Leck
Printed in Germany
ISBN 3 499 22599 9

Animula vagula blandula
sanfte, flüchtige Seele

Für Robert Read

Und er zu mir: »Du weißt, der Ort ist rund;
Und bist du auch sehr weit schon vorgedrungen,
Zur Linken stets, beim Abstieg zu dem Grund,

So ist der Kreis dir noch nicht ganz gelungen;
Drum, kommt dir etwas Neues noch entgegen,
Sei dein Gesicht von Staunen unbezwungen.«

Dante, Die Göttliche Komödie, Hölle, XIV. Gesang
Übertragen von Wilhelm G. Hertz

Gedanken nach einem Gespräch

Rotes Blut aus den roten Kiemen der Seehasen dörrt
auf dem sonnendurchglühten Kai. Und wahr scheint uns:
Leicht auszudenken alles, was das Herz begehrt,
die meisten Menschen foltern keine Kinder. Doch manche tun's.

Leicht mag man sich auch weise dünken, wie der Mensch es liebt,
auf seine unduldbare Art, wenn ihn der Ehrgeiz sticht.
Die Möwe, sagtest du, stieß nieder auf den Strand, mit einem Hieb
hackt sie dem Lachs das Auge aus. Mein Freund, dich drängt es nicht,

mit gleicher Münze heimzuzahlen, auch nicht der Stolz.
Unmenschlichkeit scheint manchmal uns von Gott gewollt.
Doch wer mag uns als Wesen denken, die das Göttliche verhöhnen
und es grausam dem entgelten, der uns Liebe zollt?

Richard Outram

Hier

Aus ihrem Fenster konnte sie auf den Strand hinabsehen, aber er erschien ihr unerreichbar, als wären die See, der Sand und die Felsen nur Bilder einer Ansichtskarte. Undenkbar, sich wie ein Vogel fallen zu lassen, wie ein Apfelgriebs; ihr blieb nur der Rückzug ins Haus, in die kühle Dunkelheit der Diele. Erst mußte sie am Zimmer ihrer Eltern vorbei, dann behutsam die Holztreppe hinabsteigen und dabei die knarrende Stufe vermeiden, danach das Wohnzimmer umschleichen, wo Monsieur Clive saß und las, und schließlich die Küche mit Rebecca, dem Dienstmädchen, hinter sich bringen.

Aber vielleicht hatte sie Glück. Vielleicht unterhielt sich Rebecca gerade mit jemandem und hatte die Küchentür geschlossen. Vielleicht waren die Eltern weggegangen. Vielleicht war Monsieur Clive eingeschlafen.

Das Schlafzimmer der Eltern schien leer zu sein. Ihr Blick fiel auf den großen Schaukelstuhl der Mutter mit den ausladenden Armlehnen, dann auf eine Ecke der Eichenkommode ihres Vaters. Für einen Moment fühlte sie sich sicher. Auf Zehenspitzen schlich sie die Treppe hinab und hielt sich am kalten Geländer fest.

»*Bonjour.* Gib mir einen Gutenmorgenkuß!«

Monsieur Clive stand am Fenster und schaute, mit dem Rücken zu ihr, in den Garten hinaus. Er steckte die weißen, sommersprossigen Hände in die Taschen und beugte sich seitlich zu ihr herab, um sie zu küssen. Sie drehte den Mund weg, und seine Lippen streiften ihre Wange.

»Der Baum stirbt.«

Sie schaute aus dem Fenster.

»Der Baum stirbt. Siehst du?«

Mitten auf dem Rasen erhob sich ein schwarzes Gewirr von Ästen und Zweigen, mit dichtem Laub besetzt. Hinter dem Baum, durchkreuzt vom Gitterzaun, konnte sie einen Zipfel Strand erblicken und dahinter ein kleines weißes Boot auf dem Meer.

»Das ist ein Wildkirschenbaum. Aber er trägt jetzt keine Kirschen.«

Monsieur Clive legte die linke Hand auf ihre bloße Schulter. Mit dem Zeigefinger tupfte er gegen ihr Ohrläppchen.

»Schau genau hin. Siehst du die Ansammlungen der kleinen schwarzen Körnchen in den Gespinsten dort, direkt in den Astgabeln?«

Als hätte eine Spinne ihr Nest zu hastig gesponnen und hundert schwarze Fliegen dort verstaut, dachte sie.

»Wir nennen sie *limaces d'été*, Sommerschnecken. Englisch heißen sie Zeltraupen. Weiche, gefräßige Kreaturen. Früher hat man Bilder gemalt, wie sie aus dem menschlichen Körper gekrochen kommen, zur Erinnerung, daß sie die wahren Herren der Erde sind.«

Sie entzog sich ihm, doch er nahm sie bei der Hand und hielt sie fest. »*Viens voir.*«

Sie gingen in den Garten hinaus.

Monsieur Clive zog eine Streichholzschachtel aus der Manteltasche. »Paß genau auf.«

Er zündete ein Streichholz an, und das kleine Boot in

der Ferne flimmerte in der erhitzten Luft. Die Flamme fraß sich in das Gespinst. Das Loch weitete sich wie ein erstaunter Mund, und ein paar winzige schwarze Raupen fielen aus den schrundigen Lippen. Sie versuchten an den flatternden Fetzen Halt zu finden und stürzten sanft zu Boden. Monsieur Clive zündete ein zweites Streichholz an. Ein weiteres Loch, größer als das erste, klaffte in der bauchigen Mitte des Gespinstes auf. Fetzen grauer Haut hingen schlaff von den Zweigen, und jetzt fielen die Raupen in Massen aus der Öffnung. Lautlos, geblendet von einem verzehrenden Licht, klammerten sie sich mit dem ganzen Körper an die Spinnfäden und versuchten sich durch Dunkelheit abzuschirmen. Ein drittes Streichholz zischte mit einer Stichflamme auf, blau vor dem Hintergrund der Äste, die Flamme verschlang etliche der Insekten. Andere krochen mit ungeheurer Anstrengung den Baum hinauf, aber eine vierte Flamme ereilte sie, bevor sie in Sicherheit waren. Ein paar Raupen ringelten sich zu Füßen des Mädchens.

Monsieur Clive hatte ihre Hand losgelassen. Er kniete neben dem Baum und zerdrückte die Raupenleichen sorgfältig mit einem Stock. Sie ging von ihm fort, zur Allee. Er rief sie nicht zurück.

Am Ende der Allee war das Einfahrtstor und dann, zur Rechten, der Chemin de la Plage. Rebecca stand draußen vor dem Tor bei Josie Dunkelmeyer. *Rebecca sieht aus wie eins von den Mädchen aus dem Indianerreservat*, hatte Mrs. Dunkelmeyer in der Kirche zu ihrem Vater gesagt, *ihr Haar ist zu lang, und ihre Zähne sind ganz gelb*. Mrs. Dunkelmeyer hatte blendendweiße Zähne, die falsch waren und manchmal klapperten, wenn sie zu schnell sprach.

Rebecca sagte in stockendem Französisch: »Er will mit dir zum Strand gehen. Und ich habe dir gesagt, du sollst den Badeanzug anziehen, wenn du baden gehst. Ein zehnjähriges Mädchen sollte wissen, daß es einen Badeanzug tragen muß, wenn es baden geht.«

Josie streifte die Blätter von den niedrig hängenden Ahornzweigen. Er zog die Zweige durch die Hand und ließ sie kahl zurückschnellen.

»Hör auf damit. Du tust dem Baum weh.«

Josie angelte sich einen neuen Zweig. Rebecca zerrte ihn beiseite, doch Josie riß noch einmal an den Zweigen und rannte davon, den Weg hinunter. Rebecca seufzte verärgert und klatschte sich mit ihrer häßlich roten Hand auf den geblümten Rock. Ihre Stimme wurde sanfter: »Du paßt ein bißchen auf ihn auf, ja?«

Keine Antwort.

»Ich bringe euch dann ein Stück Kuchen, für jeden eins. Ihr könnt ihn unter dem Felsen essen. Wär das nicht schön?«

Nicht weil sie Rebecca gehorchen, sondern weil sie ihrer weinerlichen Stimme entkommen wollte, folgte sie Josie den Pfad hinab.

Rebecca rief ihr nach: »Ich komme bald, gib auf dich acht.«

Dann war sie verschwunden.

Nun lag der ganze Strand vor ihr; er wand sich um den großen Felsen herum und war durch ein Schild gekennzeichnet, auf dem in leuchtendroten Lettern PLAGE stand. Vom G war ein wenig Farbe heruntergetropft. Sie kratzte mit dem Fingernagel einen der Tropfen ab. Es sah aus, als hätte sie sich geschnitten.

Von dort, wo sie stand, sah sie Josie über die mit Seetang

bekränzten Wasserlöcher im Felsen springen, dann über den Kiesstreifen bis zu der Stelle, wo die Flut den Weg zum Felsen zweimal täglich verengte. Er wirkte lachhaft winzig vor der riesigen, grauen Masse aus Stein.

Ich will nicht mit ihm spielen, dachte sie. Sie überlegte, wann Matthieu, der in ihrem Alter war, aus dem Lager zurückkommen würde. Mit Matthieu konnte sie reden. Jedenfalls manchmal.

Ein paar Touristen waren da, sammelten Muscheln und stocherten im seichten grünen Wasser. Ein dicker Mann mit weißer Badekappe hatte sein Fernglas auf die Vögel gerichtet, die in einer Spirale kreisten, als würden sie von einem riesigen Strudel verschlungen. Der Mann senkte das Fernglas zu der bogenförmigen Aushöhlung, die den Felsen durchlöcherte und ihn berühmt machte. »Eine Brücke ins Nichts« hatte ihr Vater sie genannt. Josie winkte und ließ sich ins Wasser klatschen. Er schien ihr etwas zuzurufen, aber er war zu weit weg, und außerdem verschluckten die Vogelschreie, vermischt mit dem Rauschen und dem Krachen der Wellen, fast jedes andere Geräusch.

Sie setzte sich auf einen flachen Stein und zog die Schuhe aus. Wieder sah sie die toten Raupen vor sich. Sie versuchte sich die Tiere vorzustellen, die einst in den zu Sand zermahlenen Muscheln gelebt hatten, die Kreaturen, deren Skelette, in zahllose Krümel zerfallen, nun sanft durch ihre Zehen rannen. Einmal, als sie auf ebendiesem Stein gesessen hatte, war ihr Vater bei ihr gewesen und hatte ihr die drei klassischen Unmöglichkeiten aufgezählt. Die erste war, das Gesicht des Windes festzuhalten, die zweite, ein Seil aus Sand zu flechten. An die dritte konnte sie sich nicht erinnern. Sie griff sich eine Handvoll Sand und ließ ihn durch ihre Finger rieseln. Totes Gebein.

Ihre Mutter kam nie herunter an den Strand. Sie malte sich aus, wie die Mutter mit ihrem enormen Gewicht versuchte, den steilen Pfad voller Steine und Wurzeln zur See hinabzuklettern. Daß ihre Mutter so beleibt war, hatte sie nie komisch gefunden, wie es die anderen taten – die Nachbarskinder, Josie und die Dame aus Grande Rivière, die Rebecca beim Bügeln und beim Französischlernen half und die sie hinterm Küchenfenster hatte kichern sehen, als ihre Mutter sich schwerfällig durch den Garten schleppte. In der hintersten Gartenecke stand eine grüngestrichene Bank aus Gußeisen, auf der ihre Mutter sich manchmal niederließ, wenn es draußen kühl und doch hell genug war, um in einem abgegriffenen französischen Roman zu lesen oder lautlos zu stricken. Ein- oder zweimal hatte sie Rebecca neben ihrer Mutter auf der Bank sitzen sehen, wo sie hastig auf sie einflüsterte. *Als ob sie vermeiden wollte, daß etwas oder jemand erwacht*, erinnerte sie sich.

Manchmal saß ihr Vater auf dieser Bank und rauchte seine Gitanes, aber er zog das rauhere Wetter vor. Anscheinend machte ihm die Kälte oder die Hitze überhaupt nichts aus, er konnte in der heißen Mittagssonne des August oder an den kalten Abenden Ende Mai dort sitzen, ein großer alter Mann, irgendwie in jeder Jahreszeit fehl am Platz, immer mit einem Buch und einem Bleistift in den Händen. Er schrieb beim Lesen auf die Ränder, und sie hatte in der Bibliothek ganze Seiten voller säuberlich hingemalter Buchstaben und Unterstreichungen gesehen, auch ganze Sätze in einer hübschen, runden Schreibschrift, die sie vergeblich nachzumachen versucht hatte. Sie dachte: *Ich weiß nicht, wie die Handschrift meiner Mutter aussieht.*

Sie bohrte die Zehen in den warmen Sand, zehn rosa Tierchen, die sich ihre Höhlen bauten. Würde sie einmal so werden wie ihre Mutter? Rebecca hatte das verneint: niemals. Ihr Knochenbau sei ganz anders und auch die Form ihres Gesichts. Sie sei zu zierlich, ihre Wangen zu hohl, ihre Augen zu groß, ihr Haar zu hell, und ihre Mutter sei schon, bevor sie so dick wurde, eine große, kräftige Frau gewesen.

In einem anderen, weit entfernten Haus sah sie ihre Mutter umhergehen wie in einem Zerrspiegel, langgestreckt von Kopf bis Fuß, ihre Bewegungen flink, ihre Stimme glockenhell. In ihrer Erinnerung stieg der Geruch von Bohnerwachs von den Dielen auf, und die starken, noch nicht erschlafften Arme der Mutter reichten zu ihr herab und hoben sie hoch, bis das Gesicht, das auf sie zukam, um sie zu küssen, plötzlich zerriß wie ein Wasserspiegel im Regen.

Trotz Rebeccas Verneinung hatte sie sich ein paarmal vorgestellt, so auszusehen wie ihre Mutter: massig und rund und voller Grübchen, mit tiefliegenden, kleinen Augen in einem weißen Gesicht, mit einem kleinen, traurigen Mund, der sich fast niemals öffnete, mit noch schwarzem Haar, das am Hinterkopf zu einem Knoten geflochten war. So hatte sie sich selbst gesehen und dann versucht, mit schweren Schritten zu gehen und mit demonstrativer Gewichtigkeit im Schaukelstuhl ihrer Mutter zu sitzen und sich nach vorn und nach hinten zu bewegen, nach vorn und nach hinten. Eines Nachmittags, als sie mit aufgeblasenen Wangen und zurückgekämmten Haaren im Schaukelstuhl vor sich hin wippte, hatte sie die Mutter in der Tür stehen und herüberschauen sehen. Sie hatte erklären wollen: *Ich will dich nicht verulken*, doch es war schon zu spät gewesen. Die Mutter war wieder gegangen, aus dem Türrahmen verschwunden.

Josie winkte, wahrscheinlich wollte er sie herbeirufen. Sie reagierte nicht darauf. Eine Gruppe von Frauen trottete am Strand entlang, die Röcke bauschten sich im Wind. Eine Welle krachte. Sie wartete auf die nächste. Rauschen. Krachen. Rauschen. Der Mann mit der weißen Badekappe war nicht mehr zu sehen. Jemand anders, ein Junge, hielt nun das Fernglas auf die Vögel gerichtet. Jetzt verschwand auch Josie. Ein Mädchen rannte an ihr vorbei, wirbelte ihr Sand ins Gesicht. Die weiße Badekappe tauchte auf einem Wellenkamm auf und verschwand wieder. Vielleicht würde ihr der Junge das Fernglas leihen. Sie wollte die Felsspitze, auf der die Vögel zu Hunderten nisteten, genau betrachten. Sie würde warten, bis Josie wiederkam. Der konnte den Jungen um das Fernglas bitten, er war nicht schüchtern.

Unter den Wellen würde es dunkel sein. Sehr dunkel und sehr still, lautlose Wörter. Vor langer Zeit, in dem weit entfernten Haus, hatte sie in einer Kinderzeitschrift ein Bild gesehen, fliegende Fische, die aus dem Wasser sprangen – direkt in die aufgesperrten Schnäbel riesiger Möwen, in der Ferne ein winziger Dampfer und darunter, auf einer Fläche, die drei Viertel der Seite füllte, die schwarzgrüne Tiefe, wo lüsterne Haie auf die Fische lauerten, wenn sie wieder ins Wasser eintauchten. Sie sah die Fische geblendet vom Abendlicht zurück ins Wasser schießen, gepackt und in glitschigen Seetang gezerrt von Zähnen, die auf dem Bild – weil die Farben beim Drucken verrutscht waren, wie ihr der Vater erklärte – gelb und violett umrandet waren. Tief, dunkel und still. *Das grausame Schicksal der fliegenden Fische* hieß das Bild, hatte ihr Vater gesagt.

Sie sah Josie, der mit erhobenen Armen aus dem Wasser

gerannt kam, eine scharfe Kehrtwendung machte und sich wieder hineinstürzte. *Idiot*, sagte sie verärgert. Sie würde auf das Fernglas warten müssen. Der Mann mit der weißen Badekappe war aus dem Wasser gekommen und trocknete sich mit einem roten Badetuch ab.

»Ana!«

Den Klang ihres Namens hatte sie nie gemocht.

»Ana!«

Rebecca kam den Pfad herab mit einem Mann, den Ana nie zuvor gesehen hatte. Noch einer von Rebeccas Freunden. Rebeccas Brüste hüpften, während sie von Stein zu Stein sprang.

»Ana!«

»Ja doch!«

»Wo ist Josie?«

»Im Wasser.«

»Ist es nicht zu kalt?«

Ana zuckte die Schultern.

»Das ist Tulio.«

Der Mann lächelte. Vorn hatte er eine Zahnlücke. Seine Haut war dunkler als die von Rebecca. Er sagte etwas auf spanisch, was Ana nicht verstand. Drei Jahre zuvor, als sie nach Quebec gezogen waren und Ana zur Schule gekommen war, hatte sie eine Frage auf spanisch gestellt. Die Worte schwebten lange in der kalten Luft, und die Klasse hatte gelacht. Der Lehrer hatte ihr erklärt, daß sie in der Schule nur Französisch sprechen dürfe. Und Ana hatte sich geschworen, daß sie fortan und für ihr ganzes Leben nie wieder ein Wort Spanisch sprechen würde.

Ausgenommen die Zahlen.

Zahlen hatten Zauberkraft.

Der Mann, der sich Tulio nannte, wollte Ana die Hand

schütteln. Seine Fingernägel hatten schwarze Ränder. Ana streckte die Hand aus, griff aber statt dessen zum Kuchenstück, das Rebecca ihr hinhielt. Biskuitteig mit Milchkrem.

»Geh und rufe Josie. Ich habe auch ein Stück für ihn.«

Ana erhob sich mit gekreuzten Beinen aus dem Schneidersitz, machte einen Hüpfer und rannte hinab ans Ufer.

»Josie! Joooosie!«

Nichts als Schaum auf den Wellen. *Weiße Pferde, grüne Reiter.* Kein Kopf, keine Arme.

»Joooosie!«

Rebecca und ihr Freund kamen heran.

»Ist Josie schon fort? Hast du ihn weggehen sehen?«

Die Gruppe der Frauen schaute herüber. Sie hoben die Hände zur Stirn, um die Augen vorm Wind zu schützen.

Rauschen. Krachen.

Rebecca rannte auf den Felsen zu. Tulio folgte ihr.

»Joooosie! Joooosie!«

Eine der Frauen fragte Ana auf französisch, ob etwas passiert sei.

Ana schüttelte den Kopf.

Tulio streifte die Schuhe ab und stürzte sich ins Wasser. Eine gewaltige Woge begrub ihn unter sich, aber es gelang ihm, den Kopf herauszustrecken und weiterzuschwimmen. Er sieht aus wie ein Monster in einem Horrorfilm, dachte Ana, das Haar klebte ihm an der Stirn, das Hemd am Körper.

»Joooosie!«

Verschiedene andere Leute standen jetzt im nassen Ufersand und blickten aufs Meer hinaus. Der Mann mit dem roten Badetuch war da, die Frauen, ein paar Kinder.

Sechs oder sieben Vögel schwebten über ihnen und landeten in ein paar Metern Entfernung. Sie watschelten unbeteiligt umher.

Rebecca schrie Tulio auf spanisch an. Trotz ihres Schwurs verstand Ana ein paar Wörter.

Uno, dos, tres, cuatro, cinco ...

Ein Schrei über den Wellen. Die Leute bildeten eine Gasse. Tulio tauchte auf. Er trug Josies schlaffen Körper auf den Armen und kämpfte sich durch das Wasser an Land. Der dicke Mann breitete sein Badetuch über Josie, und Rebecca bemerkte plötzlich, daß sie Josies Kuchenstück noch immer in der Hand hielt. Sie warf die aufgeweichte Masse den Vögeln zu.

Vogelgequarre.

Beschwörende und klagende Stimmen.

Rauschen. Krachen. Rauschen.

Rebecca drückte Anas Kopf an ihre nasse Hüfte.

»O Ana, Ana. Hast du nichts gesehen? Hast du denn nichts gesehen?«

Tulio legte Josie in den Sand und hüllte ihn in das Tuch. Eine Faser Seetang klebte an Josies rechter Augenbraue. Ana wollte, daß jemand sie bemerkte und abwischte. Sie löste sich aus Rebeccas Umarmung.

»Die Strömung. Viel zu stark für ein Kind«, erklärte eine ältere Frau. »Hätte er wissen müssen.«

Tulio beugte sich über Josie, als wollte er seine Lippen küssen. Mit einer Hand zog er Josies Kinn nach unten, mit der anderen hielt er ihm die Nase zu. Dann pustete er. Josies Brust hob sich ein wenig und senkte sich wieder.

Ein blonder Junge, den Ana noch nie gesehen hatte, kam angerannt. »Ich habe telefoniert. *L'ambulance arrive.*«

Tulio beatmete ihn weiter. Die Leute tuschelten und brüllten. Rebecca hielt Josies Hand und gab leise, wimmernde Laute von sich. Der Mann mit der Badekappe legte Ana die Hand auf die Schulter. Eine schrille Sirene übertönte das Geschrei der Vögel, der blonde Junge zeigte den Pfad hinauf, den die Sanitäter mit einer Trage herabgeeilt kamen. Eine der Frauen küßte Ana auf die Wange und drückte sie an die Brust, die nach Kokosöl roch. Eine graue Seemöwe, die neben Ana im Sand pickte, machte einen Satz und flog auf, dann kam sie zurück, als wäre nichts geschehen. Die ganze Versammlung, Röcke, Handtücher und Badeanzüge, folgte den Männern, die Josie auf der Bahre trugen. Sein Gesicht war feucht und weiß, und die Stimmen hinter ihm sagten immerzu *noyé, noyé, mort noyé*, während die Nußöl-Frau Ana an der Hand führte, mit ihr durch die zermahlenen Muscheln stapfte, vorbei an dem Schild mit der Aufschrift CHEMIN DE LA PLAGE, den Pfad mit den Steinen und Wurzeln hinauf. Durch den Wind und die Stimmen und das Schreien und Rufen der Vögel hörte sie noch einmal, stetig wie das Ticken einer Uhr, den Wellenschlag und ließ sich fortziehen. Krachen und Rauschen und dann wieder Krachen.

Rauschen. Krachen.

Krachen.

Ana rannte in das Zimmer ihrer Mutter, weil sie in die Arme genommen werden wollte. Auf dem Weg ins Haus stellte Monsieur Clive ihr eine Frage, aber sie schaute sich nicht einmal um. Die riesigen weißen Arme der Mutter sollten sich wie Flügel über ihr ausbreiten, sie umhüllen und das Licht fernhalten. *Flügel aus Brot*, dachte sie, und es fielen ihr die Weihnachtsengel aus Teig ein, deren Zubereitung Rebecca ihr beigebracht hatte. Aber als sie die Tür zum Schlafzimmer ihrer Eltern öffnete, saß die Mutter im Schaukelstuhl und starrte auf ihr Strickzeug nieder. Ihre Arme mit der schlaffen Runzelhaut der Ellbogen hoben und senkten sich langsam und umschlossen das Wollnest in ihrem Schoß, auf das Ana keinen Anspruch hatte. Die Arme würden sich nicht öffnen.

»Ich setze mich hier hin«, sagte Ana und zeigte auf die bestickte Fußbank. Sie wartete.

»Du weißt, daß Josie ...?«

Ein Nicken.

»Ich möchte dir sagen, daß es mir leid tut.«

Sie spürte, daß es die falschen Worte waren. *Man sagt nicht, es tut mir leid, man sagt, ich bedaure,* verbesserte ihr Vater sie manchmal. Bedauern für was? Die Flügel des großen Vogels hoben und senkten sich, die Augen waren auf die klappernden Nadeln gerichtet. Eins, zwei. Eins, zwei.

»Ich habe Angst.«

Ein unverständliches Murmeln.

»Sie haben ihn weggebracht. Hast du gesehen, wie sie ihn weggebracht haben?«

Klicken.

Rebecca brachte sie manchmal zum Sprechen. Würde sie es auch schaffen?

»Hast du Angst?«

Klicken, Klicken. Eins, zwei.

»Er ist ertrunken.«

Ertrunken. Ein schwieriges Wort. Es klebt in der Kehle. *Gesunken, versunken, ertrunken.*

Eine alte Erinnerung an ihre Mutter, wie sie sich flink durch einen Raum bewegte, sich zu ihr umdrehte und sie mit anderen Augen anlächelte, blitzte auf und verlosch wieder.

Der große weiße Vogel klappte weiter mit den Flügeln.

»Als Mrs. Dunkelmeyer aus dem Auto stieg, hatte sie Pakete in der Hand. Sie hat Sachen für Josie in Sainte-Thérèse gekauft.«

Der Vogel erhob sich. Die Arme wuchsen in die Länge, das schlaffe Fleisch wurde immer dünner, bis es sich in einen Gazevorhang verwandelte, wie er an den Fenstern des Eßzimmers wehte. Das weiße runde Gesicht wurde schmaler, die eingesunkenen Augen sanken noch tiefer, und mit einem Schrei bewegte sich die bebende Masse vorwärts. Das Zimmer verwandelte sich in die See, die Tapeten waren das Wasser. Es wurde grau, als hätten sich dicke Sturmwolken vor die Sonne geschoben, und in seinem Goldrahmen schickte ein kleiner Dampfer seinen Rauch über den Horizont. Der riesige Seevogel tauchte in die soeben aufgeklaffte kalte Tiefe ein – und klappte und klapperte weiter mit den Flügeln –, und für einen winzigen Augenblick sah er auf Ana nieder und sprach: »Keiner ertrinkt jemals, keiner ertrinkt jemals, keiner ertrinkt jemals.«

In ihrem Zimmer weinte Rebecca. Mrs. Dunkelmeyers Gesicht schwebte auf sie zu wie ein grausiger Fisch. Sie, Rebecca, hatte nichts verloren, sagte sie sich, *nichts, was mir gehörte, ist verloren.* Aber die eigene Stimme beruhigte sie nicht. Josie lag da, wie Luisito dagelegen hatte, in jenem Sarg, der wie ein Spielzeug wirkte.

Vor fünf, sechs Jahren, in einem niedrigen gekalkten Vorstadthaus von Buenos Aires, waren die Nachbarn schweigend durch die verdunkelten Räume gegangen und hatten ihrer Schwester mitfühlend die Hand auf die Schulter gelegt. Ihre Schwester, entstellt vom Schmerz, saß über den Holzrahmen des Sarges gebeugt, der weiß gestrichen war wie der Blumenkasten in einem Puppenhaus.

Hätte ich nur nicht, hätte ich nur nicht, hätte ich nur nicht, wiederholte ihre Schwester wie eine Litanei. »Hätte ich Elbio nur nicht zurückgerufen, hätte ich nur nicht so sehr mit Papa geschimpft, hätte ich nur Luisito mit seinem Onkel fortgeschickt, wären wir nur losgegangen, als El Negro es uns sagte.« Für ihren Mann gab es keine Aufbahrung. Sie hatten ihn abgeholt in einem schwarzen Ford Falcon (sagten die Nachbarn), er hatte geblutet (sagten sie) und nach seiner Frau gerufen. *Nichts zu machen. So ist es nun einmal. So ein Unglück, Señora, so ein Unglück.* Nein (sagten die Nachbarn), die Gesichter der Männer haben wir nicht gesehen. Bitte, ersparen Sie uns eine Aussage (sagten sie), was können wir schon sagen? Wir haben nichts gesehen, nichts Genaues gesehen.

Sie, Rebecca, war mit ihrer Schwester zurück ins Zimmer gegangen und hatte versucht, sie von Luisito wegzuführen. Die Schwester hatte die Hände in Rebeccas Arme gekrallt und schmale Kratzspuren hinterlassen. Und die Nachbarn: »Er wollte sie daran hindern, daß sie seinen Vater abholten. Kaum acht Jahre alt, der kleine Mann, und so tapfer, Señora Eulalia, so tapfer. Was können wir schon sagen?« Eulalias Hände erschlafften und lagen wie tot in Rebeccas Händen.

Die Nachbarn richteten die Totenwache aus, kleideten Luisito in seinen Erstkommunionsanzug und arrangierten die Blumen. Ihre Cousine Lorenza erschien mit ihrem Mann und El Negros jüngerem Bruder. Der Polizist, der ein paar Häuser weiter wohnte, kam mit seiner Frau am Arm, aber die Nachbarn ließen ihn nicht ein. Sie sagten nichts und taten nichts. Sie standen nur im Eingang, Schulter an Schulter, und rührten sich nicht. Er bat um Einlaß, sagte »Entschuldigen Sie bitte«, wurde lauter. Schließlich ging er wieder.

Eulalia aß nicht und trank nicht. Sie wollte nur wissen: »Haben sie meinen Luisito geschlagen? Haben sie ihn beiseite gestoßen, daß ihm der Schädel am Türrahmen aufgeplatzt ist? Sie haben mich festgehalten, ich konnte nichts sehen – sagt es mir! Haben sie Luisito mit Absicht geschlagen? Haben sie das getan?«

»Sch-sch. Fragen bringt nichts, Eulalia, Fragen bringt nichts.«

»Aber ich will es wissen. Ich muß es wissen.«

Fragen bringt nichts.

Monsieur Clive stand wieder am Wildkirschenbaum, der ganz unverändert schien. Die toten *limaces d'été* waren verschwunden, zu Erde geworden, Asche zu Asche. Geläutert.

Monsieur Clive war Polizist. Sein voller Titel lautete Stabsfeldwebel Maurice Clive, zugeordnet der Abteilung für Sonderermittlungen bei der Sûreté von Quebec, fügte er stets hinzu, doch jeder kannte ihn als Monsieur Clive. Nicht einmal seine Vorgesetzten nannten ihn bei seinem Titel. Er hatte in Frankreich gedient, in der französischen Armee, und in Algerien, doch als sein Haar sich lichtete und seine Untergebenen immer jünger wurden, hatte Monsieur Clives Abenteuerlust nachgelassen und sein Heimweh zugenommen, und so hatte er schließlich vor etwa zwanzig Jahren der Trikolore abgeschworen und war nach Quebec zurückgekehrt. Hier verlangte ihm der Dienst weit weniger ab. Mit einer Sondererlaubnis war er, obwohl schon über fünfunddreißig, in die Sûreté eingetreten und hatte eine Reihe wenig aufregender Fälle übernommen. »Hauptsächlich Papierkrieg«, sagte er immer, wie um sich zu entschuldigen.

Daß er zu dieser Routineermittlung nach Percé geschickt worden war, mißfiel ihm keineswegs. Seine Großmutter war oft nach Percé gefahren, als es die kleinen, trostlosen Motels und die schäbigen Souvenirläden noch nicht gegeben hatte, damals, als einzig das Hôtel de la Plage eine Unterkunft geboten hatte, das sich längst in den Sand zurückverwandelt hatte, aus dem es einst emporgewachsen war. Schon immer hatte Monsieur Clive Ferien in Percé machen wollen.

Monsieur Clives Fingernägel waren schmutzig. Er hatte neben der Gartenbank im Boden gescharrt, an einer Stelle, die ihm wie frisch gegraben vorkam, und einen alten Knochen gefunden. Der Schatz eines Hundes, das Beweisstück für ein Hundeverbrechen. Monsieur Clive angelte in seiner Tasche nach dem Schweizermesser, klappte eine der Klingen aus und begann seine Fingernägel zu reinigen. Kleine graue Halbmonde, wie die Schatten seiner Fingerkuppen, blieben an der Klinge kleben und fielen dann zu Boden.

Monsieur Clive achtete sorgfältig darauf, daß er sich nicht in die Nägel schnitt. Seine Großmutter hatte ihm vor vielen, vielen Jahren erzählt, daß die Seele nach dem Tod, bevor sie Ruhe findet, alle abgeschnittenen Fingernägel einsammeln muß, wo immer sie auch verstreut sein mögen. Monsieur Clive schnitt sich die Fingernägel stets über einer Emaildose, die er vor langer Zeit in Djanet gekauft hatte.

Monsieur Clive langweilte sich. Er hatte sich darauf gefreut, ein paar Wochen mit seinem Freund Antoine Berence zu verbringen, über die alten Zeiten zu plaudern, über Algier, die Tage des Ruhms, als der junge Monsieur Clive den Fußstapfen von Bugeaud und Pélissier gefolgt war, um sein Glück zu machen. Aber seit Monsieur Clives Ankunft in Percé wich Berence ihm aus und brachte dafür Ausreden vor. Nicht, daß sich Monsieur Clive aufdrängen wollte. Daß er sich bei seinem Freund gemeldet hatte, war aus Liebe geschehen, jawohl, aber auch aus Höflichkeit. Er hatte nicht darum gebeten, im Haus von Berence wohnen zu dürfen; Berence selbst hatte ihm ein Zimmer angeboten, nicht gerade überschwenglich, wohl wahr, aber schließlich war Berence nie übertrieben herzlich gewesen.

Konnte man seinen *esprit de combat* einfach verlieren? Berence hielt sich nicht einmal mehr wie ein Soldat, mit hängenden Schultern trottete er umher ... Wenn er doch die Aufmerksamkeit von Berence zurückgewinnen könnte! Wenn Berence doch mit ihm reden würde, ganz offenherzig! *Nun ja*, dachte Monsieur Clive, *ich bin nicht sonderlich belesen, ich habe kein Ohr für Musik und keine Ahnung von Malerei. Er weiß eben nicht, worüber er mit mir reden soll.*

War es die Ehe, die Antoine verändert hatte? Monsieur Clive bedachte lange diese Frage. Zum erstenmal hatte er Madame Berence in Quebec City getroffen. Es war ein Schock gewesen, den er höflich zu verbergen versucht hatte. Antoine Berence, sein Antoine, der unfehlbare Antoine Berence, mit dieser Kreatur verheiratet?

Wie es schien, hatte Antoine sie in Algerien kennengelernt, kurz nach Monsieur Clives Abreise. Redete Antoine etwa mit *ihr* über Kunst, über Literatur?

In den alten Zeiten natürlich, da war alles anders gewesen. Berence hatte sich nur insgeheim für Bücher und

Konzerte interessiert. Kein Herumprotzen mit Bücherregalen. Sein offizielles Interesse hatte den Menschen gegolten. Er hatte Leute mit der Hingabe eines Sammlers beobachtet, eines Insektenforschers, der herausbekommen will, warum ein bestimmter Käfer ausschließlich Schnecken frißt, ein anderer nur Rosenknospen und wieder ein anderer das obszöne Fleisch der Feigen. Und er war sich nicht zu fein, seine Entdeckungen mitzuteilen und Monsieur Clive auf eigentümliche Merkmale, Empfindlichkeiten, Marotten, menschliche Färbungen, Formen und Geräusche hinzuweisen. Anfangs hatte Clive gedacht, er habe einen Mann vor sich, der den Kolonialismus ernst nahm. Berence hatte den Anschein erweckt, als wollte er die Umgebung, in der sie lebten, verstehen. Er hatte Arabisch gelernt. Er hatte sich mit einem verrückten alten Franzosen getroffen, der sich zum Islam bekehrt hatte, und lange Nächte mit ihm in einem ungelüfteten Zimmer der Rue Éloise verbracht. Er hatte mit den Fischern Schach gespielt. Monsieur Clive hatte sich in seiner Gesellschaft wohl gefühlt, und sie waren (wie er zumindest geglaubt hatte) Freunde, Kameraden geworden. *Mon camarade* hier, *mon camarade* dort. So hatte der eine über den anderen gesprochen, bis Berence dem Sergeant-Major Grolier unterstellt wurde, und er, Monsieur Clive, ernsthaft über *La Nouvelle France*, seine Heimat nachdachte. »*Terre de nos aïeux*«, summte Monsieur Clive gedankenvoll.

Monsieur Clive blickte hinüber zum Felsen, der von Vögeln und Vogelkot bedeckt war, und weiter hinaus zur Insel Bonaventure. Er versuchte, einen bestimmten Vogel im Auge zu behalten und seinen Spiralen zu folgen, aber es erwies sich als unmöglich. Er verlor ihn aus dem Blick und hielt sich an einen anderen, dann einen weiteren und wieder einen anderen. Keine Individualität, namenlos, gesichtslos, einer von vielen. Monsieur Clives Messer rutschte ab und schnitt einen winzigen Schnipsel vom Nagel seines linken Zeigefingers. Monsieur Clive stellte sich vor, wie seine Seele in der Gartenerde nach dem fast unsichtbaren Stückchen Fingernagel suchen würde.

Monsieur Antoine Berence saß in dem Zimmer, das ihm auch als Bibliothek diente. Nachts schlief er bei Marianne in dem großen blauen Schlafzimmer, wo er auch jeden Nachmittag von exakt vierzehn bis sechzehn Uhr Mittagschlaf hielt. Aber weitaus die meiste Zeit verbrachte er in der Bibliothek, wenn er in Percé war.

Die Wände waren fast vollständig mit Bücherschränken aus Eichenholz zugestellt, ausgenommen blieb nur eine halbe Wand, die von der Stereoanlage beansprucht wurde, und ein großes Erkerfenster an der Schmalseite des Raums. Das Fenster ging auf die See, auf die Insel Bonaventure in der Ferne und den Felsen, eine abgebrochene Steinbrücke, die bei Ebbe mit dem Festland verbunden war.

Am Fenster stand sein Schreibtisch. Er war versehen mit einer alten, lederumrandeten Schreibunterlage aus Algier, einem Mont-Blanc-Füller mit breiter Feder, einem Stapel Papier mit dem Wasserzeichen eines ruhenden Löwen, einem silbergerahmten Porträt von Berence im Alter von einundzwanzig Jahren, mit flottem Stift gezeichnet und mit *Jean Cocteau 1938* signiert, einem blau-weißen Dubonnet-Aschenbecher, den sein Schwiegervater einst in einem Hotel in Marseille gestohlen hatte, einer Schachtel Gitanes ohne Filter, einem goldenen Feuerzeug mit eingravierten Initialen, die man nur aus einem bestimmten Blickwinkel erkennen konnte, einem Briefbeschwerer aus

Glas, der (wie man ihm versichert hatte) einmal Chateaubriand gehört hatte und den der französische Botschafter in Buenos Aires ihm vor sieben oder acht Jahren zu Weihnachten geschenkt hatte. Die meisten Dinge, an denen er hing, bewahrte er hier in Percé auf und nicht in seinem Haus in Quebec City.

In den Schränken standen englische, französische und spanische Bücher und auch ein paar arabische. An ihrem Zustand und an ihrer Farbe konnte man erkennen, in welcher Sprache sie geschrieben waren. Die arabischen hatten cremefarbene, angeschmutzte Rücken, die spanischen und die französischen waren zerlesen und zeigten die Fäden, mit denen die Bögen gebunden waren, die englischen hatten glänzende Rücken mit auffälligen Beschriftungen und waren größer als die anderen. Unter dem Erkerfenster stand ein Regal mit Wörterbüchern und Lexika sowie einer zweibändigen Weltbeschreibung, die seinem Vater gehört hatte, einem Landarzt aus der Normandie, der kurz nach Berence' Geburt gestorben war und dessen Gesicht in seiner Erinnerung lediglich aus Bärten und Hüten bestand. Dort hing auch eine zerrissene Fotografie, die, wieder zusammengesetzt und unter Glas gebracht, eine Menschenmenge vor einem Fin-de-siècle-Gebäude zeigte und mit *Marianne Berence* signiert war.

Von Büchern eingerahmt hing Dürers Kupferstich *Ritter, Tod und Teufel* an der Wand. Er besaß das Blatt seit seiner Jugend, als er es, noch vor dem Krieg, auf einem Pariser Flohmarkt erstanden hatte. Er hatte es sorgfältig studiert und sich die Linien, die der Künstler mit seinem Stichel gegraben hatte, eingeprägt und auf der Burg im Hintergrund wie in den knorrigen Bäumen, die aus den Felsen am Wegesrand emporsprossen, nach fast unsichtbaren Details geforscht. Er hatte, um sein Gedächtnis zu schärfen, jede einzelne Figur abgezeichnet, den im Hintergrund lauernden Teufel mit seinem dummen Spanielgesicht, den Schweinsohren und Bockshörnern; den Tod, alt und leichenhaft, der eine Sanduhr mit dem Grinsen der Schadenfreude in die Höhe reckt, den Ritter auf seinem stämmigen und munteren Hengst, in eine Rüstung gekleidet, mit Waffen behängt, bedeckt mit einem Kriegerhelm, durch dessen Visier man sein Gesicht sehen kann, schutzlos, glattrasiert und friedfertig – ein gefurchtes und gedankenvolles Gesicht, das Antoine Berence im Lauf der Jahre als sein eigenes zu betrachten sich angewöhnt hatte. *Der ewige Ritter*, der auf fremder Erde für seinen König kämpft, das anonyme Schicksal des Todes und der Verdammnis riskiert und doch, aus Dürers Hand, so einzigartig ist. Zweifellos hatte er einen Namen, ein Heim, eine Vergangenheit, litt er an Zahnschmerzen, war er zerrissen von der Liebe, zog er Ziegenkäse dem aus Kuhmilch bereiteten vor, glaubte er an das Heil seiner Seele und verachtete er seinen Hund. *Gewöhnlicher Lehm*, dachte er, *gewöhnlicher Staub*. Dürers Kupferstich beherrschte den Raum.

Den Eintretenden empfingen zwei große lederne Armsessel, dennoch war dies ein Zimmer zum Alleinsein. Die Aufstellung der Sessel lud nicht zu Gesprächen ein. Ein Interview vielleicht, aber keine Intimität. Ein paarmal war Monsieur Clive hier eingetreten, um zu ihm zu sprechen – *zu* ihm und nicht *mit* ihm. Eine orangefarbene Katze mit langem Fell und weißen Ohrbüscheln lag auf einem der beiden Armsessel. Die Kratzer an der rechten Lehne und am rechten Bein wiesen auf die Eigentümerin hin. Antoine Berence saß im anderen Sessel, er rauchte eine Gitane und balancierte einen weißen Porzellanaschenbecher auf dem Knie. Er las in einem Buch, doch es war nicht das richtige. Er versuchte, sich ein paar Zeilen aus dem Buch ins Gedächtnis zu rufen, das ihm fehlte, um sie mit dem gerade Gelesenen zu vergleichen.

Corporal Tremblay aus der Polizeidirektion Percé hatte ihn fünfzehn Minuten zuvor verlassen, nachdem er ihm, dem angesehenen Bürger von Percé, vom Ertrinken des Dunkelmeyer-Jungen berichtet hatte – *eine schreckliche Tragödie, Sir.* Monsieur Clive hatte sich wichtig getan, und Corporal Tremblay wollte Monsieur Berence versichern, daß er nicht mehr behelligt werden würde – nicht nötig, daß Sie an der Untersuchung teilnehmen, Sir.

Er überlegte, ob er zu den Dunkelmeyers gehen sollte. Er kannte sie kaum, aber Ana hatte gern mit dem Jungen gespielt. *Bindungen*, sagte er, *ein permanenter Verlust*. Die anderen angesehenen Bürger drunten im Ort würden weiter ihren Geschäften nachgehen, kaum berührt von dem Todesfall am Strand. Sie würden zu Abend essen und in der Kühle ihrer Sommerhäuser über Politik diskutieren oder vor ihren Fernsehgeräten sitzen und auf die Nachrichten aus der fernen, bösen Welt warten, die niemals ihren Ort erreichte.

Seit sie vor kaum drei Jahren nach Quebec gezogen waren, seit ihrem ersten Sommer in Percé (er hatte Percé, *»ein Rasiermesser, das aus dem Wasser ragt«*, in André Bretons *Arcane* entdeckt, das er als junger Mann in Frankreich unter den zerklüfteten Felsen von Étretat gelesen hatte), hatte er diese Leute beobachtet, wie etwa ein Ornithologe die Myriaden der Seevögel beobachten würde, die unablässig über der Küste kreisten.

In ihren Augen, so stellte er sich vor, war er einer dieser legendären reichen Müßiggänger aus Frankreich, nur noch übertrumpft von erholungsuchenden Filmstars. Diese Leute muteten ihm gesellschaftliche Verpflichtungen zu, nachbarliche Verbindlichkeiten, Begegnungen mit der Hölle. Aber Ana war so gern am Strand. Und Marianne schien hier glücklicher zu sein als in Quebec City. Wenigstens das.

Die kleinen weißen Pillen des Doktors verhalfen ihr zum Schlaf, und Berence hatte sich dazu gebracht, die massige, träge, weiße Gestalt, die einmal so kräftig und so lebhaft gewesen war, zu lieben. *Das passiert manchmal, wenn Frauen in reiferem Alter noch gebären*, hatte der Arzt in Quebec gesagt. *Eine gewisse Depression befällt sie, auch wenn das Kind schon ein paar Jahre alt ist. Wie der Nebelschleier, der sich nach der unbefleckten Empfängnis über die heilige Anna senkte*, hatte er ein wenig pedantisch hinzugefügt.

Bindungen, wiederholte Berence mit einem Seufzer. Er dachte erneut an die Zeilen, die er suchte, aber heute würde er sie nicht mehr finden. Es klopfte an die Tür. Seine Tochter Ana.

Er legte das geöffnete Buch vorsichtig nieder, um den Rücken nicht zu beschädigen, und kniete sich neben sie. Er nahm sie in die Arme, wiegte sie sanft und sagte eine Weile lang nichts. Dann, als ihm diese Körperhaltung zu unbequem wurde, küßte er sie auf die Lippen, stand ächzend auf und führte sie zum Sessel, wo er sie vor sich hinstellte und festhielt.

»Du hast keine Schuld daran.«

»Aber warum ist das passiert?«

»Das wissen wir nicht, meine Kleine. Das können wir nicht wissen.«

»Aber er kommt nie wieder zurück.«

»Nein, er kommt nicht mehr zurück.«

»Dauert es lange, wenn man ertrinkt?«

»Nein.«

»Tut es weh?«

»Ich glaube nicht.«

»Hast du schon einmal jemanden ertrinken sehen?«

Er zögerte ein wenig.

»Ja.«

»Hat er dabei Schmerzen gehabt?«

Jetzt mußte er sie belügen.

»Nein.«

»Wenn man ertrinkt, weiß man dann, daß man ertrinkt?«

»Das ist nicht bekannt. Vielleicht ja, vielleicht nein.«

»Bleibt Monsieur Clive noch lange?«

»Nein.«

Anna nickte und fragte nicht weiter.

Er wollte ihr erklären, daß Josie seine Lebensspanne gelebt hatte und daß die nun zum Ende gekommen war. Er wollte ihr erklären, daß uns allen eine Lebenszeit zugemessen wurde, auf die eine oder andere Weise, eine kurze oder eine lange, daß wir aus Zeit gemacht sind wie das Gras, die Sonnenuhren oder das Wasser. Er wollte sie an sichtbare Dinge denken lassen, die ebenfalls zu Ende gehen, an die spürbaren Abschnitte der Zeit, an Werden, Vergehen und Verfall, an Flüsse, Insekten, an die Dolden der Lantana, deren Stengel sie so gern lutschte, an die flechtenüberwachsenen Äste auf dem Waldboden und sogar an die langsam sich wandelnden Umrisse der Dunkelheit, die auch zu Ende gehen würde. Es erschien ihm alles so klar, so vernünftig. Er hatte immer genau gewußt, wie es um diese müde Welt bestellt war.

Aber das mußte sie nicht hören.

Er nahm sie wieder in die Arme, zog sie zu sich herauf und wiegte sie lange, ganz sanft, ohne ein Wort zu sagen, als wäre er, ihr Vater, der unverrückbare Mittelpunkt des Universums, und sie, seine Tochter, ein kleiner blauer Mond, der ihn umkreiste, der von seiner Kraft zehrte und in seinem Licht erglänzte.

Antoine Berence saß im Armsessel und hielt seine Tochter auf dem Schoß, als die Katze von ihrem Sitz herabsprang, gähnend die Hinterbeine streckte und sehr langsam zur Tür lief, die einen Spaltbreit offenstand, um in der Diele zu verschwinden. Fast eine Stunde später hielt Antoine Berence seine Tochter noch immer im Schoß, als Rebecca an die Tür klopfte, um Bescheid zu sagen, daß Anas Essen fertig sei.

Ana aß allein in der Küche. Rebecca hatte ihr ein kleines Stück gegrillten Fisch und einen Tomatensalat vorgesetzt und war in den Garten gegangen. Durch das Fenster sah Ana ihre Mutter auf der Gartenbank und Rebecca auf dem Weg zu ihr. Sie senkte den Blick auf den Teller. Sie hatte Hunger und schämte sich dafür. *Ich esse es nur halb*, nahm sie sich vor.

Sie ergriff den Teller mit dem halb gegessenen Fisch und ging hinaus. Rebecca hatte sich neben ihre Mutter auf die Bank gequetscht; das Licht des späten Nachmittags umgab sie mit einem goldenen Schimmer und warf ihre Schatten lang über den Rasen. Rebecca sprach eifrig. Ana versuchte, sie zu verstehen, aber Rebeccas Lippen bewegten sich zu schnell, und das Geräusch wurde von der See drunten und dem Geschrei der Vögel droben übertönt. Rebecca ergriff die linke Hand der Mutter und hielt sie in der ihren, und die Mutter drehte Rebecca mit einem verlegenen Lächeln das Gesicht zu.

Mit Rebecca spricht sie, dachte Ana.

In Buenos Aires war es, wie sie wußte, anders gewesen. Ihre Mutter hatte Ana Lieder vorgesungen und Geschichten erzählt. Und Ana hatte Geschichten in einer Mischung aus Französisch und Spanisch für sie erfunden. *Uno, dos, tres, cuatro*. Ana hatte verzweifelt versucht, die Stimme ihrer Mutter zu hören, wenn vor dem Einschlafen jene halb erfundenen Erinnerungen in ihr aufstiegen, aber es war ihr nicht gelungen. Sie hatte das einzige Foto ihrer Mutter aus der Zeit vor ihrer Geburt, das sie hatte finden können, sehr gründlich betrachtet: eine massive Frau, aber nicht dick, eine kräftige Frau mit schwarzem Haar, das glänzte wie poliertes Leder. Ihr Vater bewahrte das Bild in einer Schublade in der Bibliothek auf, und Ana hatte es eines Morgens gefunden, als sie nach verbotenen Dingen stöberte. Sie wußte, daß dies ihre Mutter war, und doch sah diese Frau ganz anders aus – wie eine etwas ungelenke Bleistiftzeichnung. Für Ana war die Mutter so, wie sie jetzt war. Sie hatte keine Vergangenheit, keine Jugend, keine Kindheit. Ihre Mutter würde niemals sterben.

Ana ging zum Ende des Gartens, wo die Hecke über den Rand der Steilküste wucherte, und gab den halb gegessenen Fisch dem Meer zurück.

Antoine Berence hatte sich entschieden, Madame Anneliese Michaults Einladung für den Abend anzunehmen. Und er würde ohne Monsieur Clive gehen.

Er würde ihn nicht einmal fragen, was er sich für den Abend vorgenommen habe. Er bereute, daß er Monsieur Clive ein Zimmer in seinem Haus angeboten hatte. Aber die Pflicht hatte Monsieur Clive nach Percé gerufen; was konnte er als sein *camarade* anderes tun, als ihm zumindest ein Bett und einen Tisch anzubieten? *Armer Monsieur Clive*, dachte Berence, plötzlich gerührt.

Er würde am Abendessen teilnehmen, seine Pflicht als einer der prominenten Sommergäste von Percé erfüllen. Und er würde Marianne mitnehmen. Er hatte entdeckt, daß Marianne eine Zuneigung zu Anneliese Michault gefaßt hatte.

Einmal, beim Besuch einer Pflegeanstalt in Algier, hatte er angeekelt festgestellt, daß das, was ihn erschreckte, die schwellende Masse der Körper war, deren verschiedene individuelle Gebrechen zu einem einzigen irrsinnigen Ungeheuer verschmolzen waren. *Wenn mir ein einziges dieser Wesen mit seinem Namen, seiner Geschichte und seinem eigenen Gesicht entgegentreten würde, ob Kind oder Erwachsener*, hatte er sich gesagt, *dann wäre ich vielleicht fähig, es zu umarmen.* »Sie sind alle Gottes Schäflein«, hatte der verhutzelte Pfleger mit dem schmuddligen roten Fez auf französisch zu ihm gesagt. »Aber Er gestattet, daß ich mich um ein paar von ihnen in Seinem Namen kümmere.«

Schon damals war ihm aufgefallen, was ihn jetzt erneut beschäftigte, während er, Marianne angeschnallt auf dem Beifahrersitz, bergab fuhr: die schlichte Unmöglichkeit, die Menschheit als Ganzes zu lieben. *Liebe deinen Nächsten*, das ja, die Person, in deren Bewegungen wir uns wiedererkennen wie in einem Spiegel, ein Spiegel, den wir mit Überredung, durch unser Beispiel, wenn nötig, mit Lügen aufpolieren zum Bild eines wohlgeordneten Gegenübers, das unseren Vorstellungen gehorcht. Aber die *Masse*?

Marianne, als sie jung war, vor langer Zeit, mit schwarzem Haar, das im staubigen Wind flatterte, und einer Haut so weiß, daß er sich wunderte, wie sie die algerische Sonne länger als ein paar Minuten ertragen konnte.

Jetzt waren ihre Augen eingesunken, das Haar war straff zurückgekämmt, sogar der Mund wirkte kleiner in einem Gesicht, das zugenommen hatte wie der Mond.

Er half seiner Frau die Stufen zum Haus der Michaults hinauf und klingelte.

»*Bonsoir, monsieur, madame.*«

Ein kränklich aussehendes Dienstmädchen öffnete die Tür. Natürlich brauchten sie sich nicht vorzustellen. Er befreite Marianne von dem Schultertuch, das sie eben erst zurechtgerückt hatte, und knöpfte seinen leichten Sommermantel auf. Während das Mädchen ihnen die Garderobe abnahm, trat Anneliese Michault mit ausgestreckten Armen auf sie zu.

»Brenda fährt nächste Woche nach Südamerika und möchte, daß ihr alles darüber erzählt. Ich habe sie neben euch plaziert. Habt ihr sie singen hören? Bill!« Als ein hochgewachsener Mann herantrat, wechselte sie sofort ins Englische über: »Bill, mein Lieber, das sind Antoine und Marianne Berence. Sie sind *Québécois* geworden – innerhalb von wieviel Jahren? Von drei Jahren? Antoine, sieht Marianne nicht viel besser aus? Und Bill, du bist heute abend für Marianne zuständig. Du kannst dein Französisch trainieren. Bill ist einer unserer Männer in Ottawa, oder besser, einer Ihrer Männer, sollte ich sagen, ursprünglich aus Texas oder sonstwoher. Welche Dienststellung hattest du gleich, Bill?«

Der Mann, der Bill genannt wurde, bemühte sich nicht um eine Antwort. Marianne schaute zu ihm auf und wartete gehorsam. *Immer diese Panik in ihrem Blick*, dachte Berence. Er hatte Bedenken, sie allein zu lassen, als könnte sie sich unter den Gästen verirren. Aber Madame Michault hatte ihn beim Ellbogen gepackt und schob ihn energisch in die Richtung einer mageren Frau, deren Profil sich vor einem dunklen, goldgerahmten Ölgemälde deutlich abzeichnete.

»Hast du nun Brenda singen hören oder nicht? – Brenda, *chère*, hier ist der Mann, von dem ich dir erzählt habe. Er weiß alles über Südamerika, was du wissen willst. Was war es gleich, was du letzten Herbst in Toronto gesungen hast?«

Das Vestibül war hell erleuchtet gewesen, hier nun, im Halbdunkel dieses Raums mit seinen großen Ölgemälden, wandte sich das schmale, weiße Profil ihm zu, und für einen Moment fragte sich Berence, ob es von vorn gesehen seine Umrisse verlieren würde wie ein Scherenschnitt. Auf der Leinwand dahinter bekrönte eine in verschwimmendem Chiaroscuro gehaltene riesige mythologische Gestalt das hingestümperte Haupt von Samuel de Champlain.

»Wir fliegen im Herbst nach Buenos Aires – wie die Wildgänse«, sagte die Gestalt. »Monsieur Berence, Sie müssen mir sagen, was man dort darf und was man nicht darf. Man hat mir gesagt, ich soll dort kein Leitungswasser trinken.«

»Genauso wie hier«, unterbrach eine Stimme. »Ich sage den Leuten schon seit Jahren, daß sie kein Leitungswasser mehr trinken dürfen.« Ein Mann im Priesterkragen, der für seinen mageren Hals zu weit erschien, löste sich von einem Grüppchen unterhalb der Krönung Champlains und trat nickend und lächelnd näher. Berence winkte einem vorbeigehenden Kellner.

»Ein Glas Wein?«

Er nahm zwei Gläser vom Tablett und reichte eins der Sängerin, das andere dem Priester. Dann nahm er ein drittes für sich selbst.

»Ich will ja damit nicht diese Überfülle geistiger Getränke rechtfertigen, aber was soll man tun? Haben Sie gewußt, daß es keinen See, keinen Fluß und keine Wasserstelle im Staat Quebec mehr gibt, deren Wasser trinkbar ist?«

»Père Hébert, Sie schreiben wohl jeden Umweltschaden den Orangisten zu, oder? Was will denn die FLQ gegen den sauren Regen unternehmen?« sagte eine grauhaarige, juwelengeschmückte Frau. »Ach, guten Abend übrigens. Ich bin Félicité Godbout, bekannter unter dem Namen Madame Lemaire, und ein Neuling in Percé, genau wie unser Pater.«

»Sie wird nicht zulassen, daß es in Quebec so weitergeht, dafür kann ich garantieren«, fuhr der Pater fort. »Am Anfang war das Wort, und das wurde uns genommen. Dann schuf Gott Himmel und Erde, auch sie wurden uns genommen. Oder wollen Sie die Orangisten etwa als gottesfürchtig bezeichnen?«

»Ich befasse mich nicht mit Politik.« Die Sängerin nahm ostentativ einen kräftigen Schluck.

Berence sah sich unruhig um. In diesem Halbdunkel konnte er Marianne nicht sehen.

»Das mag wohl sein, aber die Politik wird sich ganz gewiß mit Ihnen befassen«, hörte er sagen.

»Sie sind ein Pessimist, *Père*. Ich war immer dafür, den Pessimismus als eine Todsünde zu betrachten. All diese düsteren Überzeugungen: Blut, Proklamationen, Revolutionen …«

»*Chère* Madame Lemaire. Ich nenne das nicht Pessimismus, ich nenne es Klarsicht. Der Pessimismus impliziert einen Mangel an Vertrauen in die Gnade Gottes. Ich dagegen vertraue zutiefst auf Seine Gnade, die natürlich durch Seine unendliche Gerechtigkeit gemindert wird.«

Schließlich entdeckte Berence sie in einer entfernten Ecke, wo sie offenbar dem Mann zuhörte, der ihnen als Bill vorgestellt worden war. Erleichtert wandte sich Berence dem Priester zu. »Also glauben Sie, daß die Gnade der Gerechtigkeit untergeordnet ist, Père?«

»Sicher, Monsieur ... äh, Berence. Schweizer, nehme ich an? Nein? Franzose? Aus der Normandie, nicht wahr, Monsieur Berence? Nun, sicher. Unsere Gnade wird durch zuviel Ungeduld untergraben. Wir haben keine Zeit, auf Seine Gerechtigkeit zu warten. Seine Gerechtigkeit, Monsieur Berence, erfordert Geduld. Und Er hat die Ewigkeit für Seine Geduld. Irgendwann läuft jedes Kaninchen in die ihm zugedachte Falle.«

»Gott als Wilddieb, wie blutrünstig!« Die Sängerin erschauderte theatralisch.

»Aber nein, doch nicht blutrünstig. Sehen Sie, es ist eine Frage der Balance. Man braucht die Gerechtigkeit, damit der *le marécage du mal*, der Sumpf des Bösen, nicht alles überschwemmt. Das rechte Maß. Das ist das göttliche Attribut, das wir so häufig vergessen. Jedem sein Maß.«

»Und Auge um Auge.«

»Auge um Auge, jawohl, und sogar beide Augen.«

Die Kellner sammelten die Gläser ein und zogen sich diskret zurück.

»Meinen Sie damit, daß Gott uns lieber blind als einäugig hätte?«

Berence fiel ein Zitat ein, aber er behielt es für sich. Die unausgesprochenen Worte hinterließen einen warmen Geschmack im Mund, eine freudige Erinnerung. Er schaute wieder in die hintere Ecke des Raums.

Pater Hébert runzelte die Stirn, und seine Miene nahm einen komischen Ausdruck an. »Gott ist der Gott der Symmetrie, denken Sie daran. *Ich bin, der Ich bin.* Symmetrie, definiert durch die Symmetrie. Und Sein Sohn zwischen zwei Schächern, genau in der Mitte, einem guten und einem bösen.«

»Aber, aber, Pater Hébert!« Madame Lemaire wies mit dem fetten Zeigefinger auf ihn und schüttelte ihr steiflackiertes graues Haar. »Sie sind im Begriff, Unserem Herrn den Geschmack Seiner Porträtisten zuzuschreiben.«

»Ja, warum denn nicht, Madame? Bei wem sonst haben sie ihn denn erworben?«

Berence wollte gerade eine Frage nach der Anwendung der Symmetrie in der Ewigkeit stellen, da klatschte Anneliese in die Hände und befahl ihre Gäste mit lauter Stimme in den Speisesaal.

Das Schicksal und Madame Michaults Sitzordnung trennten ihn von Pater Hébert, der seinem Alter gemäß den Kopf der Tafel einnahm und so der Gastgeberin gegenübersaß. Kerzen brannten in Gestecken aus dunklen Papierblumen, und Berence mußte die Augen sehr anstrengen, um an seinen direkten Tischnachbarn vorbeizublicken. Madame Lemaire saß neben ihm und tätschelte ihm tröstend den Arm. Er schaute umher, um Marianne zu entdecken, und traf ihren Blick auf der anderen Seite des Tisches. Er lächelte hinüber und nahm an, daß sie zurücklächelte. Er wünschte sich, er könnte über den Tisch langen und sie halten, damit sie nicht so verschreckt wirkte. *Als wäre sie bedroht von grauenvollen Schattengestalten.*

Worte vom anderen Ende der Tafel drangen an sein Ohr, Worte, getaucht in Dunkelheit, wie es Berence schien – die laute Stimme von Pater Hébert, Bill, der Marianne über ihre Reisen befragte. Er verabscheute das

Stimmengewirr der Dinnerpartys, weil er nicht alle Gespräche mitbekam und Teilnehmer einer Vorstellung mit ständig wechselnden Szenen war, der er nicht folgen konnte. Als seine Aufmerksamkeit wiederhergestellt war, beugte sich das Dienstmädchen gerade über die Kerzen und entfernte die leeren Avocadoschalen, um sie durch die Seezunge zu ersetzen.

Das Wort »Unsterblichkeit« drang von irgendwo an sein Ohr.

Plötzlich verspürte er den heftigen Drang, aufzustehen und zu gehen. Er wollte in die ihn umgebende Finsternis aufbrechen, Marianne am Arm fassen und durch Madame Michaults Tür verschwinden. Er wollte dem Gespräch nicht mehr folgen, nicht mehr höflich zu diesen Menschen sein und seine Zeit und seine Gedanken an sie verschwenden. *Davontreiben durch ein tintenschwarzes Meer*, dachte er und starrte hinab auf seinen Teller.

Zwischen der Gastgeberin und dem Mann namens Bill saß ein hochgewachsener Mann mit weißem Haar und einem buschigen weißen Schnauzbart. Er tunkte mit einem Stück Brot die Sauce auf und begann zu sprechen, gerade als ein Tropfen der Sauce seinen Mundwinkel hinabrann. Seine Zungenspitze glitzerte im Kerzenlicht, doch es gelang ihr nicht, den Tropfen einzufangen, und so mußte er sich das Kinn mit der Serviette abwischen.

Alles wartete.

»Es ist … es ist sicherlich das beliebteste aller literarischen Themen«, sagte er wie zu seiner Rechtfertigung.

»Die Unsterblichkeit, Herr Professor?« wiederholte Madame Michault höflich.

Mit vollem Mund nuschelte der Professor: »D-Wmumpfpl. Entschuldigung. Ich meinte den Wunsch nach Unsterblichkeit. Der Wunsch, daß diese Party niemals enden möge, daß das Vergnügen niemals seinen Höhepunkt überschreiten möge.« Und, indem er sich weißen Bordeaux einschenkte: »Daß der Wein in dieser Flasche ewig vorhalten möge!«

»Sie meinen ein Leben in Freuden, Glück und Fruchtbarkeit«, sagte der Mann namens Bill. »Es gibt Gegenden, wo das Leben ein Alptraum ist. Stellen Sie sich einen immerwährenden Alptraum vor!«

Die Gastgeberin wurde von einem Schauder ergriffen. Sorgfältig legte sie Messer und Gabel nieder und langte nach einem der ananasförmigen Salzstreuer.

Der Professor hatte seinen Fisch verspeist und war nun erst recht zum Plaudern aufgelegt. »Zuerst natürlich die offenkundigen Beispiele. Faust, der Ewige Jude, Dracula, Tithonos, König Artus, der in einem Baum überlebt, Odysseus, der durch Wanderschaft jung bleiben will. Dann die versteckten Beispiele: Penelope und ihr Weben, Scheherazade, die eine kurze Geschichte zu einer langen ausspinnt, Dornröschen natürlich ... «

Madame Lemaire nickte. »Unser Pater hat uns gerade erklärt, der tiefere Sinn der Ewigkeit bestehe darin, daß Gottes Gerechtigkeit Zeit hat, sich durchzusetzen. Und Sie, lieber Professor, sagen uns nun, daß wir armen Sterblichen länger leben wollen. Etwa, damit wir für alte Sünden büßen können?«

»Den Grund kann ich Ihnen nicht nennen. Ich kann ihn nicht einmal erraten. Ich bin Gott sei Dank kein Dichter. Ich bin Professor. Ich führe nur ein paar literarische Tatsachen an.«

Berence beobachtete Pater Hébert, der sich zu Marianne hinüberbeugte und ihr ins Ohr flüsterte. Ihre Wangen glänzten mit einem öligen Schimmer. Würde sie ihm etwas erwidern? Einst hatte sie mit atemloser Stimme gesprochen, voller Feuer, sie hatte energisch von allem um sich herum Besitz ergriffen, vor nichts haltgemacht. Nun war sie verstummt, und Berence wollte sie aus ihrem Versteck herauslocken.

»*Ô Dieu, qu'est-ce que donc que la voix?*«

Das Mädchen räumte die Fischteller ab und setzte die Salatschüssel vor Madame Michault nieder.

»Und wofür würden Sie um Aufschub bitten, Monsieur Berence?« fragte die Sängerin.

Er dachte einen Moment nach. Er sah Marianne allein, Ana allein mit Marianne. Er sah sie durch Räume gehen, die er nicht kannte, endlose Tage lang. Er schüttelte den Kopf. »Ich würde gar nicht um Aufschub bitten.«

»Aber Sie würden doch sicher nicht die Unsterblichkeit verweigern, wenn sie Ihnen angeboten würde!« sagte Madame Michault und häufte sich grünen Salat auf den Teller, der im trüben Kerzenlicht wie ein Abfallhaufen aussah.

»O doch, ich glaube schon«, sagte er.

»Entschuldigen Sie«, mischte sich der Mann namens Bill ein. Er wies mit der Gabel auf Berence und verdunkelte dabei eine Kerze. »Entschuldigen Sie die Frage, aber wovon leben Sie, Monsieur Berence?«

»Ich bin pensioniert.«

Madame Michault wollte sich wichtig machen: »Antoine ist nur zu bescheiden. Mag er auch pensioniert sein, war er doch einmal eine sehr bedeutende Persönlichkeit in Frankreich, *n'est-ce pas, mon cher*? Und eine weitgereiste dazu – Nordafrika, Lateinamerika ...«

»In der Politik?«

»Beim Militär.«

»Wir, Monsieur, haben keine Armee, die den Namen

verdient«, verkündete Pater Hébert vom anderen Ende der Tafel.

»Weil wir ein friedfertiges Volk sind. Die Schweiz des Nordens«, rief Madame Lemaire dazwischen und tat sich Salat auf.

»Ein Land voll heimlicher Armer und nichtsnutziger Reicher!« schrie Pater Hébert. »Eine moderne Variante der Hölle!«

Madame Michault lachte höflich.

Berence, der den Salat ausgeschlagen hatte, wandte den Blick von Marianne ab. *Wenn plötzlich alle Verantwortung für das Universum auf den Schultern dieser eitlen Menschen ruhen würde*, dachte er, *wenn plötzlich ihr Geschwätz grundlegende Bedeutung erlangen würde, würden sie dann so weitermachen, ohne ihr geistiges Elend zu bemerken oder zu beachten?* Aber er war nun einmal hier unter diesen Gespenstern. Da konnte er auch an der Unterhaltung teilnehmen.

»Salomo in all seiner Herrlichkeit«, dozierte der Professor.

Berence wandte sich an den kleinen Priester. »*Père*, ich hätte gedacht, daß gerade Sie ein Klassensystem, eine gewisse Ordnung befürworten würden. Die Hierarchie des Himmels übertragen auf irdische Verhältnisse. Oder?«

»Ordnung ja, Monsieur Berence. Aber was wir Ordnung nennen, ist nur Bequemlichkeit. Ich befürworte die Ordnung im Auge Gottes, das alles sieht, eine Ordnung, die mir selbst verborgen bleibt. Am Ende liegt die Entscheidung allein bei Ihm, müssen Sie verstehen.«

»*Das Auge war im Grab und starrte zurück auf Kain*«, beharrte der Professor.

Die Kerzen waren geschrumpft und schienen die Dunkelheit aufzusaugen.

»*Père*«, fuhr Berence fort, als wäre er mit dem Priester allein in dem düsteren Raum. »In dieser göttlichen Ordnung möchte ich nicht der Erwählte sein.«

»Sie möchten, daß der Tod tabula rasa macht.«

»Mich verlangt es nach sauberen Verhältnissen, *Père*. Die Dinge sollen an ihrem Platz sein, da, wo sie hingehören, wo ich sie hinhaben will. Ich selbst aber, Antoine Berence, muß ganz gewiß nicht dabeisein, um die Ordnung in Augenschein zu nehmen. Mein eigener Tod ist absolut ohne Bedeutung.«

»Sie möchten, daß die Party ohne den Gastgeber weitergeht«, sagte der Pater im flackernden Licht.

»Oh, das wäre aber gar nicht nett von dir, mein lieber Antoine«, sagte Madame Michault und langte über den Tisch, um Berence einen Klaps auf die Hand zu geben.

Wieder erschien das Mädchen, ein *deus ex machina*, und servierte Erdbeeren mit Zabaione.

Pater Hébert hatte nachgedacht. »Ich glaube nicht, daß Gott das tun würde, Monsieur Berence. Spatzen in Seiner Hand, wissen Sie. Anonym wie ein Vogel unter dem Blick Unseres sterbenden Herrn. Er kann Sie nicht verwerfen wie einen Tonklumpen, der ihm mißraten ist. Das ist eine der Gewißheiten, die mich auf dieser schrecklichen Welt am tiefsten bewegen – daß, wenn einer, der Geringste unter uns, vermißt würde, nicht tot natürlich, aber verschwunden wäre, die Welt in sich zusammenfallen würde wie ein Kartenhaus. Sie sind lebenswichtig für die Welt, Monsieur Berence. So wichtig wie die Sonne. Er kann Sie nicht einfach fallenlassen. Auf Ihnen ruht das Universum.«

Berence sah, wie Marianne auf ihrem Platz gegenüber mit verbissener Konzentration versuchte, eine Erdbeere aufzuspießen. Und die Frage kehrte zurück: *Wann hatte ihr*

Absturz begonnen? An welchem Punkt war sie fortgegangen, war sie geworden wie ein See, breit, zerflossen und fern von mir? Als wäre die Zeit für sie stehengeblieben, als hätte die Zeit ihre Steine mit Moos und Flechten überzogen, sie mit Dornbüschen umgeben.

Ihm war jetzt nicht mehr zum Reden zumute. Er lächelte durch den dunklen Raum zu Pater Hébert hinüber, dann zu seiner Gastgeberin. Plötzlich fühlte er sich unendlich müde. Erneut wollte er gehen. Mit Erleichterung, sogar Dankbarkeit nahm er Madame Michaults Vorschlag auf, daß alle sich ins Wohnzimmer begeben sollten. Er stand auf, half der Sängerin vom Stuhl auf und blickte so unauffällig wie möglich auf die Uhr.

Halb zwölf.

In dem Zimmer neben dem von Ana versuchte Monsieur Clive Schlaf zu finden. Er fühlte sich von Berence, der ihm einfach entwischt war, verraten und empfand Mitleid mit sich selbst. Wegen des Selbstmitleids kam er sich wie ein Narr vor, und daß er sich wie ein Narr vorkam, ärgerte ihn. Kleine Unfreundlichkeiten wie diese erinnerten ihn daran, daß er nicht mehr hoffen konnte, im Leben Erfolg zu haben. Die Jahre bei der französischen Armee hatten ihm wenig Ruhm gebracht, er war ein Soldat unter vielen gewesen. Und bei der Polizei von Quebec war erst recht kein Ruhm zu erringen. Er war zu alt, er war verschlissen. Hinter seinem Rücken, das wußte er, fragten sich seine Kollegen, warum er sich nicht hatte pensionieren lassen. Warum sollte ich, wollte er sie fragen. Um in ausgetretenen Pantoffeln durchs Haus zu trotten? Um Tag für Tag auf die Abendnachrichten zu warten, weil sie – vielleicht – einen Hauch von Spannung mit sich brachten? Er hatte es bei seinem Bruder gesehen: die Frau gestorben, die Kinder irgendwo im Westen, und er selbst auf dem Weg in ein anonymes Greisenalter, ungewaschen, ungepflegt vor einem flackernden Fernseher, in der Hand eine Konservenbüchse mit Kompott als Abendbrot. Die Erinnerung an eine früher vertraute Stimme – war es die seiner Großmutter? – rief Monsieur Clive zur Ordnung. Er drehte die kühle Unterseite des Kopfkissens nach oben. Morgen würde er mit Berence sprechen. Und jetzt hieß es schlafen.

Aber der Schlaf wollte nicht kommen. Die Arbeit tauchte vor seinen geschlossenen Augen auf, Aktenordner, Notizen, Ablagekästen mit den Namen der von ihm bearbeiteten Fälle sortierten und schichteten sich ständig neu, gut gemeinte, aber kaum jemals eingehaltene Terminpläne. »Besondere Umstände, letzter Versuch«, hatte der Leutnant in der Sûreté-Zentrale gesagt, und sein Atem roch nach Nelken. »Letzte Chance.« Monsieur Clive ging eine Liste der *Dringlichkeiten* durch und hakte die einzelnen Posten ab.

Er versuchte ein weiteres Mal, sich in der Dunkelheit zu verlieren. Er stellte sich einen schwarzen, grenzenlosen Raum vor und betrat ihn. Er sah, daß er nichts sah. Er entspannte die Muskeln: Arme, Beine, Hals. Er sah sich zu, wie er im Dunkeln die Augen schloß.

Der Schimmer eines roten Lichts schob sich langsam in sein Gesichtsfeld. Seine Gedanken weigerten sich, zur Ruhe zu kommen. Das Licht wurde heller. Er sah Staub, weiße Gebäude und einen hitzeflirrenden Himmel. Männer in langen, gestreiften Kaftanen bewegten sich durch gelbe Straßen. Er saß mit Berence an einem Tisch, sie hatten winzige Kaffeetassen vor sich. Eine Gruppe von Arabern stand an der Ecke, sie rauchten und redeten laut. Aus einer engen Seitengasse traten zwei europäische Mädchen in Schuluniformen – graue Kleider, blaue Kapuzenmäntel, weiße Socken, schwarze Schuhe. Die Mädchen gingen Hand in Hand und schauten starr geradeaus. Sie konnten nicht älter als sieben oder acht Jahre sein. Jemand brüllte etwas von einem Balkon herunter. Die Männer an der Ecke lachten, stießen sich an und bewarfen die Mädchen mit ihren Zigarettenresten. Eine der Kippen landete genau in der Kapuze des größeren Mädchens. Die Kapuze begann augenblicklich zu qualmen. Die Mädchen schrien, und die Männer lachten noch lauter. Zarte Rauchkringel stiegen in die Höhe. Monsieur Clive konnte nicht entscheiden, ob der Rauch, den er da sah, aus der Kapuze oder aus seiner Kaffeetasse aufstieg. Er sah zu Berence hinüber, der reglos am Tisch saß, als wäre er der einzige, gelangweilte Zuschauer in einem schlechten Stück. Monsieur Clive kam es vor, als besäße sein Freund die Würde einer Zypresse und die Unerschütterlichkeit eines Bergmassivs.

Als er sich nach vorn beugte, um tiefer in das kreisende, rauchende Dunkel hineinzuschauen, erlosch das Licht hinter seinen Augen, und er ließ sich still und sanft in den Schlaf sinken.

Als Ana die Tür öffnete, merkte sie, daß sie das falsche Klassenzimmer betreten hatte. Die Lehrerin, Madame Frechette, war nicht an ihrem Pult. Statt dessen saß dort ein Mann mit dunklem Gesicht und wies mit zahnlosem Grinsen auf eine Bank in der ersten Reihe. Keiner ihrer Mitschüler war da. Auf den Bänken saßen ältere Schüler, die sie nie zuvor gesehen hatte, Achtzehn- und Zwanzigjährige, Erwachsene. Sie wandte sich um und sah eine blondgelockte Frau in einer der hinteren Bänke hocken, dicht neben einem schlanken Mann in braunem Anzug und gemusterter Krawatte. Ana wollte sagen, daß sie sich in der Tür geirrt habe, und verschwinden, aber der Mann am Lehrertisch legte den Finger auf den Mund, spitzte die Lippen und schüttelte den Kopf. Aus dem Augenwinkel sah sie – oder glaubte sie zu sehen –, daß Josie in der Badehose durch den Schulkorridor rannte. Sie schaute auf die Wandtafel.

Jemand hatte mit blauer und grüner Kreide Strichmännchen an die Tafel gemalt, runde Gesichter mit Punkten als Augen, genau wie die Figuren, die sie auf das Buch von Jules Verne gekritzelt hatte. Ihr Vater, der ihr das Buch zu Weihnachten geschenkt hatte, war in eine Wut geraten, die sie nie zuvor an ihm erlebt hatte. Er hatte sie nicht geschlagen – das tat er nie –, ihr aber einen gewaltigen Schrecken eingejagt.

Sie merkte, daß die Leute um sie herum miteinander flüsterten (*Warum flüstern die?* dachte sie). Dann fing die Frau hinter ihr zu schluchzen an. Ana drehte sich zu ihr um. Die Frau hatte das Haar abgenommen wie eine Perücke und saß da, glatzköpfig und runzlig. Tränen strömten ihr die Wangen hinab und lösten ihre Wimperntusche auf. Das ganze Gesicht schien in Tränen zu zerfließen, als wären es Anas eigene Tränen, die das Bild verschwimmen ließen (*Warum weine ich?* fragte sich Ana). Die Frau hörte plötzlich auf, zog ein großes Schnupftuch aus der Tasche und breitete es mit häßlichen roten Händen über ihre Glatze.

Ana öffnete die Augen. Der Raum lag ihm tiefsten Dunkel. Die Stimmen, noch gedämpft, aber schon wütend, drangen wieder auf sie ein. Sie knipste die Lampe über dem Bett an. Die Gesichter ihrer Puppen starrten herüber. Rebeccas Stimme, dann die Stimme eines Mannes, danach die eines anderen Mannes, sickerten durch die Zimmerdecke.

Sie stieg aus dem Bett und spähte in den Korridor hinaus. Die Schlafzimmertür ihrer Eltern und die Tür von Monsieur Clive waren geschlossen; kein heller Spalt war unter ihnen zu sehen. Nur das kleine runde Treppenfenster bildete einen schimmernden blauen Kreis, der viergeteilt war wie eine Kindertorte. Ana stieg die Bodentreppe hinauf.

Sie wußte, daß sie hätte klopfen müssen, aber sie stieß die Tür zu Rebeccas Zimmer einfach auf. Mit der schrägen Wand sah es aus wie das Zimmer in einem Puppenhaus. Rebeccas Bett, das wahrscheinlich für ein Kind bemessen war, paßte genau zwischen zwei Wände und ein winziges Fenster. Das einzige weitere Möbelstück war ein runder, roter Eisentisch, auf dem Rebecca einen Spiegel, eine mit Muscheln verzierte Schachtel und einen weißen Plastikrahmen mit verschiedenen Fotos abgestellt hatte. Stühle gab es nicht. Rebecca und Tulio saßen auf dem Bett. Ein weiterer Mann mit kurzem, schwarzem Kräuselbart, aber ohne Schnurrbart, saß auf dem Boden und lehnte sich an die Wand. Er blickte zu Ana hoch.

Rebecca sprang auf.

»Ana! Was machst du hier?«

»Ich bin wach geworden. Ich habe Stimmen gehört.«

Rebecca zischte dem Mann auf dem Fußboden etwas zu. Der zuckte mit den Schultern und erwiderte etwas. Dann stand er auf und wandte sich lächelnd Ana zu.

»Sie ist ein braves Mädchen. Sie wird nichts erzählen.«

Rebecca legte die Hand auf Anas Schulter. »Ana, das

sind meine Freunde. Juan – und Tulio, den du schon kennst.«

Ana stand da und hielt die Hände hinter dem Rücken. Der Boden unter ihren nackten Füßen fühlte sich kalt an.

»Ana, deine Eltern … mögen es nicht, wenn ich meine Freunde herbringe. Verstehst du? Ich hoffe, du wirst es nicht verraten.«

»Aber warum sind sie hier?«

»Wir mit Rebecca reden«, sagte der Mann, der Juan hieß, und entblößte dabei eine Zahnlücke. »Wir Freunde, wir kommen reden.«

Tulio stand auf und sprach schnell auf Rebecca ein. *Uno, dos, tres, cuatro …*

Rebecca wirkte verärgert. Sie antwortete mit heftigem Flüstern und zeigte auf Ana, dann auf die Männer. Tulio nickte und wandte sich an Ana.

»Was du tun, wenn einer fragt?«

»Was soll er fragen?«

»Nach uns, Rebeccas Freunde, in Zimmer.«

»Laß sie in Ruhe«, sagte Rebecca.

»Ich will Antwort. Sie soll sagen.«

Plötzlich hatte Ana Angst. Sie ergriff Rebeccas Hand.

»Laß sie in Ruhe, sage ich!«

»Ana?« beharrte Tulio.

»Ich weiß nicht.«

»Du wirst nein sagen, klar?«

Der Mann namens Juan zog Tulio am Ärmel. Tulio ignorierte ihn und wartete auf Anas Antwort.

»Ja. Ich sage nein.«

»Braves Mädchen.« Tulio tätschelte ihren Kopf.

Rebecca nahm Ana bei der Hand.

»Zeit zum Schlafen, nicht wahr? Ich bring dich runter.«

Sie sagte etwas auf spanisch zu den Männern, schob Ana auf den Korridor hinaus und zog die Tür hinter sich zu.

Als Ana wieder in ihrem Bett lag, kam die Schläfrigkeit zurück. Sie hielt Rebeccas Hand fest. »Bleib noch hier.«

»Ich muß gehen, Ana.«

»Nur ein Weilchen.«

»Na gut, noch einen Moment.«

Ein Lichtstrahl wie von einem Leuchtturm drang durch die Vorhänge und zog einen weißen Strich über die Decke und über Anas Puppen, die auf ihrem Wandbord in der Ecke saßen.

»Wie war es dort, Rebecca?«

»In Buenos Aires?«

»Ja, in Buenos Aires.«

Ana sprach den Namen mit einem französischen Akzent aus, den Rebecca immer wieder belustigend fand. Dabei hatte sie Señora Berence die richtige Aussprache beizubringen versucht. »*Bu-e-nos Ai-res, Bu-e-nos Ai-res.*« Señora Berence hatte gelacht und es dann aufgegeben. Damals hatte sie oft gelacht.

»Du weißt es doch noch, Ana, du hast doch Erinnerungen.«

»Erzähl mir, Rebecca!«

»Es war ganz anders.«

»Ganz anders als was?«

Rebecca lächelte, als wäre sie ein wenig verlegen. »Anders eben.«

Ana schmiegte sich an Rebeccas große, rissige Hand, die nach Spülmittel mit Zitrone roch.

An den Sommerabenden, fing Rebecca an, sitze man draußen, weil die Straßen dort anders seien, mit Bäumen auf den Gehsteigen. Man sitze auf niedrigen Stühlen an einer langen, weißgekalkten Mauer, neben sich auf den Gehsteigplatten der Wasserkessel und das Aluminiumgefäß für Zucker und Mate. »Da waren Papá und Tía Anita und die Jungen, Jorge und Luis, und manchmal auch meine Cousine Lorenza, die vor mir bei deiner Mama angestellt war, und meine Schwester Eulalia, die Lehrerin war. Und ihr Mann Elbio und mein Neffe Luisito. Aber das war alles vorher.«

Namen, Namen, Namen. Sie sah die Straße und die Mauer vor sich, und der Geruch eines ganz bestimmten Sonntags stieg ihr in die Nase. *Tuco*, die dünnflüssige, würzige Tomatensauce. Papá schob seinen Korbstuhl in den Schatten, Tía Anita zog die rechte Sandale aus und kratzte sich mit der großen Zehe am linken Knöchel, die Jungen schalteten das Fußballspiel im Radio ein, und Eulalia stand auf und ging hinein, angeblich wegen Kopfschmerzen, in Wirklichkeit aber, weil sie seit mehr als einer Woche nichts von Elbio gehört hatte. Alle machten erneut irgendeine Bewegung. Und wo hatte sie gesessen?

»Weiter, Rebecca, hör nicht auf.«

»Was soll ich dir erzählen? Warum willst du das wissen? Du warst damals so klein, noch ein Baby. Und jetzt schlaf!«

»Erzähl weiter. Was habt ihr gegessen?«

»Sonntags gab es immer Ravioli. Tía Anita fing sehr, sehr früh am Morgen an, den Teig zu schlagen, du weißt schon wie, dann hat sie ihn auf dem Küchentisch ausgerollt, bis er dünn war wie Papier. Meine Schwester Eulalia hat *tuco* zubereitet.«

Sie hatte eine große Feier zu ihrem fünfzehnten Geburtstag haben wollen, aber Papá hatte gemeint, das wäre nicht so einfach, da Jorge keine Arbeit hätte und Luis nach

Salta ginge und Elbio, dieser Nichtsnutz, Eulalia mit dem Kind hätte sitzenlassen. Eulalia hatte das gehört. Sie hatte gerade Luisito aus dem Mittagschlaf geweckt und trug ihn, ein feuchtes Bündel, ins Badezimmer (»Schon acht Jahre und macht immer noch ins Bett!«). Sie schrie auf Papá ein. Wie konnte er es nur wagen! Luisito klammerte sich an sie wie ein Affenjunges, Papá senkte den Kopf und hielt sich die Ohren zu, doch Eulalia schrie weiter. Konnte er denn nicht begreifen, was Elbio für uns, für uns alle tat, konnte er denn nicht begreifen, daß Elbio nicht so enden wolle wie er, als nutzloser Greis, als ein Waschlappen, als ein verdammter Arschkriecher, der niemals forderte, was ihm zustand? Wo war denn seine Rente, wo war denn sein Krankengeld, wo das Geld, das die Firma für ihn anlegen wollte? Das wollte sie jetzt mal wissen. Elbio mochte ja fort sein, aber sie, Eulalia, schuftete bis zum Umfallen, weil niemand für sie sorgen würde, nicht einmal ihr eigener Vater. Neun Stunden die Idiotenarbeit an der Kasse und dann noch alle Nebenjobs, die sie kriegen konnte. Und was tat er, Papá, den ganzen Tag? Den Tod vor sich herschieben, Platz wegnehmen, Geld verbrauchen, genauso war es. Dann rannte sie mit Luisito auf dem Arm ins Badezimmer und knallte die Tür zu, daß die Milchglasscheibe zerkrachte. Schluchzend verlangte Eulalia nach Besen und Kehrblech.

»Machst du uns auch einmal Ravioli, Rebecca?«

»Dein Vater mag keine Nudeln.«

»Dann mach sie nur für mich. Bitte!«

»Vielleicht. Aber jetzt schlaf ein.«

Eines Nachts, wenig später, kam Elbio zurück. Sie hörte Eulalia, die mit Luisito im Nebenzimmer schlief, aufstehen und über den Innenhof zur Haustür gehen. Sie hörte, wie sie sich liebten, das knarrende Bett, dessen Pfosten gegen die Wand schlugen, trotz der Handtücher, die Eulalia um die Messingknäufe gewickelt hatte, um das Geräusch zu dämpfen. Sie hörte Eulalias erstickte Schreie, sie hörte Elbio, der ihren Namen rief, *Eulalia*, *Eulalia*, immer und immer wieder, als ob er ihn freigelassen hätte, einen Vogel in einem Spiegelsaal, nachdem er ihn so viele Tage lang für sich hatte behalten müssen. Irgendwo aus der Nachbarschaft dröhnte der Baß eines Radios herüber.

Bremsen quietschten vor dem Haus, Türen knallten. Ein Hämmern an die Haustür, krachendes Holz, splitterndes Glas. Rebecca sprang aus dem Bett. Papá schlurfte in Pantoffeln über den Innenhof und band den Bademantel zu. Bevor er die Haustür erreicht hatte, stürmten vier maskierte Männer mit Maschinenpistolen herein. Sie stießen Papá gegen die Wand und rannten in alle Zimmer um den Innenhof. Eulalia öffnete ihre Tür und schrie. Rebecca schlug ihre Tür zu. Gepolter, Schreie, dann Stille.

Als Rebecca wieder öffnete, lag Eulalia in der Mitte des Innenhofs. Jorge, der unbegreiflicherweise den Überfall verschlafen hatte, stand bei den zerbrochenen Möbeln und stellte Fragen. Papá war über Eulalia gebeugt, er keuchte und schnappte nach Luft. Wie ein Fisch auf dem Trocknen, dachte Rebecca. In Rebeccas Zimmer schaukelte eine Glühbirne, die mit einem rosa Taschentuch abgedeckt war, über dem zerwühlten Bett. Ihr rosiger Schein fiel auf Luisitos Körper, der reglos in der Ecke lag, und schwenkte zurück. Als er wieder auf Luisito fiel, sah sie Blut in seinem Gesicht. Dann Dunkel. Beim dritten Mal schaute sie weg. Zusammen mit Papá half sie Eulalia auf die Beine und führte sie über den Hof in die Küche. Sie schrie zu Jorge hinüber, er solle zu den Mendietas gehen und das Krankenhaus anrufen. Durch die zersplitterte Haustür kamen Nachbarn in Pyjamas und Nachthemden, standen in neugierigen Grüppchen beisammen und stellten Fragen. Als der Krankenhausarzt in die Küche eintrat, um ihnen mitzuteilen, daß Luisito tot sei, wartete Rebecca gerade darauf, daß der Kaffee durch den braunen Tuchfilter tropfte. Eulalia gab Laute von sich wie ein verletztes Tier, und Papá ließ sich schluchzend auf seinen Stuhl sinken. Doña Mendieta nahm Rebecca den tropfenden Kaffeefilter aus der Hand und setzte sie zwischen ihren Vater und ihre Schwester. Erst als Doña Mendieta die heiße, schwarze Flüssigkeit einschenkte und ihr der tropische Duft in die Nase stieg, begann sie zu weinen.

Ana kleidete sich so leise an, wie sie konnte. Durch die zugezogene Gardine sah sie, wie sich ein heller Dunstschleier langsam über das Wasser und den Strand breitete, silbrige Punkte auf dem Felsen zum Leuchten brachte und gelbe, rote und orangefarbene Wolkentupfer an den bedeckten Himmel malte. Geräuschlos schloß sie die Haustür und lief, wieder einmal, den Chemin de la Plage hinab. Sie dachte an Josie.

Irgendwo hinter den Hügeln war der Friedhof, wohin Monsieur Clives *limaces d'été* von Baum zu Baum, von den Ästen zu den Wurzeln, von den Wurzeln in die Erde gekrochen kamen, bis in den Sarg, in dem Josie lag. Vor die Wahl gestellt, hätte sie das Meer vorgezogen, obwohl es ihr vor den abgründigen Tiefen mit den blinden, grauen Haien grauste, vor der Dunkelheit und der dumpfen Stille. Sie kniff die Augen zu und preßte die Hände auf die Ohren. Leuchtende kaleidoskopische Muster drehten sich vor ihr, geometrische Formen wie aus Gold und Silber geschmiedet. Räume in einem Palast. Mit wem würde sie jetzt spielen, da Josie weg war? Wie schon so oft, stand sie am Fuß des Felsens.

Am Horizont erschienen und verschwanden verstreute Fischerboote im Auf und Ab der unruhigen See. Die Vögel begannen ihr Geschrei, fanden sich kreisend über ihr zusammen und machten sich auf zur Insel Bonaventure. Konnte sie die Punkte im Schwarm dort oben, eher Mücken als Möwen, zählen? *Uno, dos, tres, cuatro.* Josie fehlte ihr. Sie wollte nicht, daß er tot war. Eine große graue Möwe watschelte auf sie zu und pickte dicht neben ihren Füßen im Sand, den Kopf argwöhnisch zur Seite gelegt. Ana bückte sich langsam und hob einen Stein auf, drehte ihn in der Hand und warf ihn mit aller Kraft auf den Vogel. Der Stein traf ihn auf den Rücken. Sie hörte einen Schmerzensschrei, dann breitete die Möwe ihre Flügel aus und flog flach über den Strand davon. Ana schaute ihr lange nach. Ein paarmal war ihr, als hätte die Möwe die Balance verloren und würde vornüber ins Wasser kippen. Dann war sie verschwunden. War sie abgestürzt? Ana fühlte Tränen aufsteigen. Plötzlich schämte sie sich, sie fühlte sich unglücklich und allein. Sie wendete sich zum Gehen und sah eine kleine Gestalt hoch oben am Ende des Chemin de la Plage, die mit der Hand die Augen gegen das immer hellere Licht beschirmte. Es war Monsieur Clive.

»Na, warst du Blumen pflücken?« fragte er, als sie sich auf halbem Weg begegneten.

Sie wußte nicht, was sie erwidern sollte. Monsieur Clive streckte ihr seine sommersprossige Hand entgegen, aber sie übersah die Hand. »Ich war nur spazieren«, sagte sie, »es haben noch alle geschlafen.«

»Alle außer meiner Wenigkeit.« Monsieur Clive wischte den Sand von den Aufschlägen seiner Hose. »Ich war immer ein Frühaufsteher.« Er zögerte ein wenig. »Es tut mir so leid wegen deinem Freund.«

Einen Moment lang war Ana überwältigt von einer wirren Mischung aus Mitleid und Widerwillen – sie war dankbar für die Anteilnahme und empfand doch eine Art Ekel beim Gedanken, daß diese vogelartige Kreatur von Josies Tod berührt worden sein konnte. Sie schaute zu ihm hoch. Sein Lächeln brach den Bann.

»Und wann geht die Schule wieder los?«

»Im September.«

»Du kannst es wohl kaum noch abwarten, deine Kameraden wiederzusehen, was? Und ihnen von den Abenteuern am Ozean zu erzählen ...« Er blieb an der Einfahrt stehen. »Sag mir, du und Rebecca, seid ihr gute Freunde?«

»Sie ist eine Erwachsene.«

»Ja, sicher. Aber manchmal sind Kinder auch mit Erwachsenen befreundet, oder? Hörst du ihr gern zu?«

»Ja. Sie erzählt mir viel. Über Buenos Aires.«

»Erzählt sie auch von sich selbst? Ob es ihr in Percé gefällt?«

»Ich glaube, es gefällt ihr. Sie hat hier Freunde.«

»Aha, Freunde. Welche Art von Freunden?«

»Ich weiß nicht. Freunde eben.«

»Und worüber spricht sie mit ihren Freunden?«

»Ich weiß nicht. Sie sprechen spanisch.«

»Spanisch! Das wollte ich immer lernen. *Viva España*. Aber weißt du, ich habe kein Talent für Sprachen. Wahrscheinlich war es mein Glück, daß ich in einem Land mit der französischen Sprache aufgewachsen bin. Denn wenn ich diese Sprache hätte lernen müssen ... absolut aussichtslos. Hast du mich schon englisch sprechen hören?« Monsieur Clive lachte kurz auf und sagte mit feierlichem Tonfall: »*My tailor is rich. Your tailor is poor.*«

Ana stieß das Tor auf und rannte zum Haus.

Antoine Berence schaute auf den Wecker. Es war sieben Uhr dreißig. Neben ihm atmete Marianne, sie stöhnte leise im Schlaf. Er wollte sich aufrichten, doch ein stechender Schmerz durchzuckte sein Gesäß. Er versuchte, sich zu entspannen, aber der Schmerz stach von neuem zu und konzentrierte sich in seinem Schließmuskel. Er schloß die Augen und stellte sich die Schmerzregion bildlich vor. Wenn es ihm gelang, den Schmerz zu sehen, sagte er sich, wenn er ihm eine Gestalt geben konnte, würde es ihm gelingen, ihn zu besänftigen, ihn wegzuzaubern. Eine Schwellung, eine Art Gewächs. Vorsichtig fuhr er mit dem Finger an den After. Der Schmerz ballte sich in einem gummiartigen Knoten, der kleiner war als vermutet und sich von innen herausstülpte, das Maul eines Reptils. Er zwang sich zum Aufstehen und kleidete sich sorgfältig an. Nach dem Frühstück würde er zum Arzt gehen.

Der Schmerz verändert alles, sagte er sich. Mantegnas »*Toter Christus*«, *die gelbe Haut ist deine Haut, die offenen Wunden sind deine Wunden, der stinkende Atem kommt aus deinem stummen Mund.* Als er aus dem Zimmer gehen wollte, fuhr er zusammen. *Der Schmerz da drinnen, jetzt, hier. Vielleicht gibt es keine Wahl*, dachte er, *nicht länger Zuschauer sein, selber drinstecken.* Darum also drehte sich alles. Nicht mehr um Lust, nur noch um Schmerz.

Im Eßzimmer trank er seinen Kaffee – im Stehen, denn die Schmach eines Kissens wollte er sich nicht antun. Er sinnierte über einen kurzen Artikel auf den hinteren Seiten des *Devoir*; ein behindertes Kind war irgendwo in den östlichen Vorstädten totgeprügelt worden. Er wollte gerade umblättern, als Monsieur Clive eintrat.

»Antoine, Antoine, Antoine!«

»Guten Morgen. Schon Kaffee getrunken?«

»Ich bin mit den Hühnern aufgestanden. Du kennst mich doch. Nach sechs ist es aus mit dem Schlaf. Außerdem war *ich* nicht die halbe Nacht auf.«

»In deinem Alter brauchst du Ruhe.«

»Antoine, Antoine! Wir beide brauchen Ruhe.«

»Wenn du es sagst.«

»Antoine, du hättest mir Bescheid sagen können.«

»Bescheid sagen?«

»Daß ihr zum Essen eingeladen wart.«

»Sei nicht albern.«

»Ich muß doch erfahren, was los ist. Ich kann doch nicht auch dich noch zum Gegner haben. Wenn ich hier weiterkommen will, brauche ich deine Hilfe. Du kennst die Leute in Percé, Antoine, ich nicht. Waffenbrüder, Antoine! Du hast mir versprochen, daß du, wenn ich je etwas brauche …«

Etwas an Monsieur Clives Flehen war so lächerlich, daß Berence seinen Schmerz für einen Moment vergaß. Er fühlte sich zu einer freundlichen Geste verpflichtet. »Ich werde dir von jetzt an alles sagen, was ich tue. Fangen wir gleich an. Um Punkt acht Uhr dreißig gehe ich zum Arzt.«

Die Schwingtür zur Küche öffnete sich, und Rebecca trat ein, um den Frühstückstisch für Marianne zu decken. Berence stellte die Tasse ab, salutierte vor Monsieur Clive und ging.

Der winzige Warteraum des Arztes war leer.

Kann man den Schmerz in Kategorien einteilen? fragte Berence sich nicht zum erstenmal. *Ich meine, unterscheidet sich der Schmerz, den ein buckliges Kind fühlt, das gegen die Metallstangen seines Bettchens geworfen wird, von dem Schmerz eines, sagen wir, Stevenson, der in Hustenkrämpfen seine Lunge ausspuckt und mit einwärts gedrehten Augen auf seine inneren, blutspeienden Wunden schaut? Oder mein eigener Schmerz, der Schmerz eines Mannes, der beides sieht, der versteht, was das Kind noch nicht begreift, der über etwas verfügt, was Stevenson mit solcher Mühe zum Ausdruck brachte? Welche Schmerzkategorie ist dann die meine, eine Ratte, die sich in mir windet, die wächst und sich bläht? Und warum geschieht das mit mir?*

Ein Bild begann sich in ihm zu formen, eine Halberinnerung. Ein weißgekachelter Raum. Eine einzige, nackte Glühbirne. Gestalten, die sich stumm bewegten. Das Plätschern von Wasser. Alles verband sich vage mit der Vorstellung eines Klosters. *Wo bin ich?* Berence zuckte zusammen. Er überschüttete das Bild mit schwarzer Tinte – eine Sekunde zu spät.

Die Tür ging auf, und die Schwester winkte ihn hinein.

Den ganzen Morgen versuchte Ana, allein zu sein, aber ständig war sie von Leuten umschwärmt wie von Vögeln. Monsieur Clive, der Mann vom Eisenwarenladen und die verweinte Rebecca, die sie mit dem Frühstück bedrängte. Und als sie dann am Chemin de la Plage vorbeiging, stand da Juan mit dem lockigen, schwarzen Bart und lächelte sie an. Gezwungen lächelte sie zurück und ging weiter, doch er fiel mit großer Mühe genau in ihr Schrittempo ein, als wäre sie ein unberechenbares kleines Tier, das jederzeit entwischen könne. Die Straße endete an einer kleinen Kirche, die nicht mehr in Betrieb war. Die Fenster waren bis auf eine kleines Rundfenster über der spitz zulaufenden Tür vernagelt, aus dem blau- und rotfleckige Glasscherben hervorlugten. Genau die Hälfte der Kirche erstrahlte im weißen Sonnenlicht, die andere Hälfte lag im Schatten. Ana setzte sich an der schattigen Seite nieder und zog die Knie hoch. Juan hockte sich neben sie.

»Letzte Nacht, es tut mir leid. Wir haben dich erschreckt. Wir wollten das nicht.«

Sie nickte.

»Dieser Mann, Clive, hat zu dir gesprochen. Hat er gefragt?«

Sie nickte wieder.

»Nach Rebecca?«

Etwas bewegte sich in dem gelben Grasbüschel direkt vor ihr. Sie schaute genau hin, sah aber nichts. Sie stellte sich vor, sie wäre so klein, daß sie sich in dem Büschel verstecken könnte. Die Welt der Insekten.

»Ana, ich werde dir erzählen über Rebecca.«

Die Flügel unter dem kastanienbraunen Panzer verborgen, mit zappelnden Beinen, strebte ein Käfer einem Flecken nackter Erde zu.

»Etwas ist passiert mit Rebecca, lange her.«

»Was ist mit ihr passiert?«

»Wir müssen sein sehr nett zu ihr darum.«

»Was ist passiert?«

»Ermordet, ihre Familie.«

»Die ganze Familie?«

»Fast die ganze.«

»Und wo?«

»In Argentinien.«

»Ich war dort.«

»Ja, ich weiß.«

»Sie sieht aber nicht traurig aus.«

»Man – wie sagt ihr dazu? – erholt sich.«

»Wie bei Josie.«

»Ja.«

»Aha.«

»Ana, du darfst nicht über Rebecca sprechen bei den Leuten. Ich sage das zu dir, weil du sie gern hast. Du hast sie gern, oder?«

»Ja.«

»Manche Leute haben sie nicht gern.«

Der Käfer erklomm einen kleinen Erdklumpen und verharrte mit bebenden Fühlern. Dann hastete er davon in den Schatten und blieb verschwunden.

»Ich glaube, Monsieur Clive hat Rebecca nicht gern.«

»Ich glaube das auch, Ana.«

Juan erhob sich, winkte ihr zu und ging in Richtung Stadt davon.

»Madame Lemaire!«

»Monsieur Berence! Wie nett. Ich vertrete heute Dr. Petras. Er ist in Quebec City.«

Berence fühlte sich schrecklich verlegen. Petras kannte er seit vielen Jahren, mit ihm hatte er über die Beschwerden des Alters gesprochen, er hatte über seine Pläne gehört, irgendwo an der Küste eine Privatklinik zu eröffnen, er hatte ihn zum Essen im »Gargantua« eingeladen und die nordafrikanischen Meeresfrüchte mit denen des kalten Nordatlantik verglichen. Nun mußte er sich plötzlich einer großen, grauhaarigen Frau anvertrauen.

»Raubt Ihnen der Gedanke an die Unsterblichkeit den Schlaf?«

Berence lächelte höflich. »Überhaupt nicht. Etwas viel Banaleres. Hämorrhoiden.«

»Aha, die Zivilisationskrankheit des Alters. Lassen Sie sehen.«

Als er sich auszog, als er den Gürtel ablegte und die Hosen, dann die Unterhosen herunterließ, als er auf seine weißen Schenkel mit den sandfarbenen Flecken schaute und sich daran erinnerte, wie braun sie einst in der Sonne gewesen waren, überfiel ihn der Gedanke, daß ihn jemand aus einer unfaßlichen Zukunft beobachtete. Der Gedanke traf ihn wie ein Schlag. Es schien, daß diese alte Frau, diese übriggebliebene Norne, allein dasaß in einer Zeit, die ihm unerreichbar war, in einer unerbittlich realen Gegenwart, die jedoch für ihn noch nicht angebrochen war; daß er, zurückgeblieben in einer langsameren, umständlicheren Vergangenheit, noch jung und unerfahren war, noch neugierig auf die letzten Seiten des Buches, während sie, sie und die ganze Welt, darauf warteten, daß er sie alternd einholte, an einem Punkt, wo alles überstanden war und keine Fragen mehr gestellt wurden. Er wollte glauben, daß sein Körper wie Mantegnas Christus das Geheimnis darstellte und daß ein anderes Selbst, das unsichtbare, schöne Selbst der Vergangenheit, sogar noch rätselhafter war, weil man nicht darüber sprechen konnte. *Mustes.* Die helläugige Seherin mit den fest verschlossenen Lippen und der Hand über dem Mund.

Er kletterte auf die Liege, auf die dünne Matratze, die mit einem gestärkten Leintuch bespannt war, legte sich, Madame Lemaires Instruktionen folgend, auf die rechte Seite und rollte sich zusammen wie eine Steinzeitmumie. Die Untersuchung begann.

»Ich werde vorsichtig sein. Es ist ein Prachtexemplar,

fürchte ich. Eine Quelle bedeutender Reflexionen, meinen Sie nicht auch? Der Schmerz in den versteckten Winkeln unseres Selbst. Ich frage mich manchmal, ob das, was Eva vor dem Herrn verbarg, nicht ihr Hinterteil war. Das Wissen um das ausgeschiedene Böse. Ein beachtlicher Knoten. Es muß höllisch weh tun.«

Er hörte, daß sie den Gummihandschuh auszog. Über ihm an der Wand bezeugten verschiedene gerahmte Diplome die Fähigkeiten von Dr. Félicité Godbout.

»Meinem Gatten zu Ehren bin ich auf Partys die Madame Lemaire, aber in allen ernsten Fragen bin ich Dr. Godbout; im Falle, daß Sie sich wundern. Mein *nom de plume*, wenn Sie so wollen. Nicht bewegen, bitte. Wir werden drakonische Maßnahmen ergreifen müssen, wenn Sie die Sache nicht dem Zufall überlassen wollen. Ich bin entschieden für Schneiden.«

Er nickte, und es wurde ihm übel.

»Das wird ein wenig weh tun.«

Er hatte nicht gesehen, daß sie eine Spritze gefüllt hatte, und der Desinfektionsäther breitete Kühle über den Knoten. Dann drang die Nadel ein. Ein scharfes Stechen durchzuckte seine Muskeln bis in die Füße. Ein Krampf erfaßte die Wölbung seines rechten Fußes. Berence wand sich vor Schmerzen.

»Bitte stillhalten! Und jetzt gleich noch einmal.«

Wieder und wieder bohrte sich die Nadel in ihn hinein, doch jedesmal wurde der Schmerz schwächer. Schließlich setzte die Betäubung ein. Was immer Madame Lemaire tat, er nahm nur diffuse Berührungen wahr und wurde schläfrig. Dann war es vorbei.

»So, das wär's. Alles überstanden. Jetzt gehen Sie nach Hause und schlafen.«

Er drehte sich vorsichtig um. In einer Schale aus rostfreiem Stahl lagen verschiedene scherenartige Instrumente und blutdurchtränkte Mullkompressen.

Madame Lemaire alias Dr. Godbout lächelte.

»Du schaffst es einfach nicht, ihn zu verjagen«, erwiderte Matthieu.

Es war Samstag, und sie saßen auf dem Holzgeländer vor dem Spielsalon. Die Apparate hinter ihnen summten und zirpten wie mechanische Vögel.

»Wen zu verjagen?«

Manchmal beneidete sie Matthieu. Er war einer der wenigen Freunde, die das ganze Jahr über in Percé lebten.

»Na, ihn!« sagte Matthieu, als wäre klar, von wem er redete. »Josie.«

»Josie ist tot.«

»Das meine ich ja gerade. Sie kommen zurück. Die ertrunkenen Seelen.«

Ana mochte davon nichts wissen und ging los.

»Warte doch, ich will dir das zeigen!«

Am Ostrand des Ortes gabelte sich die Straße. Zur Linken verlief sie entlang der Küste, hoch über den Stränden und Wochenendhäuschen, nach rechts schlängelte sie sich durch die Hügel und mündete in die große Landstraße nach Süden. An dieser Verbindungsstraße, mehr als einen Kilometer entfernt, lag der alte Friedhof. Ana hatte ihn schon oft gesehen, wenn ihr Vater auf dem Weg nach Sainte-Thérèse daran vorbeifuhr, und manchmal auch, wenn er auf seinem, wie er das nannte, Lieblingsweg nach Quebec City fuhr. Eine Kirche hatte dort auch gestanden, aber die war vor vielen Jahren abgebrannt. Ihre Grundmauern waren noch vorhanden; sie sahen mit ihren zerklüfteten Kanten und Zacken aus wie die Schale eines riesigen, zerbrochenen Vogeleis. Das Gräberfeld selbst, das von einem Kettenzaun umgeben war, erkannte man an den gekalkten Grabsteinen. Die meisten Namen auf den Steinen waren von Wind und Wetter ausgelöscht.

Sie brauchten fast eine Stunde, um zum Friedhof zu gelangen. Matthieu zeigte auf eins der Gräber. »Das da!«

Ana stieg über die Kette. Die Erde sah aus, als wäre sie kürzlich umgewühlt worden, und entwurzelte Grasbüschel trockneten in der Sonne.

»Hier haben sie vorletzten Sommer Jean-Luc Gignac begraben. Sein Boot war gekentert, und er war weg. Als sie ihn am Dock von Bonaventure gefunden haben, war sein Gesicht von den Möwen abgefressen. Sie haben ihn hergebracht, weil schon seine Eltern hier begraben sind, und sie brauchten eine Sondererlaubnis. Es gab eine Prozession, die Kinder von Sacré Coeur haben Blumenkreuze getragen, und Pater Hébert hat die Totenrede gehalten. Aber dann« – Matthieu senkte die Stimme –, »als ein paar Tage später jemand zum Friedhof kam, war das Grab aufgebuddelt und die Leiche verschwunden. Madame Homan hat später gesagt, sie hätte das Gesicht von Gignac in ihrem Fenster gesehen. Und meine Mutter kann beschwören, daß Gignac einmal frühmorgens in der Küche zu ihr gesprochen hat.«

Ana schaute wieder auf die zerwühlte Erde und dann weit weg zu den Möwenschwärmen über der Insel Bonaventure. »Nein«, sagte sie.

»Meine Mutter hat gesagt, wer ertrinkt, der stirbt nicht. Der wird ein Schatten, ein wirklicher Schatten, den man sehen kann.«

»Josie ist tot.«

»Josie ist ertrunken.«

»Was deine Mutter sagt, ist Unsinn.«

Matthieu sprang über den Kettenzaun und baute sich vor Ana auf. »Meine Mutter hat recht. Du gehörst nicht hierher. Du und deine verrückte Mutter und dein hochnäsiger Vater. Ihr denkt, ihr wißt mehr als wir. Dabei wißt ihr gar nichts.«

Ana bezwang mit Gewalt ihre Tränen.

Schweigend gingen sie zurück.

Als sie an den Ortsrand kamen, schwebte vor ihnen ein Tölpel herab und setzte sich auf einen Koppelzaun. Der ockerfarbene Fleck auf seiner Stirn leuchtete in den letzten Strahlen der Sonne. Er schlug ein paarmal mit den schwarz gesäumten Flügeln und blieb dann reglos sitzen, nur sein Kopf drehte sich mit, als sie vorbeigingen, und starrte ihnen mit blaugeränderten, runden Augen nach, während die dunklen Stirnfedern zu schmelzen schienen und wie Tinte in schmalen Bahnen am Schnabelansatz herabliefen.

Als Ana die Tür öffnete, saß Rebecca am Küchentisch und filetierte Fische. Ihr langes, schwarzes Haar wogte im Rhythmus ihrer Armbewegungen, und Ana vergaß Matthieu sofort, für einen Moment blieb sie wie gebannt stehen.

»Mach die Tür zu, die Fliegen kommen rein.«

Ana setzte sich auf die lange Bank seitlich des Tisches. Rebecca wälzte die weißen Fischstücke in Mehl und Kräutern. Auf der Schicht bildeten sich sogleich feuchte Flecken.

»Rebecca?«

»Ja?«

»Du hast mir nicht gesagt, daß deine Familie umgekommen ist.«

Rebecca schnitt Zwiebeln, Knoblauch und Schnittlauch und streute es über das Öl, das in der Pfanne glitzerte. Das Öl zischte. Rebecca wischte ihre Hände an einem Tuch ab und rührte mit dem Kochlöffel in der Pfanne.

»War das, als ich auch in Buenos Aires gewohnt habe?«

Der vertraute Duft gebratener Zwiebeln durchzog die Küche. Rebecca warf die panierten Fischfilets in die Pfanne. Sie rührte noch einmal um und setzte sich hin.

»Wer hat dir das erzählt?«

»Dein Freund, der mit dem lockigen Bart.«

»Das hätte er nicht tun sollen.«

»Wie sind sie umgekommen?«

»Sie wurden ermordet.«

»Alle?«

»Mein Neffe, meine zwei Brüder. Meine Schwägerin, mein Schwager. Und mein Vater.«

»Und deine Mutter?«

»Nein. Sie ist schon gestorben, als ich noch klein war. Vor langer Zeit.«

»Wie alt bist du, Rebecca?«

»Einundzwanzig.«

Der Kochlöffel fiel klappernd zu Boden. Ana hob ihn auf und reichte ihn Rebecca. Rebecca wischte ihn am Tuch ab.

»Wer hat sie ermordet?«

»Die Polizei.«

»Warum?«

»In meinem Land braucht die Polizei keine Gründe.«

»Und ich war dort?«

»Ja. Du hast dort gelebt.«

»Haben dich meine Eltern deshalb mit hierhergenommen?«

»Ja.«

»Magst du meine Mutter?«

»Ja, sehr.«

»Weil du weißt, wie sie früher war?«

»Ich habe sie früher sehr gemocht, und ich mag sie heute noch genauso. Deine Mutter ist sehr gütig, sehr lieb. Und sehr klug. Auch wenn sie nicht spricht.«

Rebecca hielt den Kochlöffel in die Pfanne und schmeckte mit der Zungenspitze ab. Das Fischaroma stieg Ana in die Nase.

»Rebecca?«

»Was?«

»Ist in deiner Familie schon einmal jemand ertrunken?«

»Ja.«

»Wer?«

»Mein Bruder Jorge.«

»Wie ist er ertrunken?«

Ana wartete.

»Er wurde ertränkt.«

»Du meinst, jemand hat es getan?«

»Ja.«

»Wer?«

»Einer, der für die Polizei gearbeitet hat.«

»Warum hat er es getan?«

»Warum er Jorge ertränkt hat? Weil Jorge ihm nicht sagte, was er wissen wollte. Also hat er seinen Kopf in einen Eimer Wasser gedrückt.«

Rebecca deckte die Pfanne ab und setzte sich wieder. Sie breitete ein Zeitungsblatt aus, nahm eine große, graue Kartoffel aus dem Korb und begann sie zu schälen. Während die Kartoffelschalen in Spiralen auf das Papier fielen, nahmen Rebeccas Finger die graue Farbe des Schmutzes an.

»Rebecca?«

»Ja?«

»Kommt Jorge manchmal zurück? Kannst du ihn sehen?«

Die Kartoffeln, kleine, schmutzige Leichen auf dem Zeitungspapier, vermehrten sich in erstaunlichem Tempo. Sie rotierten und tanzten in Rebeccas Fingern, bis sie von dem scharfen Messer bis aufs Fleisch entblößt waren.

»Manchmal. Wenn ich daran denke.«

»Nein, ich meine, wirklich. Kommt er zurück? Ist es wahr, daß Ertrunkene nicht sterben?«

Rebecca stand auf, sammelte die Kartoffeln in beide Hände und ging zum Spülbecken, um sie zu waschen. Als sie den Kochtopf aufsetzte, sagte sie: »Glaub diesen Unsinn nicht, Kind. Die Toten sind tot, ob ertrunken oder nicht.«

Dann fügte sie hinzu: »Wer keine Ruhe findet, das sind die, die Menschen ertränken.«

Als Ana sich umdrehte und aus dem Fenster sah, war die Sonne untergegangen, und ein riesiger, grauer Mond stand tief am Himmel.

In die Kissen gelehnt, lauschte Berence dem *Deutschen Requiem* von Brahms, wie er es jeden Samstag tat. Marianne bewegte sich still durch das Schlafzimmer, rückte Gegenstände und Bücher zurecht und wischte unsichtbaren Staub von jeder Oberfläche, die ihr begegnete. Sie wirkte wie ein großes, blindes Tier, das mit sanfter Routine Gesten ausführt, deren Bedeutung schon vergessen ist und die ihren Sinn wahrscheinlich längst verloren haben. Ihre Bewegungen waren graziös, ihre fülligen Formen schwebten mit einer verblüffenden ätherischen Leichtigkeit durch den Raum.

Langsam leitete das Orchester zu den sanften, verhalten gesungenen Worten über: *Selig sind, die da Leid tragen. Selig.* Dann baute sich Leidenschaft auf. Die Solostimmen schienen den anschwellenden Chor zu treiben. Der Baß, anfangs im Hintergrund, trat hervor, unterstützt von den Violinen. Ein glückseliges Thema wehte wie ein Spuk vorüber und schwand wieder. Der Chor gewann an Stärke. Doch plötzlich geschah etwas Unerwartetes, etwas, was in der Musik nicht geschehen mußte: Etwas Neues drang herein, wurde erschaffen. Dieses neue Wissen verlieh den nachfolgenden Klängen seine Färbung. Welche Schönheit! Wenn er nur einmal so weit schauen könnte wie Brahms, würde ihn nichts mehr überraschen, dachte er. Schmetterlingspuppe. Kokon. Die Bauform des Ganzen. Alles ist schon das, was es werden wird.

Berence litt nicht mehr. Die Schwellung war verschwunden, und die Bewegungen des Unterleibs bereiteten ihm keine Beschwerden mehr. Die Schmerzmittel machten ihn schläfrig, aber nach einer Woche hatte er gelernt, dies zu seinem Vorteil zu nutzen. Wenigstens konnte er nun, dachte er, Herr seiner Tagträume werden.

Das Orchester bereitete jetzt den nächsten Satz vor. Mit tiefer, entschlossener Stimme predigte es seine überwältigende Wahrheit in den Raum, den die Töne schufen. Der Chor verkündete, daß alles Fleisch wie Gras sei und alle Herrlichkeit wie die Blumen im Gras. Gras, das verdorrt, Blumen, die welken. *Diese Zartheit mitten im Entsetzen*, dachte er nicht zum erstenmal, *diese Demut.* Und welche Schönheit! »Als hätte Gott es gutgeheißen«, soll Brahms darüber geschrieben haben. Wer hatte ihm das gleich erzählt?

Durch seine halb geschlossenen Lider, hinter einem rosaroten Schleier, sah er Marianne. Sie wandte sich ihm zu. Er fühlte sich wie ein Taucher, der aus sicherer Entfernung von einem großen, silbrigen Fisch beobachtet wird. Sie näherte sich, und ihre runden Hände glätteten die Kissen und zogen ihm die leichte Daunendecke bis ans stachlige Kinn. Er hatte sich vernachlässigt, morgen würde er sich rasieren. Er würde duschen – nicht die warmen Solbäder, die Madame Lemaire verordnet hatte –, sich rasieren und ein weißes Hemd anziehen. Er würde im Garten sitzen, in der Sonne. Er schenkte Marianne ein dankbares Lächeln. Als sie es sah, zog sie sich zurück.

Ein Gefühl plötzlichen Erkennens überkam Berence. Er sah ihre Bewegungen und wußte genau, wie sie verlaufen würden, wie jemand, der eine Seite in einem vertrauten Buch wiederliest.

Eine andere Frau hatte sich so bewegt, mit dieser geschwungenen Linie des Halses, den Blick auf ihn gerichtet, in einem verdunkelten Raum, zu einer anderen Musik.

Berence war jung gewesen damals, ein Offizier Ende Zwanzig, und er begleitete Madame Georges Bidault, die Gattin des französischen Außenministers, bei ihrer offiziellen Aufgabe, prominente weibliche Persönlichkeiten durch Paris zu führen. Im Foyer des Hotels Meurice hatte man sie warten lassen, und Madame Bidault hatte ihm gerade mit einem Schwenken ihres Sommerpelzes befohlen, nach der Persönlichkeit zu sehen, als die Gittertüren des Lifts sich öffneten wie die Vorhänge eines Theaters und die Persönlichkeit heraustrat – in einem schwarzen Kleid, das mit blutroten Rosen übersät war. Sie war überwältigend.

Berence hatte gehört, daß man Perón mit Mussolini verglich, und er hatte ihm eine mißmutige, ältliche Gattin zugetraut. Evita trat auf wie ein Model aus einem Modemagazin.

An jenem Abend saß Evita im Alcázar, umhüllt mit einer goldenen Stola, so groß wie der ganze Tisch, Monsieur und Madame Bidault zu ihrer Linken, der argentinische Botschafter zu ihrer Rechten. Sie sprach beim stöhnenden Gesang der Chanteuse in einem Französisch, das Berence an das Spanisch in Vaudevillestücken erinnerte, und berichtete von den Hilfsgüter-Konvois, die zur Unterstützung der Armen durchs Land geschickt wurden.

Zu Madame Bidault sagte sie: »Die vornehmen Weiber in Argentinien wollten mir den Vorsitz der Wohlfahrtsorganisation nicht lassen. Sie sagten, ich sei zu jung. Ich erwiderte, wenn sie mich nicht akzeptieren könnten, sollten sie meine Mutter ernennen.«

Madame Bidault lachte höflich.

Die Chanteuse ging von der Bühne, und der Conférencier kündigte eine komische Nummer an. Zwei Clowns hatten sich als Kamel verkleidet und steppten zum Geklimper eines Klaviers. Evita applaudierte. Der Tanz ging zu Ende, und das Kamel bewegte sich rückwärts auf den Prominententisch zu, zog einen Blumenstrauß aus seinem Hinterteil und überreichte ihn dem Ehrengast.

Evita erhob sich und zog den Botschafter und den Außenminister mit. »Ich glaube, daß ich jetzt die französische Kultur besser verstehe«, sagte sie auf spanisch.

Der Botschafter übersetzte.

»Sie müssen stolz auf Ihre Errungenschaften sein«, ergänzte sie mit einem Knicks.

Und ihr Hals zeigte dabei die gleiche geschwungene Linie, die Berence jetzt an Marianne sah. Er betrachtete sie mit Bewunderung, mit Respekt. Damals hatte er gedacht, daß er sich in eine solche Frau verlieben könnte.

Marianne bewegte sich zur Tür.

Die Musik erreichte ihn wieder. Das Thema war gewachsen, die Demut hatte sich in Kraft verwandelt, in den Zorn des Lamms. Die Zeit wird vergehen, aber nicht triumphieren, weil alles vergeht. Die Unsterblichkeit der Erinnerung, der Tropfen, der das Gebirge abträgt. Die Zeit ist eine Täuschung.

Das Orchester rief die Trommeln auf, der Raum war erfüllt von Verkündungen. Die Zukunft war abgeschafft.

Dann plötzlich Stille.

»Diese laute Musik ist wohl nicht geeignet für ein Krankenzimmer.« Monsieur Clive hatte die Bandmaschine abgestellt. Berence hob sich ein wenig aus den Kissen. Marianne verließ den Raum.

»Clive, du bist zu sehr ans Befehlen gewöhnt.«

»Wie fühlen wir uns heute?«

»Wir haben uns wunderbar gefühlt – bis vor ein paar Sekunden.«

»Es tut mir leid.«

Monsieur Clive sah sich im Zimmer um. »Marianne macht es dir ja bequem. Sie sieht irgendwie … ruhiger aus als in Quebec City. Friedlicher, oder nicht? Das macht die Landluft, nehme ich an.«

Berence gab keine Antwort.

Monsieur Clive fuhr fort: »Antoine, hör mir zu. Es gibt Dinge, die muß ich tun. Eins davon ist: mich aussprechen.«

Monsieur Clive setzte sich auf die Bettkante. Mit Abscheu bemerkte Berence, daß Monsieur Clives rostrote Krawatte genau auf der Mitte einen Fettfleck hatte. Er versuchte wegzuschauen.

»Antoine, wir müssen miteinander reden.«

Nein, das müssen wir nicht, erwiderte Berence im stillen. *Wir müssen Vorhänge zuziehen, um unerfreuliche Stimmen zu dämpfen. In der Gegenwart leben. Ich kann nichts für dich tun, alter Junge, mein getreuer Clive.* Laut sagte er: »Jetzt nicht, bitte. Ich bin müde.«

Monsieur Clives schneidende Stimme drang auf ihn ein. »Ich brauche deine Hilfe, sonst würde ich nicht fragen. Ich habe einen schwierigen Auftrag, und ich muß ihn erfüllen. Du kennst die Gegend, du kennst die Leute. Du siehst das Auffällige. Du hast die Erfahrung. Als ich dir sagte, daß ich nach Percé fahren muß, hast du mich darum gebeten, ja, du hast darauf bestanden, daß ich bei dir wohne. Und ich dachte, mein Auftrag hat mit der lateinamerikanischen Politik zu tun, da kann Antoine mir helfen. Welch ein glücklicher Zufall, daß ich Antoine kenne und daß er mein Freund ist.«

Berence schloß die Augen, um sich mit Dunkelheit gegen den Eindringling zu wehren: *Ich werde nicht die Vergangenheit heraufholen, nicht einmal aus Freundschaft. Mein lieber Clive, ich kann dir nicht helfen. Dein überaus gut informierter Freund Antoine ist in einem tiefschwarzen Meer versunken. Ich selbst hab ihn hineingestoßen, um ein wenig Ruhe zu finden. Dein blutiges Geschäft überlasse ich dir. Ich habe Schluß gemacht. Ich kann mich an nichts erinnern. Laß mich in Frieden.*

Die letzten Worte mußte er laut gesagt haben, denn Monsieur Clives Stimme schien jetzt seltsamerweise den Tränen nahe. »Antoine, wenn du mich hier nicht willst, kann ich auch in eine Pension gehen.«

»Natürlich bist du mein Gast. Wir werden miteinander reden. In ein paar Tagen.«

Monsieur Clive nahm Berence' schmale Hand, drückte

sie und stand auf. Bevor er ging, schaltete er die Bandmaschine ein. Der Chor wiederholte jetzt mit tiefer Inbrunst, daß alles Fleisch wie Gras sei.

Am Dienstag, ihrem freien Tag, wollte Rebecca mit Ana zum Picknick auf die Insel Bonaventure fahren. »Aber frag erst deine Mutter«, sagte sie.

Marianne saß auf der Gartenbank, untätig, wie es Ana schien. Als Ana wegen des Picknicks fragte, nickte Marianne mit einem Lächeln, und dann tat sie etwas Ungewöhnliches. Sie streckte den fleischigen Arm aus und ergriff Anas Hand. Für einen kurzen Moment blieben Mutter und Tochter reglos, die eine sitzend, die andere stehend.

»Sei vorsichtig«, sagte Marianne und formte die Worte mit den Lippen. Die Stimme bestürzte Ana, und sie brauchte eine Weile, bis sie antworten konnte.

»Das werde ich, *Maman.*« Dann beugte sie sich vor und streichelte ihre Mutter.

Während das kleine Fährschiff stampfend Kurs auf Bonaventure nahm, verfolgte Ana das Kreisen der Vögel hoch oben. *Da fliegen auch die, die Gignac die Augen ausgepickt haben*, dachte sie.

Das Schiff umfuhr in weitem Bogen die Insel und legte an der Nordküste an. Schilder verwiesen die Touristen auf die empfohlenen Wege, doch Rebecca ignorierte sie und schlug einen Pfad ein, der in östlicher Richtung die Küste säumte. Sie kamen zu einer verlassenen Fischerhütte und bahnten sich einen Weg durch das hohe Gras, um hineinzuschauen. Das Gebälk war verwittert und grau, und die Decke des hinteren Raums, der wahrscheinlich als Schlafkammer gedient hatte, war zur Hälfte eingestürzt. Als sie wieder ins Freie traten, stand Juan vor ihnen.

»So ein Zufall!« sagte Rebecca zu ihr. »Juan ist auch hier. *Qué suerte, eh?*«

»Ich glaub dir nicht«, sagte Ana finster.

»Was meinst du damit?«

»Du hast gewußt, daß er hier ist. Und deshalb sind wir hergekommen.«

Rebecca sprach hastig ein paar spanische Worte zu Juan.

»Gut, wir setzen uns dort hinten hin und reden miteinander.«

Ein Baumstamm, von einem Stickmuster aus feinen Flechten überwachsen, lag wenige Meter vom Haus entfernt. Sie ließen sich bei ihm nieder, und Juan kauerte sich neben sie.

»Ana, ich habe dir erzählt von Rebecca. Weißt du noch?«

»Ja.«

»Es ist dasselbe mit uns.«

»Was ist dasselbe?«

»Wir alle haben Familie verloren in Argentina. Ich und Tulio. Und viele, viele andere, die du nicht kennst.«

»Seid ihr deshalb zusammen?«

»Ja.«

»Aber warum versteckt ihr euch dann?«

»Weil die Freunde der Mörder uns sonst verfolgen.«

»Hier?«

»Ja.«

Rebecca und Juan wechselten ein paar Worte auf spanisch. Dann fuhr Juan fort: »Rebecca hat erzählt, daß ein Mann ihren Bruder ertränkt hat. Ja?«

»Ja.«

»Dieser Mann hat noch vielen anderen etwas getan. Tulios Bruder und meinen Freunden und mir selbst.«

Rebecca machte eine Handbewegung, um Juan von etwas abzuhalten. Verärgert widersprach er ihr auf spanisch. Dann schob er den Ärmel seines blauen Hemdes hoch. Ana sah eine rötlichviolette Zickzacklinie, die sich am Arm hinaufschlängelte. Sie erkannte, daß das keine Ader war. Die Zackenlinie verlief zu regelmäßig, als wäre sie mit Sorgfalt angelegt worden.

»Wir wollen diesen Mann finden.«

Juan streifte den Ärmel wieder glatt.

»Du verstehst jetzt? Ja?«

Ana nickte.

Sie bemerkte eine lange Ameisenstraße, die sich über einen Ast des Baumes zog, den barocken Schnörkeln der Flechten folgte und dem Henkel des Picknickkorbes bedenklich nahe kam.

»Wenn wir ihn finden, Tulio, Rebecca und ich, werden wir sorgen, daß er Strafe bekommt. Dann gehen wir weg. Aber du darfst auch später nichts sagen.«

»Wird Rebecca uns dann verlassen?«

»Ja.«

Ana wandte sich zu Rebecca. »Du wirst mir fehlen.«

»Du mir auch. Bist du mir noch böse?«

»Nein.«

»Dann wollen wir essen.«

Rebecca zog den Korb heran und öffnete den Deckel.

»Ana, darf Juan mit uns essen?«

»Ja.«

Keine Ameise hatte den Korb erklettert.

Antoine Berence klopfte mit seiner Gabel auf das Messer, das Monsieur Clive in der Hand hielt. »Deine Hand. Du hast die nordamerikanischen Tischsitten nicht gelernt. Du bist immer noch ein gallischer Barbar, der auf alles einhackt, was auf dem Teller liegt, als müßtest du es töten. Du hältst Messer und Gabel wie zu einem Angriff bereit. Lerne die Sitten des Landes, in dem du lebst. Hier in der Neuen Welt hält man die Gabel in der rechten Hand, spießt behutsam das Essen auf, und die linke liegt dabei weltvergessen, in wahrhaft christlicher Manier, im Schoß. Wenn sie ihren Dienst getan hat, legt sie die Waffe ab und zieht sich aus der Schlacht zurück. Beherzige diese Lektion, mein lieber Clive.«

»Meinst du damit, daß ich auch in Pension gehen soll, daß ich aufgeben soll?«

»Das kannst nur du selbst entscheiden.«

»Du glaubst nicht, was ich dir gesagt habe.«

Zwischen ihnen, auf dem weißen Tischtuch des »Gargantua«, stand ein ovaler Teller mit winzigen rosa Muscheln, *les bigorneaux*. Ihre Schalen waren mit feinen violetten Linien gezeichnet, die aussahen wie Fingerabdrücke. An den Tellerrand gelehnt, standen zwei glänzende Spieße. Berence legte die Gabel hin, schob ein halb gegessenes Fleischklößchen an den Tellerrand, nahm einen Spieß in die rechte Hand, eine Muschel in die linke und hebelte das Fleisch aus der zarten Schale. Noch immer ein wenig unbehaglich nach der Operation, rutschte er auf dem Stuhl hin und her.

»Du hast mir gesagt, daß eine Gruppe von Argentiniern in Quebec hinter einem Mann her ist. Du glaubst, daß der Mann, den sie suchen, sich in Percé aufhält. Du glaubst, daß Rebecca, die wir aus Buenos Aires mitgebracht haben, in ihre Aktivitäten verwickelt ist. Du glaubst, daß sie bald gegen eine bestimmte Person tätig werden. Ist das richtig?«

»Ja.«

Mit einer geschickten Wendung des Spießes riß er eine Muschel aus der Schale und schob sie in den Mund. *Würden wir sie essen, wenn wir wüßten, daß sie Schmerz empfinden?* fragte er sich. *Miserere nobis.*

»Clive, Clive.« Er tupfte die Mundwinkel mit der Serviette. »Ist die Sûreté wirklich so verschlafen und so uninformiert? Ich habe in Argentinien gelebt, Clive. Das Militär dort war ein Haufen von unwissenden Stümpern, aber die Guerrilla genauso. Rekruten, frisch von der Schule, haben gegen Bauern mit hochgespannten Idealen gekämpft. Kleine Pfadfinderarmeen gegen uniformierte Dorftrottel. Nicht wie bei der FLN oder der OAS. Deine ›Zielperson‹ ist nicht gefährdet, Clive. Diese Guerrilleros können zwar töten, aber eher sprengen sie sich selbst in die Luft, als daß sie einen komplizierten Rachefeldzug austüfteln. Auf jeden Fall gilt das für ein Mädchen wie Rebecca, die keiner Fliege etwas zuleide tun kann. Du kannst Bill sagen, er braucht sich keine Sorgen zu machen.«

»Bill?«

»Ist er nicht der Mann, von dem wir sprechen? Madame Michault hat seine ›argentinische Erfahrung‹ herausgestrichen.«

»Vielleicht. Wir wissen es nicht.«

Die Serviererin nahm den Muschelteller und die Schüssel mit den Klößchen weg und stellte eine große Platte mit Krabbenschenkeln hin.

»*Nicht grün, sondern von der Farbe des Sonnenuntergangs*«, zitierte Berence aus dem Gedächtnis. Dorés Illustration von Dantes siebentem Kreis der Hölle – die Mörder verwandelt in schwärzliches Holz, »*knorrig und verfilzt, besetzt mit Dornen statt mit Früchten, gefüllt mit Gift*«, unter ihnen die Selbstmörder, gehetzt von schwarzen Hunden. Würden diese Krabbenschenkel bluten, wenn er sie aufbrach? »*Von den Knochensplittern barsten Worte und spritzte Blut.*« Er brach eine Röhre auf. Würden diese Gebeine sprechen? Ein langer, zartrosa Strang trat aus seiner Umhüllung.

Monsieur Clive aß nicht.

»Bill erinnert mich an Lenoir, weißt du noch? Mager, aber muskulös, hatte eine Leberinfektion vom Tätowieren.«

»Ich habe seine Akte bestellt.«

»Clive, du bist alt geworden, alt, alt, alt. In deiner Unterhaltung kennst du nur noch den Befehlston. Und du ißt kaum etwas.«

Berence ergriff ein paar Krabbenschenkel und legte sie auf Monsieur Clives Teller.

»Clive, Clive! In Algier gab es kaum eine Nacht, wo wir nicht geredet haben, bis die Tische abgeräumt waren. Was ist aus dem alten Clive geworden? Früher hast du mir das Vergehen der Zeit erklärt. Du hast mir deine Ansicht erläutert, daß es keine Gegenwart gibt. Wir sehen nur das Vergangene, das Licht von Sternen, die längst erloschen sind. Wir holen nie das Heute ein, hast du gesagt. Und wenn wir sterben, werden wir nicht wissen, was mit uns geschieht. Du warst ein Philosoph, Clive.«

Monsieur Clive brach ein Stück Brot ab und schob es in den Mund. Er blickte auf die toten Krabbenschenkel. »Willst du mich veralbern?«

»Veralbern?«

»Hast du dich nicht auch geändert?«

Berence füllte Monsieur Clives Weinglas. *Das köstliche, beredte Blut.* »Nicht geändert, Clive. Zur Ruhe gesetzt.«

»Du sagst das so, als wolltest du mich loswerden.«

»Clive, du bist in meinem Haus willkommen, solange

du willst. Aber ich bin pensioniert. Bleiben wir doch jeder einfach unseren Entschlüssen treu. Du hast den Auftrag zu jagen. Ich ziehe es vor, zu lesen, Musik zu hören, mit Freunden Wein zu trinken. Die Bücher ersetzen mir die Welt, hat mal einer gesagt. Ich würde dich nicht darum bitten, zu Hause zu sitzen und zu lesen.«

Mit der Andeutung eines Lächelns, das nur in den Augen- und Mundwinkeln sichtbar war, hob Berence sein Glas an die Lippen.

»Na gut.« Monsieur Clive lächelte zurück. »Jedem das Seine. Ich werde dich nicht mehr behelligen. Ich setze meine Jagd fort, und du kannst dich in deinen Büchern vergraben.«

Monsieur Clive stand auf, nahm seinen Teller in die schmalen, sommersprossigen Hände und warf die unberührten Krabbenschenkel quer über den Tisch in Berence' Schoß.

Etliche Gäste drehten sich verwundert um und verfolgten den Streit zwischen zwei älteren Herren.

»Ich werde nichts mehr von dir annehmen, Antoine. Vergiß unsere gemeinsame Zeit. Vergiß unsere Freundschaft. Ich habe dir vertraut. Ich war stolz auf unsere Vergangenheit. Aber du bist wie ein blindes altes Walroß, das sich ein gemütliches Nest baut und alles zermalmt, was ihm in den Weg kommt!«

Plötzlich bemerkte Monsieur Clive, daß er schrie und daß der Geschäftsführer auf sie zueilte. Er setzte sich wieder.

»Es tut mir leid«, sagte er. »Bitte vergib mir. Ich habe wohl zuviel Wein getrunken.«

Berence säuberte seinen Schoß und achtete darauf, daß der Saft der Krabbenschenkel nicht auf seine Hosen tropfte. Dann langte er hinüber und tätschelte Monsieur Clives Arm.

»Es ist alles in Ordnung«, sagte er zum Geschäftsführer. Dann, zu Monsieur Clive gewandt: »Wir sind Freunde, ohne jede Frage. Für immer und ewig. Diejenigen, die anderen Gewalt antun, zum Beispiel Polizisten, und diejenigen, die sich selbst Gewalt antun, indem sie sich lebendig unter Büchern begraben, wie ich es tue, treffen sich im selben Kreis der Hölle wieder. Hast du das gewußt? Du wirst in einen knorrigen Baum verwandelt, du wirst stöhnen und Blut speien, und ich werde von schwarzen Hündinnen über deine schmerzenden Wurzeln gejagt. Wir werden vereint sein, mein Freund.«

Der Geschäftsführer des »Gargantua« räusperte sich, nahm einen Stuhl, zog Stift und Notizbuch heraus und fragte sie – als wäre nichts vorgefallen – mit schwerem normannischem Akzent, ob sie mit ihrer Mahlzeit zufrieden wären.

An den Tagen darauf regnete es. Ana blieb im Zimmer und spielte allein. Die Erwachsenen erschienen ihr ruhiger, wie auf Zehenspitzen. Ana wachte morgens mit dem Gefühl der Stille und Geborgenheit auf und schlief abends beim Geräusch des Regens ein.

Eines Morgens war sie sehr früh nach unten gegangen, um aus dem Wohnzimmerfenster in den Regen zu blicken, und hatte dort ihren Vater vorgefunden, der im Pyjama dastand und aufs Meer hinaussah.

Er hatte sie zu sich gerufen, und sie hatten eine Weile lang zusammen zugeschaut, wie sich das Grau des Morgens im Licht verfärbte, das durch die aufreißende Wolkendecke drang.

»Rebeccas Mutter hat ihr erzählt«, sagte Ana, »daß Gott drei Schlüssel hat: den Schlüssel zum Leben, den Schlüssel zum Tod und den Schlüssel zum Regen.«

»Wenn man an Gott glaubt«, sagte Berence.

»Glaubst du an Gott?«

»Einmal ist jemand, den ich kannte, so von seinem Glauben an die Idee von einem Gott entflammt worden, daß er daran verbrannte. Er ist vollständig verbrannt, bis nichts mehr übrig war als seine Asche.«

»Und du hast es gesehen?«

»Ich habe die Asche gesehen. Andere, die ihn gekannt hatten, sagten, daß das Wunder seine Heiligkeit unter Beweis stellte. Aber daran glaube ich nicht. Man braucht nicht die Existenz eines Gottes zu beweisen, um ihn zu lieben. Wenn diese Landschaft da draußen nur ein Traum wäre, würdest du sie deshalb weniger lieben?«

Ana dachte eine Weile nach.

»Vielleicht«, sagte sie. »Wenn ich wüßte, daß sie ein Traum ist.«

Eine Woche vor dem Ende der Ferien und der ermüdenden Rückfahrt nach Quebec City bat Ana Rebecca darum, ihr das Vaterunser auf spanisch beizubringen. Als der Sonntag kam, wußte Ana es auswendig und fühlte sich imstande, es in der Kirche mitzusprechen.

Berence entschied, daß sie zur Kirche St. Anne gehen würden. Er hatte geglaubt, daß seine Wunde verheilt war, doch zuweilen erinnerte ihn ein Ziehen oder Zwicken an ihr Vorhandensein. Er sagte sich, daß Ruhe nicht helfen würde, daß er Bewegung brauchte. Er holte Mariannes Schal, zog den Regenmantel über die Schultern und nahm Ana bei der Hand. Marianne hakte sich in Rebeccas Arm ein, und so bewegten sie sich langsam, mit einer seltsamen Würde die Straße entlang zu der kleinen Kirche.

Da sind wir nun, dachte Berence, *um die Gemeindemitglieder zu erfreuen, eine der Grundfesten der Zivilisation. Die Familie auf dem Weg zur Kirche. Ein Kitschgemälde. Man müßte uns golden einrahmen.*

Als sie ihren Platz in der Bank einnahmen, bemerkte Ana Mrs. Dunkelmeyer ein paar Reihen hinter ihnen. Mrs. Dunkelmeyer hatte ihren Kopf leicht zur Seite geneigt, und sie lächelte. Ana senkte den Blick.

Sie kann es doch nicht vergessen haben! sagte sie sich. *Wie kann sie es da wagen zu lächeln?*

Wenn sie sich umschaute, konnte sie hoch über dem Portal das große Gemälde der heiligen Anna, der Marienmutter, sehen, die das Kind der Jungfrau zum Tempel führt. *»Sie hat ihr Kind Gott geweiht«*, hatte der Lehrer ihnen erklärt. *»Sie führt die Frucht der Unbefleckten Empfängnis ihrem Schöpfer zu. Bei jeder Geburt«*, hatte der Lehrer gesagt, *»gibt die heilige Anna ihren Beistand.«* Ihre Schutzheilige, der Beistand für jedes Beginnen.

Als Pater Kennin aufstand, um die Messe zu lesen, bemerkte Berence, daß Pater Hébert am Altar stand. Er stieß Marianne an und machte eine Bewegung mit dem Kopf. Sie schaute zu ihm, folgte seiner Geste und blickte ihn dann fragend an.

»Pater Hébert, erinnerst du dich?«

Sie schüttelte den Kopf.

Pater Kennin begann seinen Text.

»Matthäus 18, Verse 21 und 22. So lautet das Wort des Herrn. ›Da trat Petrus zu ihm und sprach: Herr, wie oft soll ich meinem Bruder vergeben, der an mir sündigt? Ist es mit siebenmal genug? Jesus sprach zu ihm: Ich sage dir, nicht siebenmal sollst du ihm vergeben, sondern siebzigmal siebenmal.‹ So lautet das Wort des Herrn. Amen.«

Die Gemeinde antwortete.

Pater Kennin fuhr fort. »Siebzigmal siebenmal. Vierhundertneunzigmal sollen wir unserem Bruder vergeben, unserer Schwester, unserem Nachbarn, dem Mann, der die Hand gegen uns erhebt, der Frau, die uns Übles nachredet. Vierhundertundneunzigmal, sagt Christus, unser Herr. Aber was geschieht beim vierhunderteinundneunzigsten Mal? Was geschieht, wenn das Maß der Vergebung gefüllt ist? Wenn es den Anschein hat, daß Christus uns die Vergebung der Sünden nicht mehr abverlangt? Was dann?«

Pater Kennin machte eine lange Pause.

»Ist es uns dann erlaubt, Rache zu üben? Dürfen wir es dann an Barmherzigkeit fehlen lassen?«

Eine weitere Pause.

»Wie wir mit unserem Nächsten verfahren, so wird der Herr mit uns verfahren. Auf jedes Sandkorn, das wir in die Waagschale werfen, wird Er mit einem Felsbrocken antworten. Für jedes Leid, das wir einer Fliege antun, fordert Er einen Sohn oder eine Tochter. Für jedes Mal, wenn wir unserem Nachbarn die Tür verschließen, wird Er einen Waldbrand entfachen und eine Lawine aus Eis entfesseln. Denn« – jetzt dämpfte Pater Kennin die Stimme zu einem Flüstern – »die Rache liegt allein in Seiner Hand, nicht in der unseren. Lasset uns beten.«

Der Kirchenchor bereitete sich auf den Choral vor, der eine oder andere hustete noch einmal, dann setzte die Orgel ein.

Nach dem Essen ging Berence in seine Bibliothek und setzte sich, die orangefarbene Katze im Schoß. Obwohl er sich müde fühlte, wollte er seinen Mittagschlaf nicht vor zwei Uhr beginnen. Er genoß die Vorstellung eines geregelten Tagesablaufs. Mrs. Dunkelmeyer, die nach der Messe zu ihm gewatschelt war, um ihn zu begrüßen und Marianne auf beide Wangen zu küssen, hatte ihm erzählt, daß Rebecca ein paar Minuten vor dem Ende gegangen war. Berence hatte Mrs. Dunkelmeyer aus Höflichkeit zu einem Besuch eingeladen – »gern, sehr gern, aber ich möchte mich nicht aufdrängen« –, und dann hatte Marianne die Hand auf seinen linken Arm gelegt, Ana hatte seinen rechten genommen, und wieder einmal bot die Familie Berence ein lebendes Bild zur allgemeinen Bewunderung.

Jetzt, in seinem Zimmer, fühlte er sich zu schläfrig zum Lesen, zu träge, um eine Platte aufzulegen. Sein Ritter, erstarrt in der Bewegung zwischen Tod und Teufel, erhaschte einen langen Blick von ihm. *Wenn ich sterbe*, dachte er, *dann will ich dieses Bild sehen.* Seine Lider wurden schwerer und schwerer. Schließlich ließ er die Katze zu Boden und stieg hinauf ins Schlafzimmer.

Marianne lag auf dem Bett und hatte die Augen geschlossen. Sie hatte nur die Schuhe ausgezogen. Ihre großen, mit Strümpfen bekleideten Füße ruhten wie zwei unbehaarte Tiere auf der blauen Daunendecke. Ihre Brust hob und senkte sich, und ihr Mund, der ein wenig geöffnet war, machte leise, mürrische Geräusche. Sie hatte das Haarnetz abgenommen, ihr Haar breitete sich lose über das Kissen.

Er legte sich neben sie und dachte daran, wie sehr er – vor vielen Jahren – ihre Nackenlinie geliebt hatte, das zarte Grübchen hinter dem Ohr, die Fülle ihres Haars. Er drehte sich, ihr zugewandt, auf die Seite.

Er legte den Arm über ihre Brust und ließ die Finger

jenseits ihres Gesichts am Hals hinaufwandern bis zum Ohrläppchen. Marianne runzelte im Schlaf die Stirn. Er stützte sich auf den Ellbogen und beugte sich hinüber, um sie behutsam zu küssen.

Sie schlug die Augen auf.

Ihr Kleid war aus blaßblauer Baumwolle und vorn mit einer langen Reihe von Knöpfen verschlossen. Er öffnete einen nach dem anderen, und als er am untersten Knopf angekommen war, rutschte das blaßblaue Tuch beiseite.

Vorsichtig, um ihr nicht weh zu tun, schob er die Hand unter ihren Rücken und öffnete den Verschluß ihres Büstenhalters. Er nahm den Büstenhalter ab, und ihre Brüste fielen zu beiden Seiten herab.

Auf den Knien kroch er ans Fußende und zog ihr die Strümpfe aus. Er sah die Adern, die ihre Schenkel marmorierten. Er griff nach ihrem Schlüpfer und zog am elastischen Bund. Als er den Schlüpfer ausgezogen hatte, war er außer Atem. Er spürte einen gewissen Schmerz in der Brust und hielt inne.

Er erinnerte sich an früher, aber jetzt war Marianne, wie ihm schien, sogar noch schöner. Die Jahre hatten ihre Kurven weicher gemacht, ihre Armmuskeln erschlaffen lassen, die Hautpartien der Hüftgegend gefältelt, ihre Beine mit einem Netzwerk dunkler Flecken bedeckt. Ihr Haar war noch schwarz bis auf ein paar weiße Fäden an den Schläfen, doch das Gesicht wirkte aufgeschwemmt und blaß wie etwas, was zu lange im Wasser gelegen hat. *Durchs Gewitter gegangen*, dachte er und küßte sie erneut.

Sie ächzte leise und drehte den Kopf zur Seite. Aber ihr Körper blieb auf dem Rücken liegen, auf das Kleid gebreitet wie auf eine offene Mantille, die nur an den Armen und Schultern befestigt ist.

Er stieg aus dem Bett und entkleidete sich, ohne sie aus den Augen zu lassen. Dann kroch er zu ihr zurück und streichelte sie zärtlich, so daß nur seine Fingerspitzen ihre Haut berührten. Seine Hand folgte ihren Umrissen und Kurven, aufwärts, abwärts, quer, und er dachte wieder an die Vergangenheit. Schließlich legte er sich behutsam, das Pfeifen in den Lungen unterdrückend, auf sie und drang so sanft wie möglich in sie ein. Das Gesicht in ihrem Haar vergraben, bemüht, sich nicht zu schwer zu machen, bewegte er sich auf und ab, bis er sich nicht mehr zurückhalten konnte.

Als Berence wieder hochschaute, blickten ihn die Augen seiner Frau noch immer an, aber sie sprach kein Wort. Sie lag da, dachte er, als wäre eine andere geliebt worden, in einem fernen Königreich, vor langer, langer Zeit.

Wenn die Zahl der Dielenbretter gerade ist, sagte sich Ana, *dann wird Rebecca wiederkommen. Dann werde ich morgen früh aufstehen, und sie wird dasein, in der Küche das Frühstück zubereiten und nach Waschpulver riechen. Ich werde zu ihr hinunterrufen, und sie wird zurückrufen, und ich werde mir Biskuitkuchen mit Milchcreme wünschen. Aber,* dachte Ana weiter, *wenn die Zahl ungerade ist, dann werde ich sie nie wiedersehen. Sie wird weg sein, wie es Juan gesagt hat, oder umgekommen sein bei einem schrecklichen Unfall. Sie wird irgendwo begraben sein, und niemand wird wissen, was mit ihr geschehen ist. Wenn die Zahl gerade ist, wird Juan verschwinden, wird Monsieur Clive verschwinden, und wir alle, Maman, Papa, Rebecca und ich, fahren mit dem Auto nach Quebec City zurück, und ich räume mein Zimmer um, und ich sage Matthieu, daß er ein Spinner ist, und meine Lehrerin wird Madame Arnaud sein. Ich werde einen Computer zu Weihnachten kriegen, Mama wird meinen Geburtstagskuchen backen, wenn ich elf werde, und ich darf dann aufbleiben, solange ich will. Aber*, dachte sie noch, als sie zu zählen anfing, *wenn die Zahl ungerade ist, dann muß ich sterben.*

Kurz vor dem letzten Dielenbrett hörte sie auf zu zählen und schloß die Augen. Sie wollte es nicht wissen.

Stabsfeldwebel Maurice Clive von der Sûreté Quebec sprach mit Corporal Tremblay von der Polizeistation Percé. Sie saßen in einem schäbigen kleinen Bürozimmer, das rosa gestrichen war. An der Wand hing der Kalender einer chinesischen Wäscherei – ein orientalisches Mädchen lugte hinter einem Fächer hervor. *Wie in einem Massagesalon*, dachte Corporal Trembly. Zwischen den beiden Polizisten türmte sich ein Stapel abgegriffener Aktenordner.

Beide versuchten, auf den anderen Eindruck zu machen. Monsieur Clive pochte auf seine dienstlichen Befugnisse und setzte wirkungsvoll seinen französischen Akzent in Szene. Corporal Tremblay trumpfte mit seinen überlegenen Wissensstand auf und hielt seinen lokalen Dialekt dagegen.

Monsieur Clive griff nach dem obersten Ordner. »Bill Bernstein war von 1974 bis 1977 in Argentinien. Laut Paß ist er in Baltimore geboren. Jetzt ist er achtundvierzig und Vorstandsmitglied von Harcourt Instruments. Ein Industriemanager, soll einen Harvard-Abschluß haben.«

»Hat er Verbindungen zur argentinischen Regierung?«

»Keine nachweislichen. Aber als amerikanischer Geschäftsmann in den siebziger Jahren wäre er dort ohne solche Verbindungen nicht weit gekommen.«

»Wenn Sie meinen.«

»Nun, was die drei anderen betrifft, so ist es ziemlich erwiesen, daß sie zu dieser Gruppe gehören, wie immer sie heißen mag. Das wurde bestätigt. Offiziell.«

Corporal Tremblay zog einen Stift hervor und begann auf der Bernstein-Akte herumzukritzeln. »Aber was genau haben sie vor? Wollen sie ihn niederschießen, sein Auto in die Luft jagen, ihn von der Klippe stürzen? Die sehen nicht so aus, als wären sie dazu fähig. Haben Sie sie gesehen?«

»So halbwegs. Das Mädchen sieht deprimiert aus. Und einer der beiden Männer wirkt verschreckt.«

»Was ist weiter bekannt?«

»Nicht viel. Ihre Zielperson scheint so etwas wie ein Militärberater gewesen zu sein, eine Art Ausbilder für Foltermethoden. Haben Sie Erfahrungen mit Folter in Ihrer Abteilung?«

Corporal Tremblay hörte auf zu kritzeln und starrte Monsieur Clive an. Er hatte ein paar ineinander verschlungene Vögel gezeichnet, deren Hälse aus einem gemeinsamen Körper wuchsen, der wiederum in mehreren Beinpaaren endete.

»Folter?«

»Natürlich nicht! Ihnen als waschechtem Québécois sind Algerien und Indochina ja glücklicherweise erspart geblieben. Und hier geht es zu wie bei der Heilsarmee, wie beim Roten Kreuz.«

Corporal Tremblay schwieg.

»All diese Unschuldslämmer in Paris haben mit den Fingern auf uns gezeigt. ›Säubert Algerien, aber macht euch nicht die Hände schmutzig!‹ – ›Demokratie ohne Folter!‹ Natürlich ist so was passiert, das wußten wir. Und alle wußten es. Damals sind einige der besten Foltermethoden entwickelt worden.«

Corporal Tremblay ächzte.

»Aber nicht nur auf unserer Seite, das kann ich Ihnen sagen. Ich habe mal einen Jungen gesehen, den hatten die *Fedajin* lebend gekriegt. Wissen Sie, wie ein freigelegtes Bündel Nerven aussieht, das aus einem Muskel herausgezogen wurde?«

Corporal Tremblay verneinte das. Er legte den Stift nieder.

»Natürlich ist nicht jeder geeignet. Wir hatten ein paar große, brutale Typen in unserer Division, und die sind bei den Verhören wohl nicht allzu zartfühlend gewesen. Eines Abends hat uns der Oberst eine Liste vorgelesen, was man mit lebendigen Feinden alles anstellen kann. Als der Morgen dämmerte, war er noch immer nicht fertig. Man braucht nicht viel Phantasie dazu, müssen Sie wissen.«

Corporal Tremblay machte einen vergeblichen Versuch, vom Stuhl aufzustehen.

»Die sehen das von ihrer Warte aus und wir von unserer. Und Hinweise auf angebliche Folterhandlungen werden wir in Mr. Bernsteins Lebenslauf vergeblich suchen.«

Corporal Tremblay lehnte sich wieder zurück.

»Also behalten wir die Latinos einfach im Auge. Wen sie wann treffen, was sie wann treiben. Und sobald sich etwas Verdächtiges tut, holen wir sie uns. Aber weiter nichts, solange wir keine Beweise haben.«

Corporal Tremblay nahm seinen Stift wieder auf und sperrte die Vögel in einen verschnörkelten Käfig. »Dann ist es also unsere Aufgabe, das Leben eines Folterers zu schützen.«

Monsieur Clive stand auf und zog die Akte unter Corporal Tremblays Stift weg. »Nein. Unsere Aufgabe ist es, für Frieden zu sorgen.«

Dann fügte er hinzu: »Ich gehe jetzt in das Motel, wo die zwei Männer wohnen, und stelle ein paar Fragen. Wir haben lange genug gewartet. Sie können Monsieur Berence die Bernstein-Akte zeigen. Bestellen Sie ihn her. Fragen Sie, ob er ihn jemals in dienstlicher Mission gesehen hat.«

Ohne aufzustehen, sah Corporal Tremblay zu, wie Monsieur Clive den Aktenstapel ordnete und exakt am Schreibtischrand ausrichtete. Als Monsieur Clive sich umwandte und zur Türklinke griff, streifte sein Ärmel die oberste Akte, und ein Schwarm von Blättern flatterte zu Boden. Corporal Tremblay wartete eine volle Minute, bevor er sich daranmachte, Monsieur Clive beim Aufsammeln zu helfen. Während er die Blätter auflas, vermochte er den Gedanken nicht mehr loszuwerden, daß ihn der Anblick der sommersprossigen Hände seines Vorgesetzten mit Abscheu erfüllte.

Schon als Junge hatte Corporal Tremblay mit leisem Neid zu dem Haus mit den blauen Schindeln aufgeblickt. Die Schindeln waren nicht immer blau gewesen: Ein Mann aus Connecticut hatte sie einmal rot gestrichen, dann waren sie schwarz – auf Wunsch einer gewissen französischen Dame, die in der Stadt als Madame La Duchesse bekannt war. Damals war der Corporal acht oder neun Jahre alt gewesen. Irgendein Gangster aus Montreal hatte sie in dem großen Haus am Meer mitsamt Leibwächtern zu ihrer Bewachung untergebracht, und sie ließ die Wächter Kostüme und Perücken aus dem 18. Jahrhundert tragen. Corporal Tremblay konnte sich noch an den Anblick einer solchen Prozession im Stil von Versailles erinnern: die Wächter in weißen Perücken und Brokat, gefolgt von La Duchesse, auf dem Weg vom Haus in die Stadt, mitten im Winter, vor dem Hintergrund des grauen Himmels. Als La Duchesse gestorben war, wurde das Haus verkauft, und die neuen Eigentümer hatten die Schindeln wieder blau gestrichen. Hätte Corporal Tremblay einen Wunsch frei gehabt, hätte er sich dieses Haus auf dem Hochufer gewünscht.

Von allen Bewohnern, die er kannte, war ihm Monsieur Berence der liebste. Er erfreute sich an der Lebensart des alten Herrn, und es gefiel ihm, wie sehr sie dem Charakter des Hauses entsprach. *Monsieur Berence und das Haus verleihen sich gegenseitig Bedeutung. Sie ergänzen einander*, dachte Corporal Tremblay.

Es war gerade halb drei. Er fuhr Monsieur Berence zurück zu dem Haus mit den blauen Schindeln. »Das war ein Komplott, um mich um meinen Mittagschlaf zu bringen«, hatte der alte Mann gescherzt. Sie hatten eine Stunde in der Polizeistation gesessen und über Bill Bernstein gesprochen. Aber Monsieur Berence hatte schon von sich aus darauf hingewiesen, daß er über den Mann, den er nur flüchtig gesehen hatte, kaum etwas sagen konnte. Ja, seine Südamerikaerfahrung konnte vielleicht helfen, einige Aktivitäten von Bernstein besser zu verstehen, aber wie sollte Corporal Tremblay den Mann auf dieser Grundlage als etwas identifizieren, was Monsieur Clive die »Zielperson« nannte?

Corporal Tremblay hatte Fotos ausgebreitet: Bernstein in Argentinien. Bernstein schüttelt Uniformierten die Hand, Bernstein in einem Gruppenbild, Bernstein allein. Monsieur Berence hatte gewisse Gesichter und Schauplätze erkannt. Aber er behauptete, Bernstein nie gesehen zu haben, als er selbst in Argentinien gelebt hatte.

Höflich bohrte Corporal Tremblay weiter: »Tut mir

leid, Monsieur Berence, aber Sie müssen ihn gelegentlich gesehen haben. Als Sie zum Beispiel auf diesem Abendessen waren, war Bernstein auch dort.«

Doch Monsieur Berence hatte Corporal Tremblay auf die Schulter geklopft, gelächelt und den Kopf geschüttelt.

Schweigend fuhren sie zurück. Monsieur Berence sah müde aus. In ein paar Tagen würden sie nach Quebec City abfahren, die Bäume würden kahl werden, es würde sich abkühlen, und Percé würde sich leeren.

Corporal Tremblay dachte an den Winter.

Als sie die letzte Kurve vor der Auffahrt durchfuhren und das blaue Dach des Hauses vor ihnen auftauchte, dann hinter den hohen Hecken verschwand, hörten sie eine Explosion.

Später, beim Versuch, sich zu erinnern, fiel Corporal Tremblay ein, daß er ein paar Sekunden geglaubt hatte, es handele sich um ein besonders lautes Krachen der Brandung oder um einen Donner, der irgendwie vom Wasser her widerhallte. Er brauchte eine ganze Weile, nachdem sie in die Einfahrt eingebogen waren, bevor er bemerkte, daß das Haus sich verändert hatte. Der rechte Giebel war verschwunden, Rauch quoll aus einer schwarzen Öffnung im Dach, und unter dem Rauch war ein Feuer.

Monsieur Berence sprang aus dem Auto und rannte ins Haus, die Treppen hinauf. Corporal Tremblay war bei ihm, bevor er das Schlafzimmer erreicht hatte. Das Obergeschoß war voller Rauch, und die Schlafzimmertür war kaum zu sehen. Corporal Tremblay wollte sich Monsieur Berence in den Weg stellen, doch der alte Mann war schon im Zimmer. Ein Hustenanfall trieb dem Corporal die Tränen in die Augen, und wie durch einen Schleier sah er, daß Monsieur Berence einen Körper aus dem Rauch zog.

»Bitte helfen Sie mir, ich kann sie nicht tragen.«

Corporal Tremblay ergriff die Beine, und Berence packte den Körper unter den Armen. Mit großer Mühe, weil die Beine dem Griff Corporal Tremblays immer wieder entschlüpften, schleppten sie die Frau die Treppen hinab und hinaus in den Garten. Sie legten sie ins Gras.

Mit Ausnahme des Gesichts wirkte der massige Körper unversehrt. Es gab kaum Brandspuren oder Blutflecken an ihren Gliedmaßen oder ihrem Kleid, nur kleine Fetzen, die aussahen wie zerrissene Fotos. Aber ihr Gesicht war wegrasiert, wie von einer gewaltigen Pranke abgerissen; dort war nichts mehr außer einem klaffenden Loch.

Corporal Tremblay stand dabei, als Monsieur Berence versuchte, den Körper irgendwie zu umfassen, und es nicht schaffte, als hätte das fehlende Gesicht ihm das Gefühl für diesen Körper genommen, ihn in etwas verwandelt, was kein Körper mehr war, als würde er einen Kompaß ohne Nadel in den Händen drehen. Für Corporal Tremblay sah Monsieur Berence aus wie ein Mann, der urplötzlich blind geworden war.

Der Corporal zog seine Jacke aus und bedeckte die ungeheure Wunde. Im blauen Tuch breiteten sich dunkle Flecken aus. Dann nahm er Monsieur Berence beim Arm. »Bitte, kommen Sie.«

Sie hörten Sirenen. Das kleine Löschfahrzeug von Percé und der örtliche Krankenwagen kamen durch die Einfahrt, gefolgt von Monsieur Clive im Polizeiauto. Türen knallten, Männer rannten brüllend ins Haus. Zwei Sanitäter öffneten die Hecktür des Krankenwagens und zogen eine Bahre heraus. Berence schaute zu, als sie Mariannes Körper aufhoben.

Monsieur Clive stand neben ihm. »Antoine, Alter, wir

werden sie kriegen. Die kommen nicht weit, diese Hunde.«

Dann legte er ihm die sommersprossige Hand an die Wange. »Es tut mir leid. Es tut mir wirklich leid.«

Berence nahm die Hand und schob sie weg.

Monsieur Clive fügte zur Information des Corporals hinzu: »Sie haben das Auto des Motelbesitzers gestohlen. Wir kriegen sie, bevor sie in Sainte-Thérèse sind.«

Ein Schrei riß Berence herum. Ana war zum Gartentor hereingekommen und starrte auf die Bahre. Dann blickte sie auf, sah ihn und rannte keuchend zu ihm. Er legte den Arm um sie.

Ein dumpfes Rumpeln füllte seine Ohren, seine Augen nahmen nur Schemen wahr, als hätte ihn ganz plötzlich eine schwere Erkältung befallen. Wie durch einen Schleier sah er, daß die Sanitäter die Bahre in den Krankenwagen schoben und die Türen zuschlugen.

Der Krankenwagen fuhr ab, und es erschienen zwei weitere Polizeiautos. Berence fragte sich, wie sie wohl in der engen Zufahrt am Krankenwagen vorbeigekommen waren. Er legte Ana die Hand auf den Kopf.

Monsieur Clive hatte auf ihn eingeredet, doch er erfaßte nur die letzten Worte: »Setz dich auf die Bank, mein Lieber. Ich sage dem Arzt Bescheid, daß er dir etwas gibt.«

Blinzelnd schaute Berence hinter Monsieur Clive her, der das rauchende Haus betrat. Dann wandte er den Blick ab.

Neugierige waren durch die Einfahrt gekommen und versuchten jetzt, in den Garten einzudringen. Zwei oder drei Polizisten bemühten sich ohne Erfolg, sie zurückzudrängen. Berence sagte sich, daß er das anders angepackt hätte. Er schaute auf Ana nieder und strich ihr über die Wangen.

»Ist Maman tot?« fragte sie.

Berence nickte. Er bekam kaum Luft.

»Sie kann nicht tot sein«, sagte Ana. Und dann, mit versagender Stimme: »Was machen wir jetzt?«

Berence konnte nicht sprechen. Er nahm sie bei der Hand und ging an den Polizisten und der Menge vorbei. Corporal Tremblay rief seinen Namen, aber er blieb nicht stehen. Sie gingen die Einfahrt hinab zur Stelle, wo sein Auto stand.

»Hab keine Angst«, sagte er mit Anstrengung.

Er stieg ins Auto und öffnete ihr die Tür. Sie kletterte mit ernstem Blick auf den Beifahrersitz. Er strich ihr kurz übers Gesicht, dann startete er den Motor. Als sie die Einfahrt hinabfuhren, wandte er sich ihr zu und sagte: »Ich werde versuchen, es dir zu erklären.«

Und dann, mit sanfter Stimme: »Schau nach, ob die Tür richtig zu ist, und leg den Gurt an.«

Berence fuhr durch Percé, darauf bedacht, das erlaubte Tempo nicht zu überschreiten, dann, auf der Küstenstraße, wurde er schneller.

Dort

Algier

Eines Sonntags – es mußte im Oktober gewesen sein, denn die Regenzeit hatte gerade begonnen – wurde auf dem Hügel hinter dem Haus, in der Nähe der Reitställe von Ain-Taya-les-Bains, ein dreizehnjähriger Junge von seinen Freunden in Brand gesteckt. Der Junge war Franzose, der Sohn eines Maurers aus dem Ort, und seine Freunde waren junge Algerier. Sie hatten sich jahrelang gekannt und im Herbst oft zusammen auf demselben Hügel Tauben gejagt. Im Verhör erklärte einer der Täter, daß die Franzosen viele Araber ermordet hätten und es daher seine Pflicht sei, Franzosen zu töten. Weil er erst dreizehn sei, komme er nicht an einen der »Großen« heran, und deshalb habe er den französischen Jungen als Opfer vorgeschlagen. Die Frage, ob der Junge nicht auch sein Freund gewesen sei, bejahte er, denn nur aus diesem Grund habe der französische Junge ihnen vertraut und sei mit auf den Hügel gegangen, wo die Mordtat stattfand. Auch die Frage, ob er wisse, was der Tod des Jungen bedeute, bejahte er. Er wisse, was der Tod bedeute. Er bedeute, daß etwas zu Ende sei.

Ich erfuhr davon erst am Morgen darauf, als Papa beim Frühstück von der Zeitung aufsah und uns den Bericht vorlas. »Marianne«, sagte er zu mir, »es ist nicht mehr schön auf der Welt.«

Ich habe die Verbrennung nie vergessen. Nicht weil sie

so schrecklich war (sie war kaum schrecklicher als andere Ereignisse jener Jahre), sondern weil ich in der Nacht zuvor von ihr geträumt hatte, noch ehe ich wußte, daß sie tatsächlich stattgefunden hatte. Im Traum hatte ich die kleinen Gestalten gesehen, die nach einem Wolkenbruch auf den Hügel stiegen und sich deutlich vor dem Gewitterhimmel abzeichneten. Ich sah sie im Gänsemarsch laufen, sah, wie sie sich um einen von ihnen scharten (nichts unterschied das Opfer von den Tätern), ich sah sie eine Flasche ausgießen und ein Streichholz anzünden. Dann die Flammen: Wo ein Grüppchen gestanden hatte, war jetzt ein roter und blauer Feuerschein, der seine Schatten nach allen Seiten warf. Alles geschah geräuschlos, als würde ich einen Film ohne Ton sehen. Im Traum blieb ich unerschüttert. Das Feuer wirkte so natürlich wie das plötzliche Aufhören des Regens.

Heute kommt es mir merkwürdig vor, daß ich mit niemandem darüber reden konnte. Aber damals war das keine Frage. Ich hatte niemanden, mit dem ich solche Dinge erörtern konnte, ohne befürchten zu müssen, daß ich Tabus verletzte, verbotenes Terrain betrat, das nur den ganz persönlichen Überlegungen vorbehalten war. Um so ernster nahm ich all die Euphemismen, all die netten Ausdrücke, worüber man sprechen konnte und worüber nicht, die dressierte Sprache, die geschickten Redensarten.

Lange davor, im Jahr, als ich meinen ersten Büstenhalter bekam – den Mama ein wenig verlegen im Kaufhaus »Au Boucheur des Dames« ausgesucht hatte –, hatte mir Monique eines Freitagabends in der Milchbar erklärt: »Du darfst mir nicht alles erzählen. Das gehört sich nicht.« Diesen Hinweis habe ich nie vergessen.

Vor allem auf die Unterschiede kam es an. Das war es,

was Papa mir demonstrierte, als er uns, beide sieben Jahre alt, miteinander bekannt machte: ich in einem kratzigen grauen Kleid, Monique in ihren weißen Tüchern. Sie war dort geboren, in der Oberstadt, der Krone von Algier. »Und du, meine Liebe« (das zu mir, der Zugereisten aus Lyon), »du wirst hier immer eine Fremde bleiben.« Monique brachte der Fremden die nötigen Umgangsformen bei, was erlaubt war und was nicht. Die richtigen Vokabeln.

Als wir beide zwölf waren, zog Moniques Familie von der Anhöhe El Biar hinab ins europäische Viertel, in ein großes, häßliches Gebäude, das einst einem italienischen Matratzenfabrikanten gehört hatte. Moniques Zimmer hatte lindgrüne Fensterläden, die immer geschlossen waren, aber durch die man Tag und Nacht den Lärm der Straße hörte. Wir lagen meist auf dem gekachelten Fußboden – hellgrüne und weiße Fliesen, deren Zeichnung von oben betrachtet ein verschlungenes Gewirr aus Blättern und Stengeln darstellte, aus der Nähe hingegen, mit dem Gesicht auf der kühlen Keramik, ein einfaches Muster aus kleinen Dreiecken – und besprachen, was ich gelernt hatte.

»Wenn ein Junge deine Hand so hält, mit Fingern wie eine Spinne, was machst du dann?«

»Ich ziehe sie weg.«

»Und wenn er fester zugreift?«

»Dann werde ich böse.«

»Er legt dir den Arm um die Schulter. Er schaut dir tief in die Augen. Er läßt seine Hand langsam zu deiner Brust wandern. Er schiebt die Finger unter den Träger.«

Monique wälzte sich dann mit ihrem ganzen Gewicht auf mich und verschonte nur meine Brüste, indem sie ihre

Hände darüberlegte. Sie schien auf mir zu wachsen und zu zerfließen wie ein Hefeteig, bis sie mir zu schwer wurde und ich sie abwarf. Wir lachten und rekelten uns auf den Fliesen. Moniques Hände spielten auch eine Rolle in meinen Träumen, aber das war zu erwarten gewesen.

Erwartet oder nicht, ich träumte immer mit einer bestimmten Absicht, mit einem Ziel. Ich besaß die Fähigkeit, meine Träume zu gestalten, aus Erinnerungen und Erfindungen zu mischen, und ich konnte im Schlaf der Vergangenheit Farbe verleihen. Nicht immer, aber manchmal. Ich wollte mich der Dinge so erinnern, wie sie hätten sein sollen, wie ich sie haben wollte.

Kurz nach dem Umzug in das neue Haus lud uns Dr. Vincennes, Moniques Vater, in ein Wochenendhaus ein, das sie an der Küste, in Ain-Taya-les-Bains, gemietet hatten. Tage vor der Abreise träumte ich nachts mit aller Ausführlichkeit von dem Haus, vom Schnitt der großen, kühlen Räume, wo verschleierte Dienerinnen Pfefferminztee bereiteten, vom roten Treibsand vor den Türen. In Wirklichkeit war es nicht so. In Wirklichkeit war es ganz anders, als wir auf der Teerstraße vorfuhren. Abfälle an den Straßenrändern, ganze Rudel streunender Katzen, die sich im Müll hinter dem Hotel Tamaris jagten. Es war ein roter Bungalow neben dem Haus des Maurers, mit kleinen Fenstern und einer Holzveranda, einer einsamen Palme, die sich in der äußersten Grundstücksecke im Wind beugte, und dahinter das Meer. Mama rümpfte demonstrativ die Nase, als sie ausstieg, und blieb unentschlossen neben dem Auto stehen, doch dann nahm sie die Hand von Dr. Vincennes, der sie zum Betonweg geleitete. Papa trug das Gepäck und redete mit einem arabischen Akzent, als wäre er der Diener von Dr. Vincennes, so eifrig auf Madame Vincennes ein, daß er uns zum Lachen brachte. Die einzige zutreffende Voraussage meines Traums waren die Kühle und der Duft von Pfefferminztee.

Man hatte uns angekündigt, daß wir am nächsten Tag mit Mama und Madame Vincennes zu den römischen Ruinen gehen würden, weil Dr. Vincennes ein paar Freunde zu Besuch erwartete. »Männerangelegenheiten«, hatte er erklärend zu Mama gesagt. »Ein paar Araber.« Als wir gerade gehen wollten, hielt draußen ein Auto. Bevor wir beiseite geschoben wurden, sah ich drei Männer in leuchtend weißen Kaftanen aussteigen und Papa und Dr. Vincennes begrüßen. Einer von ihnen wandte sich zu uns um und grüßte mit einem Kopfnicken.

Fast fünfzehn Jahre später, als Monique verheiratet war und mit ihrem Mann (den sie immer nur den »Kastellan« nannte) und ihren drei Töchtern in Dellys lebte, fuhr ich einmal zu ihr, mit dem alten Citroën die östliche Küstenstraße entlang, und so kam ich wieder durch Ain-Taya, und ich sah die weiße Fassade des Hotels Tamaris. Ich dachte damals genau wie heute daran, daß alles, woran ich mich erinnerte, also alles, was ich wußte, in kleine Schnappschüsse zerschnitten war. In späteren Jahren wurden die Bilder anders; sie wurden getrübt durch Erfahrung. Aber die frühen Erinnerungsfotos veränderten sich nie, und sie alterten nicht, sie standen fest in Zeit und Raum. Fünfzehn Jahre später war Ain-Taya noch immer eine Ansammlung von ein paar tristen Häusern am Meer, und das Hotel mit seinen weißen Spalieren und der blauen Leuchtschrift, die in den kalten Nächten von Insekten umschwirrt war, war weder in die Höhe geschossen, um Handelsreisenden genügend Quartier zu bieten, noch war es Stück für Stück zu Sand zerbröckelt. Es hatte sein ältliches

Aussehen bewahrt, als wäre es mit dem Fluch der Unsterblichkeit geschlagen. Monique war immer um die Dreizehn, Papa und Mama waren in den Fünfzigern, beide weiß gekleidet, und ich sah zu ihnen auf, aus der Höhe eines siebenjährigen Kindes; mein Algerien war eingebettet – wie eine Fliege im Bernstein – in einen frühen Maimorgen mit einer Nachtluft, die sich noch nicht erwärmt hat, mit rosigem Licht auf Baumstämmen und weißgekalkten Mauern, mit der hohen Stimme, die die Gläubigen zum Gebet rief. Aber ich selbst, mein Gesicht, die Kreatur, die in dem Bild gefangen war, war mir ungewiß und ist es bis heute geblieben. Vielleicht war es um jene Zeit – war ich vierzehn oder fünfzehn? –, daß Dr. Bencherif meinen Blick im Spiegel auffing. Doch wer weiß, ob das je geschehen ist, ob die Erinnerung nicht eine Mixtur aus verschiedenen Momenten und verschiedenen Orten ist, manche aus dem Wachsein, manche aus den Träumen.

Dr. Bencherif war Fatimas Vater, aber das wußte ich nur, weil wir, Monique und ich, in der Schule mit Fatima spielten wie mit vielen anderen arabischen Mädchen, die zu ihren schwarzen Zöpfen weiße Baumwollkleider trugen und an den Fingern seltsame Markierungen hatten. Wir sangen mit verbundenen Augen arabische Abzählverse, tuschelten miteinander auf dem klinkerfarbenen Schulhof und belegten die Lehrer mit Verwünschungen. Aber wir waren und blieben Französinnen. Nach der Schule waren alle Verbindungen abgebrochen. Wenn wir Fatima oder eine ihrer Freundinnen auf der Straße, in einem Laden trafen, dann nickten wir, lächelten wir unter Mamas oder Madame Vincennes wachsamem Blick und gingen weiter.

Wenn Dr. Bencherif in meinen Träumen zu sprechen

begann – sein braunes Gesicht lächelte und legte sich in Falten, sein schwarzer Schnurrbart verdeckte die Oberlippe, die Zunge bewegte sich langsam hinter den Zähnen –, kamen nicht nur Worte aus seinem Mund. Es drangen auch andere Geräusche in den Raum hinter meinen Augen: das Pfeifen des Windes oder das Heulen verletzter Tiere. Später, während der Demonstrationen in den Straßen Algiers, entstand plötzlich dasselbe Geräusch, wenn die Frauen mit verschleierten Gesichtern und schwarzen Kopftüchern in ein wimmerndes Geheul ausbrachen, das, wie man sagte, die Soldaten in den Wahnsinn trieb. Das erste Mal hörte ich das Geheul in Ain-Taya-les-Bains.

Als wir an jenem Abend vom Ausflug zu den römischen Ruinen zurückkehrten, Mama mit einer Migräne und Madame Vincennes mit einem verstauchten Fuß, schlug Monique vor, daß wir zum Hotel gehen und den Leuten bei ihren Vorbereitungen für das Abendessen zuschauen sollten. Monique behauptete, daß sich die jungen Kellner in einem großen, rückwärtigen Raum auszögen und daß wir sie vom Hof aus durch die Fenster sehen könnten. So würden wir, sagte Monique, nackte Männerkörper zu sehen bekommen, ohne daß es unanständig war.

Wir schlichen uns hinter das Hotel, vorbei an Erdhaufen und Geröll. Ein kränklicher gelber Hund folgte uns. Monique bewarf ihn mit einem Ziegelstein, aber er lief nicht weg. Er schaute zu uns auf und legte sich hechelnd in den Schmutz. Monique zog mich weiter. Drinnen stimmte das Orchester einen Walzer an. Der Himmel war schwarz bis auf einen orangefarbenen Streifen am Horizont, und dasselbe Orange leuchtete in jedem der Fenster an der Rückfront des Hotels. In einem tiefergelegenen zogen sich die

Jungen aus, wie Monique vorausgesagt hatte. Sie lachten und schrien und zogen gestärkte weiße Kittel über ihre mageren braunen Oberkörper. Dann sahen wir Fatima.

Sie saß nur ein kleines Stück von uns entfernt auf einem der Geröllhaufen. Im Dunkeln hatte wir sie nicht bemerkt; erst als sie sich zu uns umdrehte, ließ ein Lichtstrahl aus einem der Zimmer ihr weißes Kleid und ihre Zähne aufleuchten. Sie rief uns heran. Monique hielt mich mit vorgestreckter Hand zurück und befahl mir Schweigen. »Die Araber verstehen nichts vom Sex, nur vom Kinderkriegen«, hatte sie mir erklärt. »Sie hecken wie die Kaninchen.« Fatima würde unser Interesse an den Jungen mißverstehen.

Fatima wartete auf ihren Vater. Es machte ihr nichts aus, im Geröll zu sitzen. Er hatte ihr gesagt, daß es ein langer Besuch werden würde, und sie hatte den Tag mit Spaziergängen am Strand und durch das Hotel verbracht. Nach dem Auftauchen von Fatima wurde Monique aus unerfindlichen Gründen launisch. Sie bestand darauf, daß sie hungrig sei und daß wir zurück nach Hause zum Essen gehen sollten. Wegen Fatima habe die Sache ihren Reiz verloren; sie wurde richtig böse. Ich sagte, ich würde bleiben. Dann ging ich mit Fatima zum Strand.

Die Nächte in Algier waren niemals still. In der milchigen Finsternis bellten Hunde, schrien Kinder, raschelten Bäume, rauschte das Meer, und unerfindliche Geräusche durchdrangen die vertraute Lärmkulisse: Fetzen von Orgelmusik und Paukenschläge, knarrende Ästen und erregte Stimmen. Als ich mit Fatima auf dem Uferfelsen stand, setzte das Geheul ein.

Fünfzehn Jahre später, als ich, in raschelnde Seidenkissen gelehnt, im Wohnzimmer von Moniques Haus in Dellys saß, als die Stimmen ihrer Töchter aus dem Garten hereinschallten, das runde Gesicht des Kastellans uns streng aus dem silbernen Rahmen entgegenblickte, erinnerte mich Monique an den Abend hinter dem Hotel Tamaris. Sie war schmollend nach Hause gelaufen, hatte auf Madame Vincennes' Fragen geschwiegen, war sofort ins Bett gegangen und hatte sich gewünscht, daß man mich suchen gehen und mir eine Tracht Prügel verpassen würde. Am nächsten Morgen hörte ich, daß Madame Vincennes – die mich nie hatte leiden können –, ihrer Tochter den Umgang mit mir verbot, und auf der ganzen Rückfahrt nach Algier schwiegen alle bis auf Dr. Vincennes, der nichts zu bemerken schien und unausgesetzt die Schönheit der Landschaft pries.

Ein Stück hinter dem Uferfelsen, nicht weit von der Musik und den Lichtern des Hotels Tamaris, stand eine Ansammlung von Hütten: die Quelle des Geheuls. Da sich Fatima weigerte mitzukommen, ließ ich sie auf einem Steinhaufen sitzen und ging hinab zu den Hütten, die als menschliche Behausungen irgendwie zu klein wirkten. Ein Tuch verdeckte etwas, was sich als Eingang herausstellte. Ich hob es hoch und trat ein.

Eine Gruppe von Araberinnen mit verhüllten Gesichtern saß im Kreis auf dem Boden und wiegte sich im Takt ihres Geheuls. Hinter ihnen stocherte eine schwarz vermummte Gestalt im Herdfeuer. Und in der Mitte des Raums, auf einer Decke, lag eine Frau. Ihr Kleid war bis über den Bauch hochgekrempelt, ihre Beine waren gespreizt. Zwischen den Beinen beugte sich ein Mann über sie. Die Frauen schrien, das Geheul schwoll an. Der Mann hob etwas Glänzendes in die Höhe und ließ es in eine Schüssel fallen. Seine Hände, sein Kaftan, die Decke, die

Beine der Frau waren mit Blut besudelt. Dann wandte er sich um und schaute mich an. Ich ließ das Tuch fallen und rannte zurück zum Felsen.

Im Dunkeln, als wir erneut zum Hotel gingen, erzählte mir Fatima von ihrem Vater. Dr. Bencherif war ein »Reiniger des Fleisches«, und sie war stolz auf seinen Titel. Seine Arbeit bestand darin, daß er den algerischen Frauen die Bastarde der französischen Soldaten aus dem Leib zog. »Sie würden keinen Namen bei uns haben«, sagte Fatima. »Sie wären Geister. Kein Name, kein Blut, kein Schatten. Sie wären keine Franzosen und wären keine Araber.« Sie sagte, daß ihr Vater die Bastarde den Hunden zum Fraß vorwarf.

Ich schaute mich um und sah Dr. Bencherif in einem Lichtkegel vor den Hütten stehen und sich die Hände waschen. Das Geheul hatte aufgehört.

Dann fiel mir ein Traum ein: Ich schwamm mitten in der Nacht auf hoher See. Um mich herum war ein Summen – dem Geheul der Frauen ganz ähnlich, nur schwächer –, und um ihm zu entgehen, tauchte ich den Kopf ins Meer. Da bemerkte ich, trotz der Dunkelheit, daß es ein Meer aus Blut war.

Ich erinnere mich: eine schmale Straße mit Kopfsteinpflaster, überhängenden Balkonen und gebrechlichen, einander stützenden Mauern. Der süßliche Fäulnisgeruch von Obst. Hastende Gestalten in weißen Tüchern, Stimmengewirr von unsichtbaren Sprechern. Ich bin vierzehn, und wir feiern den Frieden, den ersten Tag des Friedens. Zu Hause, im »guten Frankreich«, wie Papa es nennt, ist der Krieg vorbei. Die Deutschen haben sich ergeben, die Deutschen, deren Bomben manchmal auf eine Straßenecke fielen und den Schauplatz einer gewissen Erinnerung für immer auslöschten, das Haus, in dem Signora Colombiani gelebt hatte, den Laden, wo Papa seinen Tabak gekauft hatte. Papa, Mama und die Vincennes sind auf die Straße gelaufen und wedeln mit Taschentüchern. Ich bin weggegangen. Die Trikoloren hängen aus den Fenstern der Boulevards, und von hier aus, in einem schmalen Ausschnitt am Ende der Straße, kann man sie im Wind flattern sehen. Dazwischen auch andere Fahnen: blaue mit roten Linien, die von der Mitte ausgehen, rotweiße mit Sternen übersät, rote mit einem Stummelkreuz. Eine Militärkapelle mit greller Zirkusmusik zieht vorbei. Eine alte Dame mit orangerot gefärbtem Haar tritt auf mich zu und steckt mir eine weiße Rose, weiß wie der Frieden, an den Träger meines Kleids. Ich stehe vor dem Bäckerladen, einem offenen Schrank, der mit Kacheln ausgekleidet ist. Ein verhutzelter Greis, den Kopf mit einem weißen Tuch umwickelt, wacht über ein Brett mit langen, dünnen Brotlaiben. Später, als die gleichen dünnen Brote auf meinem Frühstückstisch in Paris auftauchten, erschienen sie mir so fremd in Frankreich wie ich mir selbst.

Etwas kracht hinter mir. Es ist jemand erschossen worden. Ich drehe mich um und renne los.

Dann sehe ich Dr. Bencherif, der mit anderen Männern an der Ecke steht. Er fragt mich auf arabisch, wo meine Eltern sind, warum ich nicht mit ihnen feiere. Während ich antworte – mein Arabisch ist nicht besonders gut, meine Zunge stolpert über die Wörter, als hätte mir der Schreck die Sprache verschlagen –, blicke ich nieder auf seine großen, schwarz umrandeten Füße und den beschmutzten Saum seines Kaftans und dann hinauf in sein Gesicht. Ich stehe dicht an ihn gedrängt und tue so, als hätte ich Angst. Mir fallen seine Hände in der Hütte am Meer ein. Ich möchte seinen Körper unter den Kleidern ertasten, und ich stelle mir ihn vor wie Sand unter Wasser.

Dr. Bencherif sagt zu den Männern, daß er mich besser nach Hause bringt. Als wir gehen, frage ich ihn, ob wir nicht seine Praxis besuchen können, die, wie ich weiß, um die Ecke liegt. Fatima hat uns das Haus viele Male gezeigt. Ich denke an Fatima, ihre langen schwarzen Zöpfe, und an Fatimas Mutter, die immer verschleiert ist, wenn andere Männer in der Nähe sind. Ich denke an Fatimas Finger, die zimtfarben sind und sich an Dr. Bencherifs Arm festklammern – wie ich es tue, während ich zu ihm spreche.

Ich weiß, daß Dr. Bencherif wie Papa, Papas Freunde und Dr. Vincennes mir nicht wirklich zuhört. In meinem Elternhaus, wenn mein Vater oder ein anderer Mann spricht, hören sie stets zu. Manchmal reden sie dazwischen, manchmal lassen sie den Sprecher nicht ausreden, aber sie haben ihm zugehört, und sie reden dazwischen, weil sie ihm zugehört haben. Wenn ich oder Monique oder Mama etwas sagen wollen, redet jeder weiter und macht alles so weiter wie zuvor, als würde meine Stimme überhaupt nicht existieren, als wäre sie ein Geist, etwas, was die Lebenden, die Männer, nicht spüren können. »Weibliche Intuition«, meint Mama oft, um das Staunen der Männer zu erklären, wenn sie – selten genug – bemerken, daß wir etwas gesagt haben. »Die weibliche Intuition«, verkündet mein Vater dann, »macht die Frauen zum stärkeren Geschlecht.« Weibliche Intuition, sage ich, besteht darin, einfach zuzuhören.

Wenn ich Bücher lese, sind es andere als die, die Papa liest. Er nennt mein Lesen »Amüsement« und meint, ich könne froh sein, daß ich mich nicht mit tieferer Bedeutung befassen muß. »Sie liest Balzac, als wären das romantische Abenteuerbücher«, hörte ich ihn zu einem Nachbarn sagen, der mich auf der Haustürstufe die *Verlorenen Illusionen* hatte lesen sehen. »Es ist ganz harmlos.« Er kümmerte sich nie um meine Lektüre, bis auf einmal, als er mich eines Tages nach der Schule mit Colette erwischte. Er nahm mir das Buch weg – ich glaube, es war *Chéri* – und sagte, der einzige Ort, wo es hingehöre, sei der Müll. Und fügte, schon freundlicher, hinzu: »Später wirst du es verstehen.«

Ich bin entschlossen, Dr. Bencherif zum Zuhören zu zwingen. Er soll meine Stimme hören, meine Laute, meine Worte, die aus diesen Lauten bestehen, meine düsteren und schrecklichen Vorstellungen, die mit diesen Worten benannt werden. Wenn er mir zuhören würde, wenn er bemerken würde, welche Ungeheuer mein Verstand für ihn erschaffen hat, würde er nachgeben, sich öffnen, verstehen. Wir sind an seiner Tür, und ich frage ihn, ob ich mit hineindarf.

Die Kinder, die aus dem dunklen, kühlen Korridor gerannt kommen, kümmern sich nicht um mich, auch nicht die verschleierten, Erbsen auspalenden Frauen in geblümten Kleidern, erst recht nicht die Katzen, die allgegenwärtigen, raubgierigen Katzen, die zum hundertsten Mal die leere Blechbüchse vom Abfallhaufen auslecken. Ich steige hinter Dr. Bencherif die Treppe hinauf durch den Geruch von Urin und Kardamom, und die Gerüche mischen sich mit meinem eigenen Duft, einem Duft wie morgens unter der nachtwarmen Bettdecke, einem Duft, in dem ich erwache und in dem ich jeden Morgen schwelge, ganz für mich allein. Nichts wünsche ich mir mehr, als daß er meinen Duft atmet.

Seine Praxis ist ein kleines Büro mit Regalen an der Wand, vollgestopft mit Büchern und Zeitungen. Vor dem einzigen Fenster hängt ein Teppich. Auf seinem unordentlichen Schreibtisch stehen zwei überlebensgroße Marmorhände, die nach oben greifen und aus einem Steinblock hervorwachsen. Er steuert mich zu seinem hölzernen Lehnstuhl und bietet mir Wasser an.

Ich möchte, daß er sich hinsetzt und spricht, aber er lauscht nach draußen, die Treppe hinunter, nicht meiner Stimme.

So habe ich ihn im Gedächtnis: Dr. Bencherif steht am Fenster, zieht den Teppich beiseite und blickt auf die Straße. Die Muster auf dem Teppich folgen den Linien, die auch seinen Kaftan durchwirken und die ihm ins Gesicht geschrieben stehen. Er kann die Ereignisse ablesen, die erst noch in die Geschichte eingehen werden. Wenn er jetzt noch leben würde, könnte er erzählen, welche Bedeutung das Datum hatte, weshalb bestimmte Ereignisse mit dicken Schlagzeilen auf den Titelblättern der Zeitungen gemeldet wurden. Er sieht nicht, wie ein Junge die Straße entlangrennt, eine Gruppe Männer in das dritte Haus vor der Ecke eintritt, eine Frau mit Korb in die andere Richtung geht. Er sieht, als wären sie in ein Geschichtsbuch gedruckt, die signierten und datierten Deklarationen, einen Ort in der Wüste namens Sétif, ganze Namenkolonnen wie in einem Straßenverzeichnis: Ahmed Ben Bella, Ali Mahsas, Mostefa Ben Boulaid, Belkacem Krim, Omar Ouamrane, Lakhdar Ben Tobbal, Mohamed Boudiaf, Mohamed Khider, Hocine Ait Ahmed. Er erkennt die Muster; er sieht in all seinen Feinheiten den zerschlissenen und verblichenen Teppich.

Mir gelingt es nicht. Jeder Moment hat zu viele Farben,

Gerüche, Geräusche, um Teil eines Ganzen zu sein. Jeder Moment ist in sich abgeschlossen. Ich versuche es ihm zu sagen. Aber da ist eine unüberwindliche Mauer zwischen uns, eine Wand wie aus durchbrochenem Stein oder Alabaster, aus kompliziert ineinander verschlungenen Figuren, die in bunten Marmor eingefaßt sind. Er ist auf der anderen Seite, ich bin auf meiner. Ich kann ihn hören, ich sehe ihn im staubigen Sonnenlicht zusammenzucken, denn er sitzt in der Sonne, und die Luft trägt seine Stimme, seine Gesten; er kann mich nicht sehen, nicht hören, wenn ich nicht alles – Kleider, Arme, Beine – öffne, alles außer meinem Mund. Wenn ich irgendwie seinen Blick einfangen kann, wird er meine Bewegungen verstehen, wie ich die Bewegungen eines Hundes verstehe. Aber nicht die Stimme, nicht meine Stimme. Er fragt mich wieder, ob ich Wasser möchte.

Am Tag, als er verhaftet wurde – Papa erzählte uns die Neuigkeit, als wäre er beschämt, als hätte Dr. Bencherif ihn beleidigt –, war ich kurz davor zu fragen, ob ich ihn im Gefängnis besuchen dürfe. Zehn Jahre waren vergangen. Ich wollte Dr. Bencherif an jenen Nachmittag in seiner Praxis erinnern, wie er mich angeknurrt hatte, ich solle mich anziehen, als er die Männer hereinließ, und sich nicht einmal umsah, als ich ging. Ich wollte wissen, was er ihnen gesagt hatte. Hatte er es als seine oder als meine Tat hingestellt? Hatte er eine Erklärung abgegeben, als ginge es um eine Ergänzung zu den historischen Ereignissen jener Woche, um darüber zu informieren, wie das französische Mädchen in sein Zimmer gelangt war? Oder hatte er mir die passive Rolle zugeschoben – hatte er mich hinaufgelockt, verführt, umgarnt, in der Gewißheit, daß ich darüber schweigen würde?

Das war geschehen: Neben dem Bett, das mit dunklen Teppichen und rauhen, viereckigen Kissen bedeckt war, hing ein kleiner, metallgerahmter Spiegel. Ich lehnte mich zurück und blickte hinein, und ich sah, daß Dr. Bencherif mich anblickte, meine Augen im Spiegel. Schließlich sah ich, was er sah, und ich hielt mein Gesicht so, wie ich von ihm gesehen werden wollte.

Ich hatte mich nicht ausgezogen, das hatte er mir nicht erlaubt. Aber ich war es, die seine Hände führte, die ihre Lippen an seinen Hals drückte, die sich auf das Bett setzte und redete und ihn neben sich zog. Ich wollte ihn entdecken, ihn in ein Zwiegespräch verwickeln, wollte, daß er mir erzählte, ob er nur Fisch aß, ob er manchmal Wein trank, ob er seine Frau ausgesucht hatte oder ob sie für ihn bestimmt worden war. Doch er rückte von mir ab und hob die linke Hand, die unreine Hand, die Hand zum Waschen der Leichen und zum Füttern der Hunde, das verworfene Körperglied, die Kloake im Tempel Gottes, und legte sie auf meine Lippen, um mich zum Schweigen zu bringen. Ich blutete.

Alles geschah, als wäre ich nicht dabeigewesen. Als die Männer hereinkamen, war es schon vorbei, und Dr. Bencherif begrüßte sie vom Fenster aus. Jemand sei erschossen worden, sagten sie. Ein Neffe, ein Cousin, erklärten sie Dr. Bencherif. Wann es geschehen war? Gestern. Bei der Demonstration? *Allah karim!* Eine Gruppe trug Transparente. Was für Transparente? Transparente in Französisch, nicht Arabisch. Damit sie sie lesen konnten. Ja. Wir müssen es ihnen beibringen. Sie wollen nicht hören, nie hören sie zu. Wir müssen es ihnen zeigen. Wir müssen sie zwingen, ihnen die Augen ausreißen und auf den Transparenten breitquetschen, ihnen das Sehen beibringen. Wer hat euch gestoppt? Waren es viele? Wie viele? (Das Bett, der Zimmerwinkel, in dem ich wartete, das kaum überraschende Blut auf dem Laken blieben für sie unsichtbar.)

Der älteste Mann erzählte Dr. Bencherif die ganze Geschichte. So war es, sagte er. Der Bürgermeister forderte die Marschierenden zum Stehenbleiben auf. Sie marschierten weiter. Der Bürgermeister verlangte, sie sollten die Transparente entfernen. Sie taten es nicht. Der Bürgermeister hatte Tränen in den Augen und ein Gesicht so rot wie ein Kalbskopf und einen dicken blonden Schnurrbart wie der Bart eines Maiskolbens. Dann befahl er den Angriff. Ein alter Soldat, bedeckt mit Orden, ein Kabyle aus Djemila, hob seinen Stock und versuchte, ein Transparent herunterzureißen. Ein Verräter, ein Hund. Sie marschierten über ihn hinweg, sie trampelten ihn zu Tode. Danach rauften sich die Kinder im Staub um seine Orden.

Papa kannte einen Polizeisergeanten, der bei einem Scharmützel der früheren Zeit umgekommen war, als die Zeitungen noch vom »friedlichen Algerien« sprachen. Jedes Jahr zu Heiligabend erhob Papa beim Essen sein Glas mit algerischem Wein (damals war er stolz darauf, ausschließlich algerischen Wein zu servieren) und trank auf den »guten alten Arsenault, der in Erfüllung seiner Pflicht gestorben ist und von den Barbaren wie ein Hund geprügelt wurde«. Er erwähnte auch Arsenaults einzigen Orden, erworben beim Einsatz als einfacher Soldat in der Schlacht am Vardar. Dann sprach er einen Segen – Mama lauschte sorgfältig mit gesenktem Kopf und beobachtete mich aus dem Augenwinkel – und dankte Unserem Herrn für die reichen Gaben, die unseren Brüdern und Schwestern daheim versagt blieben. Darauf nickte er Mama zu, die uns die am selben Tag eingetroffenen Briefe vorlas, die Briefe einer Cousine aus Lyon: »Stellt euch vor, kein Weißbrot. Unsere Lieben müssen Brot aus Kartoffelmehl backen, Kohl zum Abendbrot, Rüben zum Mittag, stellt euch das vor!« Und vor uns, auf dem weißen Spitzentischtuch, das meine Eltern auf ihrer Hochzeitsreise in Brüssel gekauft hatten, servierten Diener die Schalen mit kalter Gurkensuppe, das Schinkensoufflé in braunen Tonnäpfen, den kabylischen Lammsattel, der mit seinen freigelegten Rippenenden in dem großen weißen Vorlegeteller aus Limogesporzellan wie ein gigantischer Tausendfüßler aussah, umgeben von Petersilienzweigen, die in brauner Sauce schwammen, und von sandfarbenen Kroketten, aufgetürmt an beiden Enden des Tellers.

Zwischen den Gängen löffelten Mama und Papa andächtig eine kleine Portion Cointreau-Sorbet, das auch ich nach langem Betteln probieren durfte, und nach dem grünen Salat (»natürlich kräftiger als zu Hause; dort holen sie ja die Mineralstoffe aus der Erde«, pflegte Papa zu erklären) kam das Weihnachtsgebäck, ein langer Biskuitkuchen mit Schokoladenguß, gefüllt mit Kastanienpüree und verziert mit Kirschen, die in den ersten Kriegsjahren eine der Lyoner Cousinen in schlanken grünen Gläsern schickte. Manchmal lud Papa Bekannte ein, ein paarmal feierten die Vincennes mit uns, aber egal, ob wir den Heiligen Abend allein oder in Gesellschaft verbrachten, Papa erhob stets sein Glas auf das Andenken seines Freundes Arsenault. Ich fragte mich öfter, ob sich jemand, als er fiel, den einzigen Orden als Kriegsbeute angeeignet hatte.

Trotz gelegentlicher Gewalttaten hier und dort hatte ich nie das Gefühl, in einem Kriegsland zu leben. Erst die deutschen Bomben, dann die der anderen, der *Fellachen* oder, wie manche sagten, obwohl wir das nie glaubten, unserer eigenen Leute, das alles gehörte zum alltäglichen Geschehen. Vielleicht gegen Ende, vor dem Exodus – als wir in den ausländischen Nachrichten die in schwarze und rote Farbe getauchten Meldungen über die Kolonie hörten, über uns also – empfanden wir das Außergewöhnliche unserer Lage, aber ansonsten erschien uns alles normal. Es war schon immer so gewesen wie jetzt. Man konnte gefährliche Dinge tun, und es gab gefährliche Orte. Es gab gute und böse Araber. Manchmal starben Leute, aber selten jemand, den wir kannten. Die Geburtstage, Feiertage, Regenzeiten kamen und gingen. Das war alles.

Ein paarmal nach diesem verpfuschten Nachmittag geschah es, daß, wenn ich Monique besuchte, Dr. Bencherif dort war und mich auf eine höfliche Art anlächelte, die ich unbegreiflich fand. Einmal, nach dem Ende des Krieges in Europa, sah ich ihn in unserem Haus, wo er im Arbeitszimmer mit Papa sprach. Auch dort nickte er mir lediglich zu und sprach weiter.

Monique hatte recht: Ich konnte ihr nicht alles erzählen. Eine Wahrheit konnte zum Verrat werden, konnte kränkend wirken. Was ich ihr ein paar Wochen später vom Besuch in Dr. Bencherifs Praxis erzählte, war mein Entschluß, daß ich niemals heiraten würde.

Monique meinte, ich wäre verrückt. Wenn man nicht heiratete (das war eine ausgemachte Tatsache), trocknete man innerlich ein, und das Blut würde dünner und dünner, bis man zu Staub würde wie der Panzer eines toten Käfers. Sie hätte eine solche altjüngferliche Tante gehabt: Eines Morgens fand man sie in ihrem Lehnstuhl, verwelkt wie ein Herbstblatt, und als man das Fenster öffnete, wurden ihre Überbleibsel vom Luftzug davongetragen.

Fünfzehn Jahre später, als ich glaubte, sie hätte mein Bekenntnis längst vergessen, konnte sie sich noch gut erinnern, und wir lachten zusammen über die Erinnerung. Ich erkannte, daß für Monique dieses Geständnis alles gewesen war, die ganze Summe meiner Erfahrungen. Weil ich ihr nicht mehr erzählt hatte, weil ich ihr die heimlichen Nachmittage mit dem Sohn des Mathematiklehrers verschwiegen hatte, die Wochenenden in Oran mit dem korsischen Sergeanten, ein anonymes Abenteuer nach dem Frühlingsball mit dem nach Pfefferminz riechenden Lastwagenfahrer aus Tunesien, glaubte Monique, daß meine Welt dort zu Ende war und daß dahinter nichts mehr kam. Ich ließ sie bei dem Glauben.

Monique hatte einige Freunde zum Kaffee eingeladen, die ich kennenlernen sollte. »Keine richtigen Freunde«, schränkte sie ein. »Wenn man mit einem Mann von der Armee verheiratet ist, fühlt man sich wie die Frau eines Bürgermeisters. Die Leute erwarten so viel von einem.«

Später am Abend, als wir im Garten hinter dem Haus unter den Pinien saßen, erzählte sie mir, daß die Mutter des Kastellans eine Kabylin und sein Vater ein französischer Soldat gewesen sei – das zumindest hatte die Kabylin dem Militärkaplan gesagt, dem sie das Kind überreichte. »Im Bett hat er etwas von der arabischen Gewalttätigkeit«, flüsterte sie stolz. »Aber seine Karriere verfolgt er mit der Ausdauer eines Franzosen.«

»Da wären wir, der Lord und seine Lady«, sagte der Kastellan und versuchte vergeblich, Monique festzuhalten, als sie sich an ihm vorbeischlängelte, um in die Küche zu gelangen. »Ich mag unsere Domäne. Ein bißchen weit von der Hauptstadt, aber was für eine Ruhe. Ich glaube nicht, daß wir ohne das zurechtkämen, meine Liebe.«

Meine Partyschuhe begannen zu drücken. Ich nahm eine Tasse Kaffee von einem Tablett der Diener und setzte mich neben ihn. Ich fragte ihn, ob sein Urlaub für länger sei.

»Nie lang genug und immer zu lang, wenn du weißt, was ich meine.«

»Sie weiß es nicht, Sabouret, sie weiß es nicht.« Ein anderer Offizier drehte sich um und tätschelte dem Kastellan das Knie. »Die Frauen denken immer, wir könnten über unsere Zeit verfügen. Sie glauben, daß wir nur arbeiten, um von zu Hause wegzukommen.«

Die Gattin des Offiziers mischte sich ein, und ihr Grinsen entblößte zwei große Hasenzähne. »Da liegst du völlig falsch, Bertrand. Moniques Freundin hat überhaupt keine Männererfahrung. Wie ich gehört habe, bereitet sie sich auf das Kloster vor.«

Monique trat hinter einem Diener ein, der ein Tablett mit Gebäck trug, und übernahm meine Verteidigung.

Die Frau mit den Hasenzähnen fiel ihr ins Wort. »Na, hör mal, Monique. Wir haben doch keine Geheimnisse voreinander. Nur keine Förmlichkeiten! Deine Freundin kann ruhig wissen, was du uns über sie erzählt hast. So lange, wie ihr befreundet seid, kann dir doch eine kleine Indiskretion nichts ausmachen.«

Ein hochgewachsener Mann, den ich im Dunkel unter den Pinien nicht gesehen hatte, beugte sich vor und fuchtelte mit dem Finger, ohne sich an jemand Bestimmten zu wenden. »Ihr habt alle unrecht. Ihr verdammt die Tugend und preist das Laster. Ihr lacht, aber ihr vergeßt, daß wir mit gutem Beispiel vorangehen müssen, wenn wir wollen, daß die Wüste eines Tages bewohnbar wird. Algerien ist weit von Versailles.«

»Eine Rede! Wir wollen eine Rede, Renard!« riefen der Kastellan und seine Freunde.

Das Gesicht des Mannes konnte ich noch immer nicht sehen. Er fuhr fort: »Ihr seid absurd, alle miteinander. Ihr denkt, weil ihr aktive Soldaten seid, seht ihr die Dinge in all ihren Farbtönen und Schattierungen. Ihr denkt, ihr könnt die Verhältnisse ändern oder zu einer Lösung bringen. Aber nichts ändert sich, und nichts wird jemals gelöst. Das ist der Grundwiderspruch unseres Lebens. Wir können flicken, wir können trösten, aber am Ende ist das alles Täuschung. Die algerische Tragödie besteht nicht darin, daß wir uns weigern, Lösungen anzubieten, nicht einmal darin, daß wir die falschen Lösungen anbieten. Die Tragödie besteht vielmehr darin, daß es keine Lösungen gibt. Wir sind hier, die *colons* sind hier, die Araber sind hier, so wie der Sand und der Staub hier sind. Und selbst, wenn wir gehen müßten, würde sich nichts ändern. Andere würden kommen und ihre Version von Wirklichkeit anbieten. Doch die achtjährigen Kinder werden weiter mit den Katzen im Müll nach Eßbarem wühlen.«

»Er empfängt seine Weisheit vom alten Herrn persönlich«, sagte der Kastellan. »Und Renard trat vor den Herrn de Gaulle, und Der Herr überreichte Renard die Gesetzestafeln. Renard, gib uns Deine Zehn Gebote!« Er schüttelte sich vor Lachen. »Na los, Renard, wir wollen was lernen!«

Der Mann namens Renard beugte sich erneut vor und griff eine Handvoll trockener Piniennadeln. »Ich wollte, es wäre so«, sagte er, stand auf und ging ins Haus.

»Du bist unmöglich!« sagte Monique zum Kastellan. »Immer diese Gemeinheiten gegen Renard.«

»Der kann davon gar nicht genug kriegen«, antwortete er und tätschelte ihren Schenkel.

Ich schaute mir den Kastellan genauer an. Im Mondlicht wirkte sein Gesicht silbern. Die große, gebogene Nase schien wie aus Glas gemacht und geschickt auf dem geschwungenen Schnurrbart zu balancieren, der seine Lippen verdeckte. Seine Augen funkelten. Glas und Stahl, Schrott, den Dr. Bencherif übersehen hatte. Ich fragte mich, ob seine Bewertung des Krieges genauso falsch war wie sein Bild von mir. Was er da sah, welche Vorstellungsmuster sich auch immer in seinem Kopf bildeten, zusammengesetzt aus Namen und Daten, Ursachen und Wirkungen – war das genauso trügerisch wie die eingefleischte Jungfrau, die er in mir sah, bodenständig und vernünftig, mit ordentlicher Frisur, klugem Blick, eingerollten Söckchen und Gesundheitsschuhen, mit einer Haut, der nie eine fremde Hand zu nahe gekommen war?

Manchmal stelle ich mir die Frage, warum die anonymen Meister, die aus Stein und Glas die Bilder heiliger Frauen herausmeißelten und -schliffen, diese unnahbaren Körper mit der Anziehungskraft des Fleisches versahen. Warum versahen sie diese Muster der Entsagung mit sinnlich schwellenden Körperformen unter den Gewandfalten, mit pfirsichfarbener Haut, weichem Haar und schmachtenden Blicken? Erregen, um die Erregung zu verbieten. Und die Entsagung selbst, die die Versuchung provoziert – erst eine lockende Erscheinung, dann aufs Rad geflochten. Ein junges Mädchen, aufgespießt von den Stacheln des Rades, die in der Umdrehung wie eine Serie spitzer Phalli in sie eindringen. Ich stelle mir die heilige Katharina vor wie mich selbst: in einem schlichten Kleid, das Haar zum Knoten gebunden, ungeschminkt. So läge es ganz in ihrer Hand, wer sie auf welche Weise berühren darf. Eine züchtige Braut Christi. Ist es das, was der Kastellan in mir sieht?

Katharina, mit einem Zigeunergesicht, in den Händen eine Lilie, das schreckliche Rad und eine Stadt, vermutlich Alexandria, im Hintergrund – so ist sie auf den farbigen Kacheln in einer dunklen Nische von Notre-Dame d'Afrique zu sehen. Sie gehört nicht zu den beliebten Heiligen. Die Muttergottes hat den größten Kerzenvorrat auf sich vereint, und die Wände sind bedeckt mit alten Votivtafeln, die der afrikanischen Muttergottes für erhörte Gebete danken. Jeder hier betet zu Unserer Lieben Frau.

Einer meiner ersten Eindrücke von Algier und auch der letzte ist Notre-Dame d'Afrique. Wir kamen von Bab El Oued, durch das Viertel St-Eugène, vorbei am Jüdischen Friedhof, ich war sieben oder acht, Papa saß am Steuer, Mama hatte einen bemalten Strohhut auf, durch die offenen Fenster strömte ein heißer, sandiger Wind, der dann den Arzneiduft der Eukalyptusbäume trug, von denen der Berghang gesprenkelt ist. Notre-Dame ist pfirsichfarben. Wir kamen in der sinkenden Sonne auf sie zu; winzige Nonnen in blauer Tracht gingen bedächtig ein und aus. »Sie wird nicht zu mir gehören«, dachte ich, »bevor ich Afrikanerin geworden bin.« Ich meinte damit nicht das Ansichtskartenafrika der Löwen und Giraffen – soviel wußte ich bereits –, sondern das Vertrautsein mit dem Sand, dem trockenen Wind, den gefliesten Böden, den leuchtendblauen Käfern, die unter Steinen davonhuschen. Als wir abreisten, per Schiff nach Europa, schaute ich zurück auf die weißgesprenkelten Hügel und auf Notre Dame, die hoch über ihnen gleißte und in der Sonne erstrahlte, und da wußte ich, daß sie endlich, auf schmerzhafte Weise, zu mir gehörte.

Papst Leo XIII., der 1900 die gesamte Menschheit dem Heiligen Herzen Jesu geweiht hatte, garantierte jenen, die an den Sonntagsgebeten dieser unserer Kirche teilnahmen, einen Generalablaß für die Seelen der im Meer Ertrunkenen. Mama bezog die mögliche Absolution nicht nur auf die Toten, sondern auch auf die Lebenden, und fühlte sich vom ersten Sonntag an seltsam erhoben, wenn sie die ausgetretenen Steine der Kirche betrat und unter der Kuppel aus dunkel gefärbtem Glas stand, in der Gegenwart der leibhaftigen Muttergottes, die über einem Ozean blauer Kacheln mit der Fürbitte emporstrebte: »Unsere Liebe Frau von Afrika, bete für uns und für die Muslime.«

Sonntag für Sonntag kniete ich vor dem Gitterfenster und sprach meine Verfehlungen in ein großes, fleischiges Ohr, das sich unter den kärglichen Lichtverhältnissen in einen Mund verwandelte und Gebete der Sühne forderte, in ein Auge, das über mein Schuldbewußtsein wachte. »*Une parole peut sortir du puits farouche.*« Ein Wort.

Bevor ich nach Afrika kam, in einem Zimmer entweder in Paris oder Lyon, träumte ich als ganz kleines Kind von einem Tier, nackt wie ein Wurm, dessen spiralige Windungen sich weiteten und eine einzige Öffnung freilegten – Auge, Nasenloch, Mund oder After – und dessen Erscheinen mich mehr erschreckte als alles sonst, woran ich mich erinnern kann. Und während des ganzen Traums und vielleicht auch während anderer Träume, in denen ich mich zwang, diesen einen Traum in mir heraufzubeschwören, saß ich Stunden um Stunden und starrte bewegungsunfähig auf das pulsierende zahnlose Maul, das in einer obszönen und stummen Sprache zu mir sprach. Als mir im Beichtstuhl zum erstenmal das Ohr des Priesters begegnete, holte mich der Horror des sich ringelnden

Wurms wieder ein, und ich bemerkte, daß es nicht sprechen, sondern angesprochen werden wollte, daß es meine Worte empfangen wollte wie Nahrung.

Bald beichtete ich jeden Augenblick der Lust, jeden Moment der vergangenen Woche, in der mein Körper oder mein Verstand sich einer Entdeckung, einer Begegnung erfreut hatte. Und weil Buße verlangt war, vermied ich es sorgfältig, solche Lüste entstehen zu lassen: Das Fenster, dessen Luftzug mein Nachthemd hochgeweht hatte, wurde geschlossen; die Quittenmarmelade, die dem Brot den faden Geschmack nahm, wurde zurückgewiesen; der geschmeidige Unterrock mit Brüsseler Spitze, den eine Cousine aus Lyon geschickt hatte, wurde in einen Lavendelsack gestopft, bis Mama ihn wieder herauszog und klagte, daß er nun viel zu klein für mich geworden war.

Dann, an meinem fünfzehnten Geburtstag, überkam mich mit einemmal die Erkenntnis, daß ich nach außen hin nur das sein mußte, was ich den anderen von mir preisgeben wollte. Ich konnte ganze Scharen von Varianten meiner selbst in Worte fassen, oder ich konnte mich völlig auslöschen, indem ich schwieg. Meine Zunge war ein Instrument wie eine Bratpfanne oder ein Meißel. Ich beschloß, mutig zu sein und das Tier hinter dem Gitterfenster auszuhungern. An jenem Sonntag nahm ich mir das Versprechen ab, daß ich dem schrecklichen Tier nie wieder Nahrung geben würde. Ich saß aufrecht im Bett und blickte zu dem kleinen Kreuz auf, hinter das Mama an weit zurückliegenden Ostertagen zwei Weizenähren gesteckt hatte, und fühlte mich so wach und frisch wie seit langer, langer Zeit nicht mehr. Seit jenem Tag waren meine Beichten gemäßigt und konventionell. Dr. Bencherif wurde nie erwähnt, und der Wurm verkroch sich ins Dunkle.

Und doch kehrte ich immer und immer wieder zu Unserer Lieben Frau von Afrika zurück. Vielleicht deshalb, weil sie sich nie veränderte, weil ihre Farbe und ihr Geruch mir durch die Jahre des Wachstums, des Verlusts und der Suche treu blieben, kehrte ich immer wieder zurück, als würde die Entfaltung meines Lebens im Umkreis jenes Berges und seiner Kirche stattfinden, als wäre dies der Mittelpunkt einer Welt, von der ich glaubte, sie sei die meine.

Dort war ich auch an einem Morgen kurz nach meinem dreißigsten Geburtstag, als ich ihn wiedersah, den Mann, der unter Moniques Pinien gesessen hatte. Natürlich erkannte ich ihn nicht, jedenfalls nicht sofort. Das Innere einer Kirche hebt Identitäten auf. Unter den Augen des sterbenden Heilands verlieren die Menschen ihre Namen, hörte ich vor einiger Zeit einen Priester sagen. Ich war gekommen, um den Sonntag zu vertrödeln und der Hitze zu entfliehen. Unter den Eukalyptusbäumen war es kühler, und der Ausblick auf die weite, blaue, dunstige Bucht zu Füßen der Stadt machte den Tag weniger drückend. Im Inneren von Notre-Dame brauchten meine Augen lange, um sich an das Licht zu gewöhnen.

Er wußte sofort, wer ich war. Sein Gesicht legte sich in Lachfalten, und er winkte mich zu seiner Bank herüber. Abgesehen von einem einsamen Besucher, waren wir allein in der Kirche.

»Wie geht es Ihnen?«

Seine Frage klang nach echter Anteilnahme, nicht förmlich. Ich erwiderte, daß es mir gutgehe, und da erst fiel mir sein Name ein: Renard. Er sagte, er wäre gerade von Biskra zurückgekommen, und nach dem Rapport im Hauptquartier sei Unsere Frau von Afrika immer sein erstes Ziel, das nächste dann ein Bummel hinter der Kasbah. Ob ich mich ihm anschließen würde. In seinem zerbeulten Mercury fuhren wir hinab zu den bröckelnden Arkaden mit den kleinen Läden und den grüngekachelten Kaffeestuben.

Wir stellten das Auto ab und gingen zu Fuß. Meistens redete Renard. Als wir unter eine Arkade traten, zeigte er hinauf zu einem Fenster mit geschlossenen Jalousien.

Vor ein paar Jahren habe er dort Stunden genommen, sagte er – er und ein Freund, der neu nach Afrika gekommen war. Ihr Lehrer war ein alter Franzose aus Poitiers gewesen, der ein Muslim wurde, den Namen Abdel Halim Wahed annahm und die älteste Tochter eines ägyptischen Scheichs heiratete. Jedoch war sie kurze Zeit später gestorben, ohne ihm Kinder geschenkt zu haben. Renard und sein Freund hatten bei ihm einige Jahre lang gelernt.

Ich fragte Renard, ob auch er ein Muslim geworden sei. Er sagte nein, weder er noch sein Freund hätten dazu genug Zeit und Kraft gehabt.

Aber ihr Lehrer hatte sein ganzes Leben an den Glauben verwandt. Er hatte die heiligen Bücher viele Jahre lang studiert – auf arabisch natürlich –, und in der Moschee hatte man gesagt, daß das Feuer des Erzengels Gabriel in ihm brenne. Oft stand er mitten im Gespräch auf, beugte sich vor und zurück, immer wieder sang er unverständliche Worte, deren Sinn sich erst später ein wenig erschloß. Seine Stimme sei lauter, seine Zuckungen seien heftiger geworden, und er habe den *dhikr* rezitiert, sagte Renard, die inbrünstige Anrufung Gottes.

Eines Nachts ging sein Freund an diesem Haus vorbei,

als er ein rotes Licht hinter den Fensterläden flackern sah. Damals hätten sie den Unterricht bei dem Lehrer schon beendet, hätten ihn nur von Zeit zu Zeit besucht und ihm Obst oder Süßigkeiten gebracht. Renards Freund beschloß, nach dem Rechten zu sehen. Er stieg die Treppe hinauf, klopfte an die Tür, aber es kam keine Antwort. Dann hörte er die Stimme des Lehrers, klar und deutlich: »*En-nafs djalas*!« – »Die Seele scheidet!« Der Freund stieß die Tür auf. In der Wohnung, die nur aus einem Raum bestand, war niemand zu sehen. Auf dem Teppich war ein Kreis aus rotem Sand wie zerstäubter Rost. Das war alles.

Ich sagte, daß ich die Geschichte des Freundes bezweifelte.

Renard erwiderte, daß auch er daran zweifeln sollte. Nur erscheine ihm sein Freund nicht als ein Mensch, der solche unmöglichen Dinge behaupten würde. »Zumal er meines Wissens nicht einmal an Gott glaubt. Er ist kein Träumer, und er ist ganz sicher kein Journalist. Er ist Offizier, ein guter Mann, der die Welt als einen bevölkerten Raum sieht. Er selbst in der Mitte, verstehen Sie? Das Maß der Dinge. Wir nennen ihn den Capitaine. Wie in dem Gedicht von Baudelaire.«

Renard sprach weiter. »Es ist eine nicht ungewöhnliche Geschichte in Nordafrika, müssen Sie wissen. Der Mann, der von Gott betrunken ist, wird von seiner heiligen Leidenschaft im wahrsten Sinne des Wortes aufgezehrt. Die Seele ergreift Besitz vom Körper, sie wird der Körper. Und dann scheidet sie. *En-nafs djalas*. Ein Beweis, daß unser Fleisch tatsächlich Geist ist.«

Ich fragte ihn, ob er das glaube.

Die Sonne schien in einem grellen Weiß und überzog

alles mit einer milchigen Haut. Die Männer – Frauen gab es auf der Straße nicht – zogen an uns vorbei, Arm in Arm, ins Reden vertieft, blieben unvermittelt stehen und schauten aufs Meer hinaus. Renards Augen wirkten erschöpft von der Sonne. Sein zerknittertes Gesicht sah sanft aus. Ich wollte die Hand ausstrecken und es berühren.

Renard bot mir an, mich zurück nach Hause zu fahren. Ich erwiderte, ich wollte gar nicht nach Hause. Er entschuldigte sich und erklärte, er habe noch zu tun, ob ich nicht doch lieber gebracht werden wolle? Ich zögerte, dann stieg ich in sein Auto.

Wer, fragte ich mich, soll diesen alten, alten Mann lieben, wenn nicht ich? Wer wird ihm zuschauen, wenn er sich, die Hand am Steuer, an diesem Nachmittag verjüngt, wenn er zu leuchten beginnt und seine Lebendigkeit entfaltet? Ich stellte mir seine Stube in der Kaserne vor, sein Zelt in der Wüste, seine Ferien in Frankreich, in der Bretagne vielleicht, wo er frühmorgens übers Meer fährt. Ich streckte die Hand aus und legte sie auf seinen Nacken. Sehr sanft griff er nach hinten und legte mir die Hand zurück auf den Schoß. Geduldig wie ein Erwachsener, der die Unordnung eines Kindes beseitigt.

Der Mercury war in einem Verkehrsstau stehengeblieben. Zwei Araber waren wild gestikulierend aus ihren Autos gestiegen. Ich legte die Hand auf den Türgriff und sagte, daß mir plötzlich etwas eingefallen sei, bedankte mich und öffnete die Tür.

Der Traum begann so: Ich bin wütend. Ich öffne den Haarknoten, der von einem unsichtbaren Netz zusammengehalten wird, und zerzause mir das Haar mit der rechten Hand. Mein Gesicht besteht aus den Kacheln, die das Antlitz der heiligen Katharina tragen. Ich laufe schnell, weg vom Meer, durch die engen Gassen, die zum Hügel hinaufführen. In den zur Straße hin offenen Cafés sitzen die Männer und spielen Würfel. Wenn die Würfel fallen, bleibt die Hand ausgestreckt in der Luft stehen, als wäre sie in einer Geste des Grüßens erstarrt. Europäische Gesichter, glattrasiert, Nasen mit Hornbrille, Kinne auf Schirmgriffe gestützt, kahle Köpfe, verborgen unter Homburgs oder karierten Kappen. Reglose arabische Gesichter über gestreiften Pyjamas, grauen Kaftanen oder schwarzglänzenden Anzügen. Als ich die Straße hinaufrenne, drehen sich die Köpfe nach mir um, nur einer oder zwei bleiben unbewegt. Vor denen habe ich Angst.

In den engen Gassen, vorbei an den Läden mit den bunten Baumwollstoffen, unter kleinen Balkons hindurch, die mit Tüchern und Decken verhängt sind, haste ich wütend bergauf. Ich lasse die Kasbah hinter mir, die Stadt mit ihrer Dunstglocke, der Hafen nimmt eine rote Farbe an, als wäre das Wasser in Brand gesetzt worden. Hoch oben versuche ich wieder zu Atem zu kommen.

Auf einem kleinen Platz mit staubigen Bäumen spielen ein paar Männer Pétanque. Ich setze mich auf eine Steinbank und schaue zu. Der jüngste der Männer konzentriert sich gerade auf seinen Wurf. Er hat dunkles, lockiges Haar, und in der Anstrengung hat er die schwarzen Augenbrauen zusammengezogen, so daß er ein katzenhaftes Aussehen bekommt. Ich lache laut auf und verderbe ihm den Wurf.

Er schreit mich an, auf arabisch: »Du Verrückte! Verschwinde hier mitsamt deinem Schwachsinn!«

Ich erwidere, daß ich keine Verrückte bin, daß es seine Schönheit ist, die mich närrisch gemacht hat.

Seine Freunde lachen, und er schaut verdutzt drein. Er

hat nicht erwartet, daß ich seine Sprache spreche. Ich habe ihn in Verlegenheit gebracht.

Ich stehe auf und gehe fort, hin und wieder blicke ich mich um. Ich sehe ihn mit seinen Freunden streiten, dann folgt er mir nach.

Plötzlich ist es dunkel. Das einzige Licht kommt von den Sternen am schwarzen Himmel und von ein paar gelb erleuchteten Fenstern. Es gibt hier keine Läden, die Häuser sind hinter langen Mauern verborgen. Irgendwo in einem Zimmer singt Barbara mit rauher Stimme *»Nantes«*.

Er holt mich an einer Ecke ein. Die Stadt unten ist hell erleuchtet, aber hier oben habe ich Mühe, seine Umrisse auszumachen.

Er fragt mich, wohin ich gehe und was ich tue.

Ich bin nicht sicher, wie dieser Abschnitt meines Traums sich fortsetzt. Zum Teil besteht er aus Wahrnehmungen meiner Haut, zum Teil aus Erinnerungen an diese Wahrnehmungen. Oder aus Gerüchen, einem Duft von *chorba* oder Safran. Oder aus Geräuschen – dem hastigen Atem des Jünglings, den undeutlichen Worten Barbaras, die von Bahnhöfen und dem Regen handeln. *»Madame, soyez au rendez-vous.«* Seien Sie dort. Seien Sie dort. Ich greife nach seinen Händen und lege sie auf meine Brüste.

Dann wird alles wieder klar. Lichter werden angeschaltet. Hinter uns Gebrüll. Fensterläden werden aufgestoßen.

Ein Mann schreit auf französisch: »Du Hure! In diesem Haus, an meinem Tisch, an meinem Herd. Das Essen, das du gekocht hast, ist ungenießbar. Ich habe nichts mir dir zu schaffen! Du Hure!«

Eine Frau rennt auf die Straße hinaus, inmitten eines Lichtkegels. Sie wirft einen wild zuckenden Schatten.

»Du Hure. Ich will blind sein, damit ich dich nicht mehr

sehen muß! Ich reiße mir die Haut von den Fingern, die dich berührt haben! Ich verbrenne alles in meinem Haus, was du mit deinen Augen gesehen hast. Du bist hier nie gewesen, dein Name ist hier nie gefallen. Du Hure! Du heißt jetzt Hure!«

Ihr langes Haar fliegt, als würde sie tanzen. Der Mann trägt ein ärmelloses Hemd, das seinen Hals von den Armen trennt, seine Arme von seinem Körper.

Der junge Araber hat mich nicht losgelassen. Seine Hände sind von meinen Brüsten nach hinten gewandert, unter meinen Slip, und dann nach vorn, wo alle zehn Finger nach meinem Schamhaar tasten. Ich trete ein Stück zurück, und er öffnet seine Hose. Im Dunkeln höre ich ihn leise winseln.

»In den Garten der Steine«, singt Barbara, *»zur letzten Reise, an die fernste Küste.«*

Der Mann liegt nun am Boden, zu Füßen der Frau, und ihre Arme fuchteln nicht mehr im Lichtkegel, sie hängen erschöpft herab.

»Tu's nicht«, bettelt er. »Nein, nein, nein, tu's nicht!« Was soll sie nicht tun? Soll sie nicht gehen, soll sie keinen anderen lieben, ihm nicht zuhören, nicht dort warten? Der Junge greift wieder nach meinen Brüsten. Ich stoße seine Hand weg.

Seine Augen blicken mich an. Er will, daß ich ihn berühre, aber das werde ich nicht tun. Ich erlaube ihm, hier zu warten und sich selbst zu streicheln, aber ich werde weg sein, bevor er soweit ist. Die Frau vor uns und der Mann zu ihren Füßen bewegen sich nicht.

An dieser Stelle beende ich meinen Traum. Ich gehe den Weg zurück, den ich gekommen bin. Diesmal folgt der Jüngling nicht.

Es gibt gewisse Heimlichkeiten, für die wir uns immer schämen werden. Sie sind klein wie Läuse, und niemand weiß von ihrer Existenz außer uns selbst. Manche von ihnen beichtete ich in Notre-Dame d'Afrique, um mich von ihnen zu reinigen. Andere habe ich nie preisgegeben, weil es mir unmöglich schien, über diese kleinen Abscheulichkeiten zu sprechen. Eine von ihnen war der junge Mann, der im Dunkeln stand und dessen Gesicht ich vergessen habe. Eine andere der Apfelkuchen, den meine Mutter für meinen Vater aufgehoben hatte und den ich nachmittags heimlich aufaß. Eine dritte war eine Bemerkung gegenüber Monique am Strand, weil sie nicht tat, was ich wollte. Die Details sind verblaßt. Und dann gab es noch eine vierte, am Nachmittag, als ich den Capitaine kennenlernte.

Als ich ihn das erste Mal sah, dachte ich: Was für eine glatte Haut. Als ob ihm das Fleisch entfernt und die Haut unmittelbar über den Schädel gespannt worden wäre. Er stand in der Tür unseres Apartments, und es dauerte eine Weile, bis ich ihn hereinbat, so gebannt war ich vom Eindruck des hohlen Raumes.

Renard hatte ihn zu mir geschickt, und er war gekommen. Er hoffte, nicht ungelegen zu sein, und schlug einen Spaziergang zum Hafen vor. Er wolle dort jemanden in einem Café treffen, es würde nicht lange dauern. Ob ich mitkäme? Aus Bequemlichkeit und einer gelinden Neugier sagte ich ja.

Während wir dort saßen und Tee schlürften, schenkte ich seinem Kollegen keinerlei Beachtung. Die Sonne sank, und am Kai in der Nähe der Fischerboote sammelte sich eine kleine Menschenmenge. Es gab irgendeine Aufregung; manche wiesen mit dem Finger in eine Richtung, andere riefen ihre Freunde aus den Cafés herbei. Ich sagte dem Capitaine, daß ich gleich zurück sei, und ging über die Straße zum Menschenauflauf.

»Sie haben ihn, sie haben ihn! Jetzt hieven sie ihn herein«, schrie jemand. »Dort, dort drüben!«

Ich schaute über das Geländer. Fischer standen in ihren Booten und hoben mit langen Stangen etwas aus dem Wasser, etwas Großes und Langes, mit Tang Bedecktes. Haie hatten die Flanken angefressen, und die graue Haut zeigte gelbe und rosa Stellen. Die prächtige Rückenflosse war unversehrt, verschont von den Angriffen, die das Wesen hatte erleiden müssen. Die Araber gestikulierten und lachten.

Ich war nie in der Lage, die Anfänge von Dingen genau zu benennen, zu erkennen, wann etwas begann und worauf es hinauslief. Dem Capitaine erzählte ich nicht von dem toten Seeungeheuer. Als ich wieder zurück war, brach sein Kollege gerade auf. Mit schlechtem Gewissen lud mich der Capitaine zum Essen in eins der kleinen Fischrestaurants ein, die die tiefgelegene Gasse zwischen der Großen Moschee und dem Hafen säumen.

Beim Essen sprach er kaum, er hörte zu, und ich fühlte mich etwas besänftigt. Ich hörte mich über Algier reden, und ich erfand kleine Beispiele für ihn, eine Art Sammlung von Eindrücken, an die ich nie zuvor gedacht hatte. Definitionen sind zerstörerisch. Nie hatte ich meine Erinnerungen sortiert und etikettiert, Erfahrungen und Geschehnisse meines afrikanischen Alltags aufgereiht. Während ich es tat, spürte ich, daß ich eine Freiheit verlor, die mir nicht bewußt gewesen war. Ich tat etwas Falsches.

Ich erinnere mich an seine Frage, ob ich den algerischen Unabhängigkeitskampf bejahte.

Zwei Jahre zuvor hatte de Gaulle hier gesprochen, in Algier, der weißen Stadt, und ausgerufen wie ein Schmierenkomödiant in einem Stück von Corneille: »Ich habe Verständnis für euch!« Der Capitaine wollte wissen, ob auch ich Verständnis für das algerische Verlangen nach Absonderung hätte.

Ich hatte annähernd dreißig Jahre hier gelebt, fast mein ganzes Leben, und ich kannte alle Geschichten, die wir Europäer über die Araber erzählten. In den Salongesprächen, bei den abendlichen Kaffeepartys in den Gärten, unter den Ladentüren der Rue Michelet wurde das Unbehagliche ihrer finsteren Blicke hinweggeredet, ihrer fremdartigen Gesten, ihrer versteckten Heimlichkeiten. »Ach, Sie wissen ja«, und dann folgte eine verständnisvolle Bemerkung, weshalb man diese oder jene ungebührliche Verhaltensweise nicht ganz begreifen könne. »Ach, Sie wissen ja, sie haben einfach keinen Sinn für Eigentum – außer für das eigene.« – »Ach, Sie wissen ja, sie sind das faulste Volk der Welt – sie verdienen einfach nichts anderes als die Barbarei.« – »Ach, wissen Sie, es sind schließlich Heiden.« In der französischen Vorstellung waren sie wie Drachen oder Elfen, irreale, aber allgegenwärtige Wesen ohne Persönlichkeit. Die eigenen Araber machten da natürlich eine Ausnahme, »so anders als die anderen«: Mohammed, der den Garten pflegt, Mohammed, der im Café Domino spielt, Mohammed, der in der Regenzeit das Strandhäuschen bewacht. Bis etwas geschah – ein gebrochenes Versprechen, ein Versäumnis, ein Vorfall auf der Farm eines Bekannten, und schon ging die Litanei von neuem los: »Ach, Sie wissen ja …«

Der Capitaine fragte, ob ich arabische Freundinnen hätte. Sicher hätte ich in der Schule welche kennengelernt.

Aus Neugier? Aus Neigung? Der Reiz des Verbotenen? Nein, nichts. Die Ausländerin war eine Ausländerin geblieben.

Während des ganzen Essens sprach der Capitaine immer nur von »*ces arabes*«. Er hatte ein erstaunliches Namengedächtnis und betete reihenweise die Vorfahren der arabischen Freunde herunter, die er in kaum fünf Jahren Afrika kennengelernt hatte. Er schien seine Freude daran zu haben, sich solche Dinge zu merken, und er redete mit einer Beiläufigkeit, als säße er mit einem Araber, nicht mit einer Europäerin zusammen.

Nachdem der *patron* eine Flasche Rotwein vor uns aufgestellt hatte, veränderte sich die Stimme des Capitaine, sie wurde weicher. Er begann mit Erklärungen, Fußnoten zu seinen Ausführungen über Stammesbräuche. Als der erste Gang abgeräumt und die *chorba*-Suppe serviert war, hatte er alle Umschweife hinter sich gelassen und sich tief in Geschichten von Familienkriegen, Heldentaten, Geistererscheinungen und religiösen Wundern verstrickt, in denen allen er eine kleine Nebenrolle gespielt und ein wenig mehr über die Menschen gelernt hatte, die er seine Brüder nannte. Die Rebellion schmerzte ihn, nicht als Soldaten, sondern als Liebhaber: Für sein Gefühl waren die Fedajin weniger kriminell als treulos. Er bezeichnete sie als »*égarés*«, als »Verirrte«.

Seine kräftigen Schultern krümmten sich nach vorn, wenn er sprach, sein breites Gesicht legte sich in Falten, so daß er ein wenig orientalisch wirkte – nicht chinesisch, aber vielleicht malaiisch oder philippinisch. Seine Stimme war weich, selbst wenn er erregt schien, und manchmal verlor ich den Faden seiner Erzählung, weil mich die Stimme einlullte und mich seine großen, seltsam geformten Ohren ablenkten, die ihm einen weisen und zugleich animalischen Ausdruck verliehen.

Er wirkte älter, als er war. Obwohl Mitte Vierzig, sah er aus, als würde er zur Generation meines Vaters gehören, dabei hatten die beiden für mich nichts miteinander gemein. Papa umgab sich mit der Steifheit eines im Licht der Öffentlichkeit stehenden Beamten – wie ein vertrautes Möbelstück, ein Fels in meiner Landschaft, der langsam älter wurde und sich nur unmerklich veränderte, wie eben eine Landschaft. Der Capitaine hatte unter der Staffage seines Alters die Lebendigkeit des Wassers. Seine Augen waren unablässig in Bewegung, und sein graues, zurückgebürstetes Haar bebte vor Munterkeit.

Ein junger Servierer mit fettigem Kittel räumte die Suppenschalen ab. Dabei streifte er mein halbvolles Weinglas mit dem Ärmel, und es fiel klirrend zu Boden. Bevor er sich entschuldigen konnte, tauchte der *patron* aus dem Nichts auf, schlug den Jungen ins Gesicht und beschimpfte ihn wegen seiner Ungeschicklichkeit. Der Junge hielt sich die Wange, bückte sich und sammelte die Scherben auf. Der *patron* versetzte ihm einen wütenden Tritt. Der Junge sammelte weiter.

»Abschaum!« sagte der *patron.*

»Wir haben nichts gelernt«, stellte der Capitaine fest.

Einen Moment lang erwartete ich, daß er den *patron* zurechtwies, aber er ignorierte ihn und sprach weiter zu mir, als hätte sich die Szene auf der Leinwand oder auf der Bühne abgespielt.

»Und wir haben sie nichts gelehrt.« Er machte eine ausfahrende Geste. »Außer zu gehorchen. Wir haben ihnen beigebracht, was Gehorsam ist. Egal, wer befiehlt. Wir haben ihnen beigebracht, zu uns aufzublicken. Jetzt sind wir die Herren. Morgen wird es einer von ihnen sein. Wer bestimmt dann über Ordnung und Disziplin? Das macht keinen Unterschied.«

Der *patron* persönlich servierte den Kaffee. Ohne ihm auch nur einen Blick zu gönnen, legte der Capitaine ein Stück Zucker auf den Löffel und schaute zu, wie es dunkel wurde und zerfiel.

»Es gibt eine kurze Geschichte – eine Fabel, es ist eigentlich nur eine Episode – von Kafka. Das Tier stiehlt seinem Herrn die Peitsche und peitscht sich selbst, um ein Herr zu werden. Und es bemerkt nicht, daß das nur ein Traum ist, den ein neuer Knoten an der Peitsche des Herrn hervorgerufen hat. Sehr passend, meinen Sie nicht?«

Er erwartete keine Antwort.

Es fiel mir damals auf, daß ich in all den Jahren die Maßstäbe für die Beurteilung der afrikanischen Verhältnisse von Papa, von Papas Freunden, von Leuten wie Monique und dem Kastellan akzeptiert hatte. Es war, als wäre das ganze Land für mich gemacht gewesen: wie ein großes weißes Haus mit luftigen Zimmern, das die Hausherrin mit ihrem Schlüsselbund stumm und streng durchwandelt, von niemandem in Frage gestellt, umgeben von ungeschriebenen Gesetzen, die regeln, was man darf und was man nicht darf und wer auf welche Weise bestraft wird, wenn die Gesetze gebrochen werden. Schmatzen beim Essen ist schlecht, Schweigen ist gut. Sich mit warmem Wasser waschen ist schlecht, zu lange in den Spiegel schauen ist schlecht, Rechtsgehen auf dem Bürgersteig ist gut, an etwas Schönes denken vorm Einschlafen ist gut, Pfeifen ist schlecht. Die Franzosen und die loyalen Algerier waren gut. Die Fedajin waren schlecht. »*Païens ont tort et chrétiens ont droit.*« Der Schlachtruf der Kreuzfahrer.

Ich sprach – und er ließ mich reden – über die Dinge, von denen ich glaubte, daß sie zu mir gehörten – vielleicht sagte ich auch: »zu uns« –, Dinge, die ich liebte, die ihren vertrauten Geruch, Geschmack, ihre Farbe hatten und für die Welt standen, wie ich sie kannte, und ohne die diese Welt keine Bedeutung für mich hatte. Mir fiel die Geschichte eines Gefangenen aus Tamanrasset ein, den man ins Gefängnis von Nîmes gesteckt hatte und der Essen und Trinken verweigerte, um zurück in die Steinwüste geschickt zu werden, aus der man ihn gewaltsam entführt hatte. Er hatte gesagt: »Ich bin blind, ich bin taub, man hat mir meine Sinne geraubt.« Aber die Wachen glaubten, er wäre verrückt geworden, und überließen ihn dem Tod. Ich wollte mein Afrika nicht verlieren, und wer Algeriens Unabhängigkeit wollte, würde es mir wegnehmen. Das wußte ich.

Die Anziehung, die der Capitaine auf mich ausübte, ging vor allem von seinen Augen aus. Der Capitaine erklärte mir etwas, der Capitaine hörte mir zu. Seine blassen, fast farblosen Augen ließen einen nicht los. Sie machten sich auf die Suche, und wenn sie ihr Ziel gefunden hatten, klammerten sie sich an einem fest wie neugierige Insekten, ohne deshalb lästig zu werden. Sie schenkten ein Gefühl von Wärme und Geborgenheit, das erhalten blieb, wenn er fort war. In manchen Nächten wurde ich wach und war sicher, daß seine Augen auf mir ruhten, daß er im Zimmer war und mir Gesellschaft leistete. Wenn diese Augen mit den Eigenschaften von Tieren zu vergleichen waren, dann waren es die Marienkäfer, die von den jüdischen Kindern unserer Straße *moyshe rabeynes* genannt wurden. Gepunktete Blutstropfen, die unermüdlich vom Daumen auf den Zeigefinger krabbelten und wieder zurück auf den Daumen, als hätten sie keine Flügel gehabt und nichts unter ihren glänzenden Panzern zu verbergen. Ein Kind hielt zwei *moyshe rabeynes* in einer Streichholzschachtel gefangen und hatte ihnen beigebracht, eine Runde zu fliegen und zur Schachtel zurückzukehren.

Beim Essen war ich nahe daran, ihm von dem unglaublichen Seeungeheuer zu erzählen, das ich gesehen hatte, aber immer wieder kehrte meine Stimme zurück zu dem Algerien, das er aus meinen Erinnerungen erkunden wollte, und seine Augen lockten mich sehr behutsam zurück zu meinen Vorstellungen, Urteilen und Tatsachen. Es gab nur wenige Tatsachen, aber viele Vorstellungen.

Vielleicht lag es an der Kraft seines Blickes, daß er, der Capitaine, ein Sammler von Vorstellungsbildern war. An eine Beschreibung konnte er sich fast besser erinnern als an eine Szene, die er selbst erlebt hatte, und manchmal bat er mich – später, viel später, während der Jahre in Paris oder in Buenos Aires –, ihm zu erzählen, was wir beide soeben erlebt hatten, weil er meine Stimme brauchte, um sich ein Bild zu machen, das sich in seiner Erinnerung festsetzen würde. Er glaubte an die Kraft der Worte, weil sie das Gesehene und Erlebte in eine Form gossen und auf diese Weise befestigten. Eine Zeitlang bat er mich, für ihn ein Tagebuch zu führen, sein Tagebuch eigentlich, und aufzuschreiben, was er tat und sagte und was wir zusammen taten. Es lag keinerlei Eitelkeit darin; dazu war er unfähig. Was immer er gewesen oder geworden sein mag (er glaubte jedoch nicht an das Werden, für ihn gab es nur ein Sein, das war alles), niemals wirkte der Capitaine eitel. Er empfand keinen Stolz, wenn er auf seine Erfolge blickte. Manchmal aber lobte er andere. Selten zwar, weil er stets Perfektion erwartete, doch auch die wurde ihm zuweilen geboten.

Es dauerte sehr lange, bis ich den Capitaine in seinem Wohnviertel besuchte. Wir trafen uns immer, wenn er frei war, meist am Abend, manchmal auch sehr früh am Morgen. Ich hatte eine Anstellung im Import-Export-Geschäft von Alphonse Legros gefunden, einem libanesischen Juden, der in den zwanziger Jahren nach Algerien gekommen war, in Afrika einen Markt für billigen Brokat aus Toulouse entdeckt hatte und eine Begierde auf algerisches Dörrobst in den französischen Läden. Insgeheim schämte sich Legros, daß er eine Frau zur Verwaltung seiner Geschäfte angestellt hatte, und er erfand galante Begründungen, um mich früher gehen oder später kommen zu lassen, besonders, wenn er Klienten aus Constantine und Tébessa erwartete, aus Marseille oder Tours, die es möglicherweise unpassend fanden, mit einer Frau zu verhandeln. Ich zog Vorteil aus Legros' zartfühlender Rücksichtnahme und arbeitete kaum mehr als drei oder vier Stunden am Tag, forderte aber das volle Gehalt und eine jährliche Erhöhung dazu. Die freie Zeit gestattete mir, den Capitaine so oft zu treffen, wie ich wollte.

Ich tat das gern in den Morgenstunden, wenn die Sonne noch nicht hoch stand, die Stadt beinahe menschenleer und sauber wirkte und ein kaum spürbarer Luftzug die Blätter der Boulevardbäume sanft bewegte. Wir saßen an den runden Blechtischen der Straßencafés in der Nähe von Legros' Büro, tranken Kaffee und redeten. Meistens redete ich.

Es schien merkwürdig, daß er Soldat war. Er benahm sich nicht so, wie ich es von Soldaten erwartete. Er schätzte Ordnung und Disziplin, aber er verabscheute öffentliche Auftritte, Menschenansammlungen, Paraden. Unkontrollierte Gewaltausübung machte ihn physisch krank. »Der Krieg gehorcht einer Strategie«, sagte er einmal. »Aber der Mann, der seine Frau ins Gesicht schlägt, das Kind, das einen Hund in Flammen setzt, ein Verrückter, der Rasierklingen in Schokoladenriegel einschmilzt – die sind so unmenschlich wie nur etwas in der Natur.«

Eine Erinnerung: Wir gehen am Hafen vorbei, vorbei an den Fischerbooten, dann auf den bröckelnden Betonblöcken der Flutbarriere entlang. Der Unrat schwappt in langen Bahnen gegen die Mauer und die Stufen, die vom Ufer zur Straße hinaufführen, und er hängt an den rostigen Haken der Betonblöcke, als handelte es sich um Opfergaben. Die Möwen auf der Jagd nach Nahrung stoßen ihre schrillen, heiseren Schreie aus.

Wir klettern vorsichtig von Block zu Block und betrachten die seltsame Ansammlung von Papier, Kunststoff, Lumpen, Blech und Holz, sehen die Möwen, die eine nach der anderen hinter einem großen, zertrümmerten Betonblock niedergehen. Mit der Pfote in eine Spalte eingeklemmt, ist dort eine Katze gefangen. Sie ist dünn, sehr klein, und wir können fast nur ihr Gesicht sehen, das mit gefletschten Zähnen den Möwen entgegengestreckt ist. Es ist schwarz vom Blut, denn jede Möwe, die hier niederstößt, hackt nach den Augen der Katze.

Ich versuche die Möwen zu verscheuchen und ziehe die Katze aus ihrer Falle zwischen den Betontrümmern. Doch als ich sie in der Hand halte, merke ich, daß sie tot ist, ein erschlafftes Bündel verklebten Fells. Ich schaue mich nach dem Capitaine um. Er hat sich abgewandt und erbricht sich ins Meer.

Er bittet um Entschuldigung für seine Schwäche und spricht kein Wort mehr. Aber fast eine Stunde lang sieht er grau und hinfällig aus.

Der Capitaine war gut zehn Jahre älter als ich, und auf eine angenehme Weise machte er auch mich älter. Ich nahm mir mehr Zeit, verringerte mein Tempo, fühlte mein Fleisch in den Oberarmen, um die Hüfte und die Oberschenkel schwerer und schlaffer werden. Ich musterte die kupferfarbenen Hautfältchen um seine Insektenaugen, das weiße Haar, das wie ein Stoppelfeld geschnitten war, die feingliedrigen elfenbeinernen Hände, die sich an den Fingerspitzen berührten und wieder voneinander entfernten, wenn er mir zuhörte, und ich fühlte mich zu seinem Alter hingezogen, weit weg von der grellen Neugier und den ängstlichen Träumen, dorthin, wo zum erstenmal Verständigung möglich wurde.

Fast schuldbewußt lud er mich in sein Apartment ein und stellte mir frei, die Einladung auszuschlagen, ohne ihn damit zu kränken. Mit der Hilfe Renards, der es vorzog, in der Kaserne zu wohnen, hatte der Capitaine eine Wohnung in der Rue Michelet gefunden, der »Straße der Herrschenden Mächte«, wie sie von den Algeriern genannt wurde.

Ein verschnörkelter, schmiedeeiserner Lift brachte uns in die zweite Etage. Die Wohnung bestand aus fünf Zimmern, einer Küche und zwei Badezimmern, und der Capitaine ließ sie leer oder fast leer. In einem Raum stand ein Louis-quinze-Bett, vergoldet und lindgrün, im anderen stand ein Tisch aus zwei Böcken und einem breiten Brett als Tischplatte sowie ein gebrechlicher Stuhl. Er zog eine Fußbank heran, das einzige weitere Möbelstück, aber gab kein Wort der Erklärung für die sparsame Einrichtung. Ich fragte ihn nicht danach. Auf dem improvisierten Tisch lagen Bücher von Camus und Céline, von Drieu La Rochelle und Chateaubriand und auch Hemingway, glaube ich. Das ist alles, woran ich mich erinnern will. Wir liebten uns, doch daran will ich mich nicht erinnern.

Statt dessen rufe ich mir unser erstes Essen zu Hause bei meinen Eltern ins Gedächtnis. Mama schien böse darüber zu sein, daß er überhaupt eingeladen wurde. Ich glaube, sie hatte den Gedanken an meine Verheiratung aufgegeben – »Mit zweiunddreißig hat sich eine Frau entschieden«, pflegte sie zu sagen, »und wenn nicht, dann haben es die anderen für sie getan« –, und das Ganze erschien ihr als eine Verschwendung von Zeit und Mühe. Aber sie legte das Spitzentischtuch aus Lyon auf, ließ das Mädchen alle Kristallkelche spülen und trug dem Koch auf, *bœuf aux lardons* zuzubereiten, »weil Männer Rindfleisch mögen«. Papa hingegen wirkte verschreckt. Ob er wohl dachte, ich, seine mittlerweile erwachsene und eigensinnige Tochter, könnte meine Freunde – die paar, von denen er wußte – mit ihm vergleichen, mit seinem früheren Selbst und dem alten Narren, der er jetzt war, schwächlich und zaudernd, voller Gebrechen und Schwerfälligkeiten, irreparabel beschädigt wie eine Uhr, die ins Wasser gefallen ist? Ich sprach im Scherz und im Ernst mit ihm, aber er hatte sich ein peinvolles Stammeln zugelegt, und wenn er zu antworten versuchte oder etwas rufen wollte, wie er es getan hatte, als ich ein kleines Mädchen war und er mich oder Mama einfach übertönte, brachte ihn das Stammeln aus dem Takt und ins Hintertreffen, so daß er mit Tränen der Kränkung in den Augen den Stimmen der anderen folgen mußte. Er fing an, statt Argumenten nur noch energische Ablehnungen zu gebrauchen; statt zu deklamieren und ironische Bonmots zu streuen, sagte er nun »nein, nein, nein!«, so scharf, so laut und so schnell es ihm sein Stammeln erlaubte, und manchmal schlug er mit seiner knochigen Faust so heftig auf den Tisch, daß er das Salz verschüttete. »Du willst uns wohl Unglück bringen«, klagte dann Mama und warf ein wenig Salz über seine linke Schulter, was ihn zusätzlich irritierte.

Der Capitaine begriff Papas mißliche Lage sofort. Den Blick fest auf ihn gerichtet, sprach er als alter Mann zu einem noch älteren, als wollte er lediglich dessen Gedanken bekräftigen. Sein Sprechen war eher ein Erkennen – er formte, zum besseren Verständnis etwa, Papas Sätze um und führte das Gespräch in einer Weise, daß Papa nur bestätigend zu nicken brauchte, weil es ihm und allen anderen so vorkam, daß der Capitaine nur wiederholte, was Papa schon vorgebracht hatte. Das war eine zartfühlende Huldigung, die er mit Eleganz darbrachte, und ich liebte ihn dafür.

»Genau so soll es sein, Monsieur. Die Armee ist der Nation verpflichtet und nicht der Bevölkerung. Das ist die reine Wahrheit, und wir dürfen nie vergessen, daß wir nur die Diener einer großen Sache sind, bei der die Armee wie das Volk lediglich Schachfiguren darstellen. Und was die Rolle der Italiener in Afrika betrifft, würden Sie nicht auch sagen, daß sie sich als unwürdig erwiesen haben? Als Soldat kann ich Ihnen da nur beipflichten, und als Geschichtsinteressierter muß ich Ihnen bescheinigen, daß Sie sehr tief in die Materie eingedrungen sind.«

Papa nickte dann und lächelte, und der Capitaine lächelte zurück, ohne die zitternden Hände und die Speichelfäden in Papas Mundwinkeln zu beachten. Nachdem der Rinderbraten gekommen und gegangen war und ein Paris-Brest serviert war, fragte Mama, ob dem Capitaine die Ehre der Bekanntschaft mit General Massu zuteil geworden sei.

Der Capitaine konnte die Frage bejahen.

Mama fragte weiter, ob der Capitaine mit dem General Massu auch in Zukunft zusammentreffen werde.

Der Capitaine antwortete, daß er dies für wahrscheinlich erachte.

In diesem Fall, fuhr Mama fort, wolle sie Monsieur le Capitaine um einen Gefallen bitten. Ob er wohl die Güte besitze, dem General Massu zu übermitteln, daß eine seiner Verehrerinnen – ohne ihren Namen zu nennen, der ihm ohnehin nichts bedeute und außerdem einer so alten Frau gehöre (hier folgte der Protest des Capitaine, den Mama ungeduldig beiseite wischte) – ihm ihre tiefempfundene Bewunderung und Dankbarkeit zum Ausdruck bringen wolle, jawohl, Dankbarkeit für gewisse Überlegungen die christliche Nächstenliebe betreffend, die er öffentlich kundgetan hatte.

Der Capitaine erwiderte, er werde dies nach Möglichkeit übermitteln, und fragte, ob er auch über die Art jener Überlegungen ins Bild gesetzt werden könne, da er in der Presse nichts darüber erfahren habe.

Mama informierte ihn, daß Pater Martial im Kirchenblatt darüber berichtet hatte: General Massu habe auf gewisse Tendenzen im europäischen Viertel hingewiesen – und sie müsse vermuten, es seien vor allem die Franzosen gemeint, weil die Italiener und Spanier solchen Irrtümern nachweislich seltener erlägen –, Tendenzen betreffend die christliche Nächstenliebe, die edelste der Kardinaltugenden, die zum Opfer einer mißbräuchlichen und antinationalen Auslegung geworden sei.

»Wir sch-schützen unsere M-Mörder«, gelang es Papa hervorzustoßen.

»Das ist wohl wahr«, erwiderte der Capitaine. »Ich rechne es mir zur Ehre an, Madame, dem General Ihre Zustimmung zur Kenntnis zu bringen.«

Mama lächelte.

Danach versicherte mir der Capitaine, daß er keineswegs nur aus Höflichkeit gehandelt habe, daß er meine Eltern aufrichtig schätze und daß sie die Maßstäbe hochhielten, auf denen der ganze Sinn des Franzosentums, des *»être français«*, beruhe. »Wir brauchen feste Begriffe«, sagte er zu mir in jener Nacht. »Ohne sie gibt es keine Verständigung und keinen Fortschritt. Solche Festlegungen bedeuten zwar Beschneidung, Verstümmelung und Zensur, aber wir wären Heuchler, wenn wir so täten, als könnten wir auf diese festen Begriffe verzichten. Das ist es, was ich meinte, als ich deine Eltern als das Salz der Erde bezeichnete.«

Er tupfte an einem Rotweinfleck auf seinem Hemd, der entstanden war, weil Papa ihm zu heftig die Hand geschüttelt hatte.

Wie die Dinge geschehen. Unschuldig glauben wir, daß das Handeln Ursachen setzt und keine Folge darstellt, daß wir, wenn wir nur wollten, über den zuletzt getanen Schritt hinausgehen und unser Ziel selbst wählen könnten. Algier, Paris, Buenos Aires.

Wir heirateten am 6. August 1961.

Mama hatte uns gefragt, ob wir nicht im Mutterland

heiraten wollten. Seit Monaten verdichteten sich im europäischen Viertel die Gerüchte über einen Exodus. Private Grundstücksverkäufe, Schilder in Schaufenstern und Zeitungsannoncen zeigten an, daß Besitztümer abgestoßen wurden. Niemand sagte: »Wir werden gehen«, aber jeder wußte, daß unsere Zeit in Afrika vorüber war. Der Capitaine erwiderte Mama, er habe Verständnis für ihren Vorschlag, aber wir würden die Feier hier ausrichten, vielleicht sei das unsere letzte Tat in Algerien. Er sagte das am Eßtisch, wo er nun fast jeden Abend seinen Platz hatte, wenn er nicht dienstlich außerhalb von Algier unterwegs war. Da Papa inzwischen zu schwach war, um auch nur zu sprechen, übertrug Mama die meisten Entscheidungen dem Capitaine – die Wahl des Weins und des Standpunkts der Familie gegenüber den Verlautbarungen der Regierung.

In der Nacht vor der Hochzeit schlief ich schlecht. Am Tage war es unerträglich heiß gewesen, und die Nacht brachte keine Erleichterung. Die Mücken sirrten aufdringlich, und manche gelangten durch die Florgardinen, waren aber in der Hitze zu träge zum Stechen und blieben an meiner feuchten Haut kleben. Noch bevor es draußen hell wurde, waren die Bettücher durchnäßt, und ich stand auf, unschlüssig, ob ich sie wechseln oder einfach bis zum Hellwerden ein Buch lesen sollte. Ich entschied, daß ich mich ans Balkonfenster setzen würde, und ging barfuß hinüber ins Eßzimmer.

Papa lag auf dem dunklen Teppich. Das Zimmer um ihn herum sah aus, als wäre es von einem wählerischen Einbrecher auf den Kopf gestellt worden. Alles war von seinem Platz gerückt und doch mit einem gewissen System angeordnet worden. Der Anblick Papas auf dem Fußboden und die Notwendigkeit, einen Krankenwagen zu rufen, machten mich blind dafür, daß das ganze Zimmer ein Arrangement darstellte; erst danach, als ich auf den Arzt wartete, verstand ich, was es zu bedeuten hatte.

Auf dem Tisch lag die Decke aus Lyoner Spitzen. Eine französische Briefmarke mit der Marianne und ihrer Revolutionsmütze, aus einem Umschlag herausgeschnitten, lehnte – irritierend winzig – an einer Flasche Burgunder. Eine Reihe von Büchern war um die Flasche plaziert und bildete eine rote Barriere – Papas Sammlung ledergebundener Klassiker: Racine, Corneille, Victor Hugo, Daudet. (Der *Tartarin von Tarascon* war immer Papas Lieblingsbuch gewesen, »unser einziger *pied-noir*-Klassiker«, pflegte er zu sagen.) Kein Camus. Er nannte Camus »diesen prätentiösen Journalisten aus Oran«. Die Trikolore – eine kleine Nachbildung, die er vor vielen Jahren zusammen mit einer Silbermedaille vom Schachklub erhalten hatte – war vertreten und auch ein blau-weißer Dubonnet-Aschenbecher sowie Ansichtskarten aus der Normandie und der Bretagne – eine Bäuerin in bretonischer Tracht, eine geduckte weiße Bauernhütte in steiniger Landschaft; die Klippen von Étretat, die ich nie gesehen hatte und die viele Jahre später wieder in meine Erinnerung traten, an einem Morgen, bevor der Sommer begann.

Er hatte den Raum mit den Symbolen Frankreichs ausgeschmückt. Er wollte, vielleicht im Wissen, daß Körper und Geist ihn verlassen würden, ein Zeichen setzen, das sowohl Bejahung als auch Verweigerung ausdrückte. Er wollte in einer plötzlichen Anwandlung von Sturheit ein Franzose und nichts weiter sein, er wollte im Tode nichts Afrikanisches an sich haben.

Die Hochzeit wurde nicht verschoben. Der Capitaine

mußte am selben Abend noch zu einer dienstlichen Mission abreisen, und Mama bestand mit einer seltsamen Entschiedenheit darauf, daß alles wie geplant zu verlaufen habe, während Papas Leichnam im Beerdigungsinstitut wartete. Wir fuhren von der Trauung zur Beerdigung, als wäre auch diese Abfolge geplant gewesen, und die Garderobe der Hochzeitsgäste nahm die Nüchternheit von Trauerkleidung an. Pater Martial hielt erst eine kurze Ansprache über die ehelichen Pflichten (mit einem Text aus dem Epheserbrief von Paulus) und sprach dann auf Papas Beerdigung über Paulus' Verheißung des Himmelreichs. Einen Moment lang befürchtete ich, er könnte beide Texte miteinander verwechseln.

Erst als der Tag vorüber war, als der Capitaine mich und Mama mit dem Versprechen verlassen hatte, so bald wie möglich wieder dazusein, als die letzten Freunde gute Nacht gesagt hatten, als auch Mama, die verfallen und schief aussah, als sei sie in Brust und Bauch gestoßen worden, mir zugeflüstert hatte, daß sie nun ins Bett gehen werde, als ich die Lampen im Eßzimmer gelöscht hatte, das vom ordnungsliebenden Mädchen wieder aufgeräumt worden war, erst dann blickte ich hinaus auf die gelben Lichter der heißen Augustnacht, und ich dankte Papa dafür, daß er mir trotz seines späten Widerrufs für so viele Jahre ein Gefühl für meinen Ort in der Welt vermittelt und dies solange erhalten hatte, bis er offensichtlich nicht mehr konnte, bis er, erschöpft und befremdet von Politik und Geschichte, sich zu seiner wahren Nationalität bekannte und starb.

Als der Capitaine zurückkam – wir hatten uns geeinigt, mit Mama in dem Haus zu leben, das nun das ihre war –, kündigte er uns an, daß wir sehr bald nach Frankreich heimkehren würden. »Es wird von einem französisch-algerischen Waffenstillstand gesprochen. Es ist Zeit zu gehen.«

»Papa hätte noch warten sollen«, sagte Mama.

Wir blieben noch neun Monate und gaben Stück für Stück unseres gewohnten Lebens auf. Mit jeder Kiste, die gepackt wurde, schwanden die Erkennungszeichen meiner vertrauten Umgebung, als ob allmählich unsere ganze Wirklichkeit in den Kisten verschwinden würde und am Ende auch wir selbst.

Mama weigerte sich, das Flugzeug zu nehmen. Am 17. Juni 1962 um sieben Uhr morgens bestiegen wir das Schiff nach Marseille. Fast die ganze Überfahrt stand ich an Deck und schaute zurück. Das letzte, was ich von Algier sah, war Notre-Dame d'Afrique. Sie leuchtete auf dem verblassenden Hügel wie eine Burg aus Sand.

Paris

Wer bin ich?

Ich stelle mir vor, ich stehe in einem Spiegelkabinett, und aus jedem Spiegel blickt mir ein anderes Gesicht entgegen. Alle gehören sie mir, doch für welches soll ich mich entscheiden? Irgendeine Wahl muß ich treffen. Als hätte ich ein Paßfoto abzuliefern, den Schatten meiner selbst auf einem winzigen Stück Fotopapier. Wie soll ich darauf aussehen? Wie alt soll ich sein? Welche Kleidung, welche Stimmung, welcher Abstand von der Kamera? Ein Schnappschuß oder ein gestelltes Foto?

Blicke ich hastig zurück, bekomme ich einen Schreck. Da sehe ich ein siebenjähriges Mädchen mit schwellendem Kopf, ein Teenagergesicht auf einem kurzen Leib, der sich dann streckt, wechselnde Frisuren, einen dreißigjährigen Körper voller Grübchen und Rundungen, der altert und altert, während die Jahre schwinden. Ich sehe mich in einem Kleid aus weißem Flor, dessen Schleier nach und nach zu Boden sinken, bis ich mit entblößten Schultern stehe, eine weiße Satinrose auf der rechten Brust. Das Kleid wird kürzer, färbt sich rot, die Rose öffnet sich und bildet ein Muster aus Blütenblättern. Jetzt ist es Herbst. Wie alt bin ich?

Im Sommer 64 – oder war es 65? – stellte ich fest, daß ich schwanger war. Der Capitaine war dienstlich unterwegs, ich saß in der Pariser Küche mit den hohen Fenstern und den schräggestellten Jalousien, die sich zum Hof hin öffneten, und schrieb:

– *Augen: dunkelbraun, zu groß.*
– *Haar: meist zu lang, schwarz. Habe es nie kurz getragen.*
– *Nase: dick. Während ich wuchs, wurde sie kleiner. Irgendwann wird sie vielleicht passend.*
– *Hals und Kinn: zu fett, massiv.*
– *Mund: geziert. Lippen, wie man sie auf griechischen Vasen findet. Verführerisch, doch mein Lächeln verdirbt alles.*
– *Körper: groß und massig bis auf die Beine. Beine sind schlank. Ein Minotaurus, ein Tiertorso auf Frauenbeinen. Der Körper, den ich gegenwärtig bewohne.*

Vielleicht ist dies das Bild, das ich festhalten soll. Ich, am Küchentisch, mich selbst beschreibend. Ein Spiegel im Spiegel.

Im Korridor, sobald ich die Wohnungstür öffnete, wurde mein Körper in der mannshohen, goldgerahmten Spiegelgarnitur reflektiert. Es war dort fast dunkel, und besonders, wenn man aus dem grellen Tageslicht hereinkam, konnte man kaum etwas von dem erkennen, was der Spiegel wiedergab. Man wußte, wer es war, wer man war, ohne es mit den Augen zu erfassen. Der Straßenhut des Capitaine hing immer dort, eine spukhafte Mahnung. Das gab zu denken.

Das Haus lag in einer Straße, die später zur Touristenmeile wurde. Inzwischen, so sagte man mir, ist das Loch, das die Markthalle hinterließ, aufgefüllt und die Gegend veredelt worden. Die Prostituierten sind nach Norden umgezogen, auf den Boulevard St-Denis, wo der enthauptete Heilige seinen eigenen Kopf gen Montmartre trägt.

Im Sommer war die Stadt verlassen, und der Capitaine

fehlte mir dann besonders, wenn seine Abwesenheit zu der allgemeinen Leere hinzukam, jedes zweite Café und Geschäft, viele Bäckereien geschlossen hatten. Die Hitze erinnerte mich, wenn sie nicht zu feucht war, an Algier, und ich schrieb reihenweise Orte auf, die ich mit ihm besuchen wollte, wenn er wieder da war. Manchmal fuhren wir tatsächlich hin, und ich verzeichnete die Namen der Orte im Tagebuch, das ich für ihn führte, aber den größten Teil des Sommers verbrachte ich mit einsamen Spaziergängen. An der Goutte d'Or streifte ich die nordafrikanischen Verkaufsbuden entlang, doch die Kaftane, die Sandalen und Kappen wirkten hier fremd – im Unterschied zu mir, obwohl manche dieser Ausländer schon viel länger hier lebten als ich, denn hier waren wir in Europa, und sie, das war Afrika – Gallien und Karthago. Einmal versuchte ich sie anzusprechen, einen großen Kabylen, der hölzerne Armreifen verkaufte, doch er lachte, als hätte ich mir einen Spaß erlaubt. Bald nickte ich, wenn die portugiesische Concierge von den »schmutzigen Mauren« sprach, die ihren Tand auf dunklen Teppichen in der Rue Étienne-Marcel ausbreiteten.

Ich veränderte mich so schnell, daß ich kaum merkte, wie mir geschah. Der bunte Streckenplan der Pariser Metro ersetzte das Gewirr der steilen Gassen von Algier. Die Gewürze verloren ihre Kraft, die Mahlzeiten wurden zahmer, einfacher, nüchterner in ihrem eleganten Rohzustand und den vornehm-sparsamen Portionen. Die kräftige Statur erschlaffte. Die Haut wurde fahl. Die goldene Stille um mich wuchs. Ohne Einführung keine neuen Bekanntschaften. Die Distanz nahm zu, und die Städte rückten näher. Das Wetter zeigte sich von der rauhen Seite, Blumen waren teuer, das Fleisch war billig.

Und doch wurde ich von völlig Unbekannten Schwester und Leidensgefährtin genannt. Nachbarn fragten mich über Giftschlangen und Couscous-Rezepte aus. Aus den Zeitungsspalten sprangen mir Wörter wie *Allergie*, *Algebra* oder *Algen* entgegen. Und dann bot mir jemand einen Platz in der Metro an. Reserviert vorrangig für 1. invalide Kriegsveteranen, 2. invalide Zivilisten und 3. für Schwangere. Mein Leben unter Behinderten.

Einmal luden wir Monique und ihren Mann in die Tour d'Argent ein, wo wir mit Blick auf die Türme von Notre-Dame zu Abend aßen. Sie und der Kastellan hatten ihren Esprit eingebüßt und wirkten nun fade und zerflossen, fast wie welke Flecken an der Velourstapete des Restaurants.

Der Kastellan sprach von einem Nordafrika, das man den Wölfen und der Wüste überlassen habe. Die Bitterkeit hatte seiner Stimme die Tragkraft genommen, und sie zitterte ein wenig, als er das Chaos beschrieb, das seiner Meinung nach in unserem Heimatland herrschte. Er schien alle Energien auf das Essen konzentriert zu haben, schnitt sich gewaltige Scheiben vom Tournedos ab und tunkte das Blut mit Weißbrot auf.

Monique sagte wenig. Sie sah aus, als würde sie sich der Schwäche ihres Gatten schämen und schaute unter gesenkten Lidern zum Capitaine hinüber, während sie ihre zierlicher bemessenen Kalbfleischhappen über den Teller schob. Wenn der Capitaine etwas sagte, lachte sie beifällig, und zwei- oder gar dreimal betonte sie, daß er im Recht, voll im Recht sei. Worauf sich dies bezog, ist mir allerdings entfallen. Mir schenkte sie während des ganzen Essens kaum einen Blick.

Die zwei Männer diskutierten über de Gaulle. Der Kastellan verzog das Gesicht. Für ihn bedeute de Gaulle das Ende des Anstands. Sie seien verraten worden, sagte er, und ihm sei, als hätte ihr eigener Vater sie verraten. Der Capitaine, der nichts von melodramatischen Szenen hielt, schilderte eine absurde bürokratische Verwicklung am Quai d'Orsay.

Erst jetzt blickte Monique auf.

Plötzlich begriff ich, daß sie den Capitaine verführen wollte.

»Wir sollten uns schämen, daß wir unseren Kindern ein solches Beispiel geben«, flüsterte der Kastellan.

»Nicht jeder denkt an Kinder«, sagte Monique. »Marianne ist klug, sie verzichtet auf diese Bürde.«

»Jeder Mann sollte ein Kind haben«, beharrte der Kastellan.

»Aber nicht jede Frau kann eins bekommen.« Monique sprach zu ihrem Mann und blickte dabei den Capitaine an. »Manche besitzen die Gabe und andere nicht. Es ist wie bei den Künstlern.«

»Sehr wahr«, sagte der Capitaine, griff über den Tisch und nahm meine Hand. Es war das einzige Mal, daß ich bei ihm eine absichtliche Grobheit erlebte.

Monique wurde rot und beschäftigte sich mit ihrem Kalbfleisch.

Ich hatte mit dem Capitaine nie über Kinder gesprochen, nur über die Kinder anderer Leute. Wir hatten über Diane gestaunt, eine Prostituierte, die sich entschlossen hatte, ihr Kind zu bekommen, und in die Wohnung unter uns gezogen war. Wir hatten den Fall der entführten Brüder verfolgt, deren Mutter der Polizei gegenüber versicherte, der Kidnapper rufe sie jede Nacht an und schildere ihr, wie er die Kinder dazu brachte, ihre Mutter zu vergessen. Wir hatten in Erfahrung gebracht, daß der ägyptisch anmutende Springbrunnen vor unserem Haus, der eine Frau mit einer Kanne und einer Fackel zeigte, dem Andenken von Jeanne de Lorraine gewidmet war. Im 14. Jahrhundert hatte sie sich darangemacht, den Himmel in Brand zu stecken und das Feuer der Hölle zu löschen, »auf daß meine Kinder Gott nur um seiner selbst willen lieben«.

Für mich selbst hatte ich beschlossen, daß ich keine Kinder bekommen konnte. Ich suchte nicht nach technischen Erklärungen, fragte meinen Arzt nicht nach wissenschaftlichen Begründungen. Ich betrachtete diesen Umstand nicht als Gebrechen, eher als eine besondere Eigenschaft – wie etwa die Unfähigkeit, Sonette zu dichten, zu fliegen oder alle fünfzig französischen Könige in chronologischer Reihenfolge aufzusagen.

Er war gerade von einer Dienstreise zurückgekommen, als ich die Nachricht erhielt, und er war beglückt. Die ganze Nacht hielt er mich in den Armen, als würde er keinen Schlaf finden und müßte, in eine Ecke des großen Betts gedrückt, bis zum Morgen auf die Geräusche des Hofs lauschen. Wir sprachen nicht über das Kind und warteten einfach, als könnten wir neun Monate lang so sitzen bleiben, während unten in den Straßen die Polizeisirenen jaulten und die flackernden Fernsehgeräte der Nachbarn dröhnten wie das Meer.

Eine weitere Veränderung: Wie aus dem Nichts tauchten plötzlich die Geschäfte für Babyartikel auf, Reklame für Windeln, Reihen von Babynahrung im Supermarkt, verbilligte Babysachen im Prisunic. Ich sperrte mich noch dagegen, etwas zu kaufen – aus dem Aberglauben, daß eine vorweggenommene Zukunft nicht eintritt. Mama war zu ihren ältlichen Cousinen nach Lyon gezogen; ich beschloß, ihr vorerst nichts zu sagen, und war froh über diese Entscheidung.

Den ganzen Sommer verbrachte ich im Freien, auf den Brücken, in den Parks und den engen Gassen um die gelben Kirchen und umzäunten Gärten. Nur Sonntag nachmittags besuchte ich eins der kleinen Kinos in der Gegend zwischen dem Boulevard St-Germain und dem Seine-Ufer und sah mir einen Film nach dem anderen an. Sie schienen aus einer anderen Welt zu stammen als die Filme, die über die großen Leinwände von Algier geflackert waren – sie wirkten glatt und gefällig, als würde auch dies, das Kino, zu einer anderen Klasse gehören, schnellebig und modebewußt. Omar Sharif als Doktor Schiwago sah aus wie der Capitaine als ganz junger, glattrasierter Mann; Julie Christie hingegen war mir so unähnlich wie nur möglich; *The Sound of Music*, auf französisch gesungen in einem raspelnden Mezzosopran: »*Do, do-do, endors-toi bien* …« Später, in Montreal, verleideten mir das Rascheln von Popcorn, das Knistern von Bonbonpapier, die Schlürfgeräusche das Kino. Die Filme, die sich jetzt in meiner Erinnerung abspulen, sind die von ganz früher. Je älter, desto gegenwärtiger sind sie mir.

Ich unterhielt mich mit den anderen Mietern des Hauses, mit Diane und ihrem kleinen Jungen, mit Madame Honfleur, deren Hund wie ein Mop aussah, und dem älteren Ehepaar, dessen Namen ich vergessen habe, beide weiß und vornübergebeugt wie gotische Skulpturen aus Kalkstein. Einmal, an einem Nachmittag, als die Luft zum Ersticken schwül war, wollte ich Diane mit ins Kino nehmen, doch sie wirkte schockiert und lehnte ab, als hätte ich mich auf ein Terrain vorgewagt, das sie um jeden Preis von mir fernhalten wollte.

Manchmal gegen Abend, wenn ich keine Lust hatte, das Abendessen für mich allein vorzubereiten, und die Abwesenheit des Capitaine schwer auf mir lastete – wenn mir etwa eins seiner Hemden zufällig in die Hände geriet oder eine Buchpassage, die er mir vorgelesen hatte, aufgeschlagen dalag –, ging ich hinüber zum anderen Seine-Ufer, vorbei an der Kirche St-Germain-des-Prés und setzte mich auf die Terrasse des Café de Flore. Das andere Café, wo hoch oben auf ihren Wandborden zwei Holzmandarine thronten, blieb fast den ganzen Sommer über geschlossen, also nahm ich mit dem Flore vorlieb, einen frisch gepreßten Zitronensaft vor mir auf dem grünen Tischchen, und ließ meinen Bauch weiterwachsen, der sich unablässig wölbte, als wollte ich mich verdoppeln, zu meinem eigenen Schatten werden.

Eines Dienstag nachmittags (warum weiß ich so genau, daß es ein Dienstag war?) drehte sich ein junges Mädchen vom Nachbartisch zu mir, entschuldigte sich und erklärte, daß sie mir eine Frage stellen wolle.

Ich schaute von meinem Buch auf, lächelte und war ein wenig überrascht.

»Wann ist es soweit?« fragte sie mit Blick auf meinen Bauch. Mich wunderte, wie sie das erraten hatte. Mein fülliger Körper, mein weites Sommerkleid, so glaubte ich, würden meinen Zustand ohne weiteres verbergen.

»Es ist Ihre Haut«, sagte sie.

Sie wandte sich zu ihrem Begleiter, einem schmächtigen Jüngling mit langem schwarzem Haar, das er trug wie eine Pferdemähne, und flüsterte ihm hastig etwas zu. Er nickte.

Dann dachte ich: *Dieses Gesicht möchte ich einrahmen.* Ich wollte ihr Gesicht in ein Viereck aus Licht halten und studieren wie eine Landkarte. Ich dachte: *Wenn ich eine Kamera hätte, würde ich sie fotografieren.*

»Wir sind Schauspieler.«

Ich lächelte wieder.

Sie hatte vermutet, daß auch ich beim Theater arbeitete, etwas an meinen Bewegungen und an meiner Art zu sitzen hatte sie darauf gebracht. Sie hieß Ana (mein Gedächtnis bewahrte diesen Namen auf, bis seine Zeit kommen würde), und sie probten gerade für ein *spectacle.* Ich erzählte ihr, daß ich aus Algerien stammte – wieder die Ausländerin. Ihr Gesicht hellte sich auf. Das Stück – das gewaltige, zwar noch ungeschriebene, aber sehr ambitionierte Stück – handelte von Krieg und Unterdrückung. Ich sagte, ich sei nicht sicher, ob wir auf derselben Seite stünden.

»O doch«, beharrte sie vehement. »Das weiß ich. Das sehe ich an Ihren Händen.«

Ana erklärte es ihrem Begleiter, und Jean-Noël – der stumme Jean-Noël – nickte. Während sie sprach, spielte er mit ihrem Zopf, und sein Gezupfe lenkte mich von ihren Worten ab. Anas Stück würde eine neue Sprache der Bewegungen auf die Bühne bringen; der Körper selbst würde sprechen, und die Wörter, die sie gebrauchten, würden die Musik dazu darstellen. Ana war überzeugt, meine Bewegungen lesen zu können wie ein Buch. Sie fragte, ob ich ihnen bei der Probe zusehen wolle.

Ich sagte ja.

Ich beglich ihre und auch meine Rechnung – wie so viele Male später bezahlte ich die Getränke, die Sandwiches und Frühstückseier, die sie verschlungen hatten, als wären sie völlig ausgehungert. *Auch eine Verpflichtung des Alters*, dachte ich, *Zahlmeister, Stütze der Jugend.*

Die Aufführung, so hofften sie, würde in einem Theater auf dem Boulevard des Italiens stattfinden, doch für die Proben hatten sie eine Schneiderwerkstatt in der Rue du Vieux-Colombier. In dem muffig-düsteren Raum befragten mich Ana und ihre Freunde und improvisierten ihr Spiel, das von grausamen Eroberern und gepeinigten Rebellen handelte und das sie in Sprünge, Verrenkungen, Tippelschritte und Umarmungen übersetzten. Ich war stets frühzeitig da, saß in einem breiten Lehnstuhl und schaute ihnen zu, wie sie die Arme schüttelten, äffische Laute von sich gaben, auf dem Boden lagen, einatmeten, ausatmeten, entspannten, sich ausleerten, um auf der Bühne jemand anders sein zu können.

Ana informierte sie über meine Schwangerschaft, aber auf ihre Fragen hatte ich wenig zu erwidern, weil ich selbst nicht gut genug wußte, was eigentlich in mir vorging, was da wuchs und sproß, was sich da in mir breitmachte und Blut und Nahrung aus mir sog. Wenn ich darüber nachdachte, nahm das Ding in mir eine ungefähre Gestalt an, vielleicht auch, wenn ich ein Geräusch wahrnahm und hier und da eine Art Drücken, oder bildete ich mir das nur ein? Es war noch zu früh, etwas darüber zu wissen, zu früh, etwas Genaues über das Wie, das Was und das Wann zu sagen.

Nach den Proben blieb ich mit Ana beisammen, wir aßen in Cafés oder auf Bänken in Parks mit roten Kieswegen, gingen nachts in die Kinemathek (Anas Entdeckung, bis zu fünf Filme hintereinander, jeder für einen Franc fünfzig; sie ersetzte mir die kleinen Hofkinos nahe der Place St-Michel und schenkte mir wieder eine andere Vergangenheit).

Ana wollte mehr über den Capitaine erfahren, den geliebten, aber abwesenden Gatten. Und wieder war es so, daß ich weniger über ihn selbst sagen konnte als darüber, daß seine Gestalt, seine Stimme, seine Augen, seine Art zu sprechen und mir geduldig bis in den frühen Morgen zuzuhören, Spuren hinterlassen und mich verändert hatten, mir den inneren Frieden zurückgegeben und mich von meiner Wut befreit hatten.

Mir fiel auf, daß ich nichts oder nur sehr wenig über seine Arbeit wußte. Ein Bürojob, wie er immer sagte, und ich stellte mir seinen von zerwühlten Akten übersäten Schreibtisch vor, den schmutzigen Aschenbecher, die leeren Kaffeetassen. Manchmal ließ er mich wissen, daß er zur Instruktion einer Gruppe von Offizieren nach Strasbourg oder Arles oder sonstwohin fahren mußte, und ich konnte mir ausmalen, wie er den stumpfen Gesichtern gegenüberstand und mit welcher Mühe er ihnen sein Thema erläuterte, mochten es seine algerischen Erfahrungen sein oder auch seine Methoden im Umgang mit der Bürokratie. *»Ich lebe in einer Hölle aus amtlichen Formularen, stumpfsinnigen Protokollen, fehlerhaft geschriebenen Berichten und unlesbaren Dienstanleitungen«*, hatte er mir einmal erzählt. Ich wiederholte das Ana gegenüber, und sie lachte.

Sie wollte mehr über Algerien erfahren, »wo das alles passiert ist«. Sie stellte sich Nordafrika als einen Schreckensort von riesigen Ausmaßen vor, wo Teufel in französischen Uniformen die Eingeborenen folterten. Sie wollte wissen, ob ich einen Gefolterten gesehen hätte.

Die Frage kam mir so absurd vor, daß ich lachte. Ana verlangte mit runden Kinderaugen nach Gruselgeschichten aus König Blaubarts Schloß. Ich erzählte ihr wahrheitsgemäß, daß ich nichts gesehen hatte, daß es nichts zu sehen gab. Gerüchte natürlich, die gab es immer. Mir fiel ein, daß Papa behauptet hatte, wir, die *pieds-noirs*, würden niemals die Opfer sein, unsere Bestimmung sei nicht die Niederlage, sondern die Wiedereinsetzung der Gerechtigkeit.

Ich lud Ana zum Essen in unsere Wohnung ein, und wir saßen zu zweit bei Brathähnchen und Wein, bis es wieder hell wurde, sprachen aber weder über Schwangerschaft noch Theater, sondern über sie und mich und über jene Fetzen der Geschichte, in denen wir uns selbst wiedererkennen wollten. Ich trug mich mit dem Gedanken, sie Monique vorzustellen, und verwarf ihn wieder. »Ist das dein neues Haustier?« konnte ich Monique fragen hören. »Kann sie Männchen machen? Ist sie schon stubenrein?«

Ana war zwanzig. Für sie war das Land, aus dem ich kam, ein unermeßlich großes, unbekanntes und so weit in die Geschichte zurückreichendes Gebilde, daß ihr schon der Gedanke daran Schmerzen bereitete. Ihre Eltern wohnten in der Bretagne, und sie war nach Paris gekommen, um unter der Aufsicht einer Tante zu studieren. Dann waren die Tante und das Studium unwichtig geworden, und die Briefe von zu Hause waren seltener geworden. Jean-Noël hatte sie bei einem Vorsprechen getroffen. »Ich hab ihn zu mir genommen wie einen streunenden Hund«, sagte sie lachend. »Er war ganz durchnäßt und verschreckt.«

Ich schrieb an den Capitaine, an eine der Adressen, die nur aus seinem Namen und einer Nummer bestanden – ich konnte mir nie vorstellen, daß solche Briefe ihn überhaupt erreichten –, und erzählte ihm von Ana und ihrer Gruppe. Er schrieb mir einen Brief voller Zärtlichkeit zurück und ermunterte mich dazu, weiter mit Ana zu arbeiten, wenn ich wollte, aber auf mich achtzugeben. Ich legte den Brief in eins seiner Bücher, das immer neben meinem Bett lag, damit ich darin blättern und seine Stimme hören konnte, wenn ich die Worte las.

Eines Tages sah ich in der Rue de Rennes im Schaufenster eines Fotogeschäfts eine Kamera liegen. Ich trat ein, hielt den Apparat eine Weile in den Händen wie ein schwarzglänzendes Tier und kaufte ihn. (In Anas Gegenwart war ich unfähig, so etwas zu tun; es machte mich verlegen, daß ich mir die Dinge, die ich gern haben wollte, jederzeit kaufen konnte, im Wissen, daß immer genug Geld auf dem Konto war. Die tägliche Ungewißheit, wo der nächste Scheck herkommen sollte, das lähmende Gefühl, daß mir fünf oder zehn Francs zum Leben fehlten, hatte ich nie kennengelernt, und vor meiner Freundschaft mit Ana hatte ich nicht einmal darüber nachgedacht.)

In Algier hatte ich mir einmal Moniques Fotoapparat der Marke Brownie geborgt und Aufnahmen von unserer Straße, von unserem Nachbarn, von Monique in einem getupften Kleid vor dem Schulgebäude gemacht. Keins dieser Fotos ist noch da.

Am nächsten Tag nahm ich den neuen Apparat mit zur Probe.

Eins der Mädchen ging im Raum auf und ab und hielt die Arme wie Halbkreise ausgestreckt. Ein junger Mann schloß sich ihr an, dann kam auch Jean-Noël hinzu. Plötzlich drehten sich alle um und bildeten eine große Kali-Statue mit sechs Armen, die hinter dem Körper des Mädchens wedelten. Sie begann mit ihrem Text, einer langatmigen Beschreibung des Meers, wenn ich mich recht erinnere, brach dann aber ab und sagte, daß der Text nicht funktionierte.

Ana wandte sich zu mir: »Gib ihr Text. Wenn du mit uns arbeiten willst, laß dir Dialoge einfallen.«

Ich senkte die Kamera. Zwei große, graue Katzen kamen aus der Ecke und liefen auf mich zu. Eine rieb sich an meinem Bein, die andere trottete beiseite und ließ sich an der Wand nieder.

»*Donner sa langue au chat*«, sagte ich. Leih der Katze deine Zunge.

»Weiter«, sagte Ana.

»Womit?«

»Sätze, Redensarten, Ansichten. Das ist gut. Mach weiter.«

Ich machte weiter.

»Mit dem Feuer spielen. Mit Blüten bedecken. Mit einem Auge schlafen. Ein Vogel auf dem Ast sein. Mit dem Kopf in den Wolken stecken. Sein Quartier unter dem Abendstern aufschlagen. Es kostet einen die Augen im Kopf.«

»Mehr«, drängte Ana.

»Die Kathedralen zum Tanzen bringen. Gegen Wind und Wetter angehen. Mit offenem Herzen sprechen. Ein Pferd mit vier weißen Beinen. Glücklich wie ein Fisch im Wasser. Vierhundert Schläge aushalten. Im Stehen schlafen. Um zwei Uhr nachmittags auf den Mittag warten. Ameisen vor den Karren spannen. Feuer und Flamme sein. Den Kopf lockermachen. Rotz und Wasser heulen.«

Das Mädchen fing an mitzuschreiben. Alle machten Vorschläge. Zwei- oder dreimal änderten wir die Reihenfolge der Sätze, dann, nach ein paar Stunden, hatten wir einen Text.

»Probier ihn aus«, sagte Ana zu dem Mädchen.

Ich folgte dem Mädchen mit dem Objektiv meiner Kamera und machte eine Aufnahme nach der anderen, während sie sich im Rhythmus der Sätze bewegte. Meine ersten Aufnahmen galten diesem Mädchen, deren Namen ich vergessen habe und die vor dem Hintergrund der zerfetzten Tapeten Redewendungen in Verrenkungen ihrer Glieder übersetzte.

Über mehrere Tage wuchs der Text und veränderte sich durch Interpretation, Stimmungen und neue Einfälle. Mit Ungeduld sah ich den Proben entgegen. Zuvor war ich, wenn der Capitaine unterwegs war, morgens um sieben oder halb acht aufgestanden – mir war morgens nicht schlecht, und im Bett wurde es mir bald zu heiß – und hatte mich mit einem Baguette von gestern an den Küchentisch gesetzt, das Baguette erschien mir blasser als die algerischen, ich buk es im Grill kurz auf, dazu gab es eine Schale schwarzen Kaffee. So hatte ich den Tagesbeginn, das Hinausgehen auf die Straße, das Suchen nach einer Beschäftigung, vor mir hergeschoben. Doch das war vorbei. Jetzt war ich die erste an der Studiotür und wartete manchmal auch an einem Caféhaustisch, daß es endlich losging.

Anfangs ließ ich meine Bilder im Geschäft entwickeln, wo ein hitziger Belgier mir die Kamera abnahm, einen Miniatur-Kaiserschnitt an ihr vollzog und mir ein paar Tage später einen Bogen mit Kontaktabzügen überreichte, damit ich die Bilder zum Vergrößern auswählen konnte. Der Vorgang schien ihn unendlich zu langweilen. Nur einmal, als ich das Blatt mit einigen roten Wachsstiftmarkierungen versehen zurückgab, sagte er: »Selektive Erinnerung. Sehr nett.«

Dann entwickelte ich die Bilder selbst, indem ich das Badezimmer als Dunkelkammer benutzte. Mit einem gewissen Schuldbewußtsein (ich hatte nie soviel Geld für Dinge ausgegeben, die ich für mich selbst wollte) kaufte ich einen Vergrößerungsapparat.

Der Capitaine kam überraschend nach Hause. Es sei keine Zeit gewesen, sich anzukündigen, sagte er, und ich sei so oft außer Haus (dies nicht als Vorwurf, sondern als objektive Feststellung), daß er lieber den nächsten Zug genommen habe, als zu warten und sich mit einem der kleinen Dienstwagen bringen zu lassen.

Während seiner Abwesenheit hatte ich im Kopf lange Gespräche mit ihm geführt, Dinge aufgelistet, die ich ihm erzählen wollte, hatte ihm meine neue Beschäftigung erklärt und von meinen neuen Freunden berichtet, wozu mich jeden Abend seine Bücher und jeden Morgen sein Hut im Flur ermunterten. Doch als er wirklich da war, schrumpften die Neuigkeiten zu ein paar Worten, die ich sofort los wurde, dann war wieder alles so, als wäre er nie weg gewesen. An jenem Nachmittag gingen wir ein paar Stunden (aber nicht länger) durch die Straßen, die ich sonst allein durchwanderte, und schauten die Auslagen an, deren Wechsel ich verfolgt hatte, überquerten den Fluß auf einer der elfenbeinfarbenen Brücken und liefen dann am still dahinfließenden grünen Wasser die Quais entlang, wo ich eine Reihe von Bildern aufgenommen hatte, die ich ihm zeigen wollte (mir aber bis zu seinem nächsten Besuch aufhob). Je nachdem, ob ich allein oder mit ihm zusammen war, entschied ich mich für unterschiedliche Orte; für ihn wählte ich die Ile-St-Louis mit ihrer einzigen Straße, die die Insel wie ein Rückgrat überzieht, gesäumt von schmalen, zerbrechlich wirkenden Häusern, sowie die gebärmuttergleiche Place Dauphine, wo Männer in ausgebeulten blauen Hosen Pétanque spielten. In der Conciergerie hörten wir uns ein Brahms-Konzert an.

Ich hakte mich gern bei ihm ein. Ich hatte es gern, wenn er neben mir saß und die Hand auf meinen Bauch legte, um auf Bewegungen zu lauern. Ich hatte ihn gern in seinem silbrigen, sanft raschelnden Sommeranzug. Solange er da war, blieb die Kamera zu Hause. Dann fuhr er wieder fort.

Es geschah in einer Freitagnacht. Ana hatte angekündigt, daß sie mich von zu Hause abholen würde und wir uns die *Andromache* ansehen würden, bei der einer ihrer Freunde, Dominique Serreau, Regie geführt hatte. Eine Aufführung der *Andromache* hatte ich nie erlebt, nur die Verse, die uns Schwester Amicale am Lyzeum von Algier eingehämmert hatte, klangen gelegentlich in mir nach wie Musik, und selbst jetzt entzogen sich gewisse Zeilen hartnäckig dem Vergessenwerden:

»*Où suis-je? Qu'ai-je fait? Que dois-je faire encore?*«

Tatsächlich: Was muß ich noch tun?

An jenem Nachmittag war mir ein wenig übel gewesen. Die Hitze hatte die Abfälle, die sich vor den Restaurants und Läden von Paris türmten, zum Faulen gebracht. Hier und da reinigte ein algerischer Arbeiter in Blau die Gossen mit dem Reisigbesen, aber das reichte nicht aus, und der Geruch wie von einer überreifen Frucht legte sich schwer über die Stadt. Selbst den fetten und arroganten Katzen, die in Kartons und Müllsäcken herumstocherten, wurde der Gestank zuviel, und sie zogen sich in den Schatten zurück. Die Touristen liefen fast nackt durch die Straßen, ihre Haut war gerötet wie rohes Fleisch, sie rochen nach Butter und amerikanischem Aftershave.

Als ich nach Hause kam, war es fast sechs, doch der

Himmel sah noch so aus wie am Mittag, es war auch nicht kühler geworden. Kaum hatte ich die Tür geöffnet und mich im goldgerahmten Spiegel gesehen, wurde ich von einem Bauchkrampf gepackt. Ich krümmte mich und schob die Tür hinter mir zu. Eine Sekunde stand ich so und rang nach Atem. Dann blickte ich auf den Fußboden. Hinter mir, da, wo ich gestanden hatte, sah ich ein paar Blutstropfen. Ein zweiter Krampf kam, diesmal noch schlimmer, und ich hatte das Gefühl, daß sich in mir etwas gelöst hatte. Meine Schenkel fühlten sich feucht an. Ich legte die Hände zwischen die Beine. Blut sickerte durch meine Unterwäsche. Das Badezimmer stand voller Entwicklerschalen, die ich nicht weggeräumt hatte. Ich eilte zur Toilette und setzte mich nieder. Ich schaute auf meine Hände, die grau vom Straßenschmutz waren und nun auch blutverschmiert, und brach in Tränen aus.

Die Krämpfe hörten auf, aber es blieb ein dumpfer Schmerz, als ob etwas in meinem Innern zugeschlagen und mich verletzt hätte. Ich hörte das Blut in ungleichen Abständen in die Toilette tropfen – wie das Wasser von den Bäumen nach einem Regenschauer.

Es klingelte an der Tür, und ich rief laut, in der Hoffnung, daß Ana mich hören würde. Sie rief meinen Namen, einmal, zweimal, sah vielleicht die Blutspur und fand mich, das Gesicht in den Händen vergraben.

Als ich im Krankenhaus meine Personalien angab, wurde mir klar, daß ich keine Möglichkeit hatte, den Capitaine schnell zu erreichen. Ich konnte eine Nachricht in der Zentrale hinterlegen lassen, aber er würde kaum früher als in zwei Tagen zurückkehren. Ich bat Ana, ihn nicht zu benachrichtigen, sondern mit mir zu warten. Ich erhielt ein Beruhigungsmittel und wurde fortgerollt.

Als der Capitaine zwei Tage später zurückkam, lag ich zu Hause im Bett. Ana hatte gegen meine Bitte am nächsten Tag angerufen, und er wirkte verletzt, aber nicht böse. »Du hättest mich früher rufen lassen sollen«, sagte er. Er saß an meiner Seite auf der Bettkante und strich mir das Haar aus dem Gesicht.

»Was bist du für eine seltsame Frau! Eine große, wunderschöne Frau«, sagte er.

Wir redeten nie über den Verlust. Er überließ es mir, ob ich darüber sprechen wollte oder nicht, und ich zog es vor zu schweigen, als hätte ich etwas erlebt, was über meine Begriffe ging. Er nahm oder erhielt einen verlängerten Urlaub, und als ich mich kräftig genug fühlte, mietete er ein kleines Auto, mit dem wir nordwärts nach Étretat fuhren, wo das Haus seiner Vorfahren gestanden hatte und wo Papa einen denkwürdigen Urlaub verbracht hatte. Wir fuhren durch Dörfer aus häßlichen Betonbauten, die nach dem Krieg entstanden waren, dann die Küstenstraße entlang, die zu den Klippen führt, wir wohnten in einem kleinen Hotel mit maurischen Bögen, mit Bougainvilleen und Wandelröschen, machten lange Strandspaziergänge und beobachteten die Touristen, die nicht reich genug für einen anderen Ferienaufenthalt oder zu reich für einen Wechsel waren und hinter gestreiftem Markisenstoff Schutz vor dem Seewind suchten. In Ain-Taya-les-Bains waren die Markisen rot gewesen. Blau wirkt viel zivilisierter, dachte ich.

Eines Nachmittags saßen wir an der Öffnung einer riesigen Höhle, sahen auf die durchlöcherten Klippen hinab, die aus der Brandung auftauchten, und er rezitierte Victor Hugo für mich.

Es könnt' ein Wort dem Schlund entfliehn,
doch frag nicht, wie es heißt.
Wenn dies das Tor zur Hölle ist,
wer hat der Stimme Klang verliehn?

Diesmal war sein Abschied schmerzhafter.

Er schrieb mir, was er sonst nur selten tat, aber das schien seine Abwesenheit nur zu betonen. Seine Bücher hatte ich in das leerstehende Zimmer geräumt, weil sie mir wie Andenken an seine Stimme vorkamen, die ich so sehr vermißte, und seinen Hut verstaute ich im Schrank. Ana besuchte mich und klagte über Jean-Noël oder über das Wetter, doch nun hatten ernsthaft die Proben begonnen, und sie hatte nicht viel Zeit. Ich versprach ihr, wiederzukommen und die Fortschritte des Stücks zu verfolgen, aber das war schwer, weil mich ihre Freunde schuldbewußt anstarrten und nicht wußten, ob sie mir Beileid wünschen oder einfach ignorieren sollten, daß etwas geschehen war, so als wäre mein Verlust nicht wirklich ein Verlust, sondern ein Mittelding zwischen einem Unfall und einer Unachtsamkeit.

Eine Weile lang hörte ich auf zu fotografieren.

Die Stadt erschien mir jetzt größer, ihre Räume wirkten anders auf mich. Ich war plötzlich älter geworden, mein Körper war gewelkt. Die Männer, die mich liebevoll betrachtet und mir das Gefühl von Macht und Schönheit gegeben hatten, schauten jetzt an mir vorbei.

Ich war durchsichtig geworden. Ich ging allein.

Dann, im Herbst, heirateten Ana und Jean-Noël im Rathaus des V. Arrondissements. Anas Eltern kamen zur Feier, ihre Gesichter waren fahl, und beide waren braun gekleidet. Ana hatte für sich und Jean-Noël Blumenkränze geflochten, und mir gab sie ein Haarnetz voller silberner Sterne, das ich tragen sollte. Eine Musikgruppe mit indianischen Instrumenten spielte draußen auf der Straße.

Es regnete.

Als ich eines Sonntags durch die Tuilerien lief, von den flachen grünen Wasserbecken, wo die Kinder ihre Schiffchen schwimmen ließen, zum kleinen, mit einem Götterwagen gekrönten Arc du Carrousel, beschloß ich, in den Louvre hineinzugehen und mich eine Weile bei den kühlen, weißen Skulpturen aufzuhalten. Ich ging durch die Korridore mit den Marmornischen und den Torsi an den Wänden, erstieg die breite Treppe zur geflügelten, des Kopfes beraubten Siegesgöttin von Samothrake, die unter ihrem steinernen Gewand ebenso voll, rund und üppig wirkte, wie ich es einst war. »Mutter«, flehte ich, »gib mir meine Kraft zurück.«

Ich stieg höher, durchquerte die langen Säle mit den schwülstigen französischen Prunkgemälden und floh dann vor einer Touristengruppe in einen kleineren Seitenraum. An der Südwand, zwischen zwei Fenstern, hing das Porträt einer Frau.

Es war ein kleines Bild. Der Kopf der Frau war nicht größer als meine Hand. Ihr dichtes blondes Haar hob sich scharf vom dunklen Hintergrund ab. Sie trug ein rostrotes Hemd oder Kleid; das konnte ich nicht entscheiden, weil das Bild knapp unter ihrem Hals endete, einem massigen Hals, dem Hals einer arbeitenden Frau, von der Farbe des Elfenbeins wie ihr Gesicht. Und es war das Gesicht, das mich fesselte.

Ihre Lippen waren geschürzt, als hätte sie gerade zum Sprechen angesetzt, es sich dann aber anders überlegt, oder als wäre sie daran gehindert worden oder ans Schweigen gewöhnt – oder als hätte sie wieder einmal nicht den Mut gefunden, zu sagen, was sie sagen wollte. Auf der rechten Wange war ein kleines Grübchen zu sehen, der Anflug eines Grübchens nur, vielleicht aus der Absicht entstanden, endlich die Lippen zu öffnen, die dann doch verschlossen blieben. Die Nase war schmal und zart, fast zu zart. Ich mußte an Nasen denken, die ich bei zehn- oder zwölfjährigen Mädchen gesehen hatte, Nasen, die zu groß für die jungen, sich wandelnden Gesichter waren, die zu voller Größe ausgewachsen waren, bevor die übrigen Gesichtszüge nachkamen; doch Nasen auch, an die sich der ganze Charakter anlehnte, wie ein Kirchturm in der Landschaft, um den herum die Stadt gebaut wird. Diese Nase mußte ihr beträchtlichen Kummer bereitet haben, sie zur Geduld gezwungen, zur Raserei getrieben haben, bis die Zeit kam, daß sie, ihr Lebensalter und ihre erwachsene Nase eins wurden – bereits gesättigt von Erfahrung. Und im Mittelpunkt die Augen. Die Lider bedeckten die nußbraune Iris nicht, ihr Blick stach fast hervor und schien etwas zu beobachten, was jenseits des Bilderrahmens vor mir verborgen blieb, vielleicht etwas, was sie in der Hand hielt oder was ihrer Hand entglitten war. Die Augenbrauen, das einzige in ihrem Gesicht, dem sie Bewegung gestattete – oder folgten sie einem eigenen Affekt der müden Überraschung oder der unerträglichen Trauer? –, überschatteten ihren Blick und gaben ihm ein gebrochenes Licht. Was immer diese Augen gesehen hatten, was immer sie der Frau gezeigt hatten, brachte sie an den Rand des Zusammenbruchs, und auch die blätternde Farbe, die Brüche der Leinwand, die Zeichen der Mißhandlung und des Alters auf der Oberfläche des Bildes waren für mich ein Ausdruck ihrer heimlichen Agonie. Ich starrte die Frau an, und sie starrte auf ihre unsichtbaren Hände, ich folgte ihrem Blick und kehrte dann zu ihren Augen zurück.

Ich fing an zu schwitzen, die Haarsträhnen klebten an meiner Stirn. Das altvertraute Gefühl der Übelkeit stieg in mir auf, im Brustkorb spürte ich einen stechenden Schmerz. Eine Klingel schrillte, ein Wächter kam auf mich zu und erklärte mir, daß nun geschlossen würde. Nach Luft ringend hastete ich durch die Säle, bis ich den Ausgang gefunden hatte. Ich schaute auf die Uhr. In diesem einen Raum war ich fast zwei Stunden geblieben.

Nicht am nächsten Tag, aber am Tag darauf besuchte ich das Gemälde erneut. Es war, wie ich später feststellte, ein Dürer, den die Nationalbibliothek für die Dauer von Reparaturarbeiten an den Louvre ausgeliehen hatte. Es gab noch einen anderen Dürer im Raum, ein größeres Selbstporträt des noch jugendlichen Malers mit einer Distel in der Hand. Aber dieses eine Gesicht hatte mich überwältigt.

Ich wartete, bis der Capitaine wieder da war und wir am ersten Abend zusammen im Bett lagen. Er rauchte seine filterlosen Gitanes und las in einem Buch, das ich schon kannte. Ich schaute von Zeit zu Zeit nach, wo er war, um so an der Geschichte teilzunehmen. Er breitete die Arme aus, und als ich so an seiner Schulter lag, erzählte ich ihm davon.

»Seine auf wundersame Weise sehenden Hände. Nun hast du dir also Dürer zu eigen gemacht«, sagte der Capitaine. »Er hätte dich gemalt, glaube ich. Meine große, meine wunderschöne Seherin.«

Mit vierzehn oder fünfzehn Jahren war er einmal zu Besuch nach Paris gekommen, und ein abenteuerlustiger Verwandter hatte ihn durch das Labyrinth des Flohmarkts geführt. Und dort, inmitten angeschlagenen Porzellans und verwaister Möbelstücke hatte er ein Bild entdeckt, das anders war als alles, was er je gesehen hatte. Schon damals war der Capitaine auf der Suche nach Perfektion; auf dem Flohmarkt glaubte er sie gefunden zu haben, *sub specie aeternitatis*. Ein Ritter ritt würdevoll seiner Bestimmung entgegen, hoch aufgerichtet zwischen den Versuchungen des Lasters und der Selbstzerstörung, fern von der gleichmachenden Menge. Der Capitaine gab sein ganzes Taschengeld für den Stich aus und trennte sich nie mehr von ihm.

Er hatte Dürer mit Leidenschaft studiert, und er kannte auch mein Gemälde sehr gut. Dürer hatte es in seinem sechsten Lebensjahrzehnt ausgeführt, auf der Höhe seines Ruhms, wahrscheinlich als Vorstudie zu einem seiner größeren Gemälde. »Er hat seine Bilder geträumt«, erklärte der Capitaine, und er strich mir beim Sprechen mit den Fingerspitzen über die Augenlider. »Im Schlaf hatte er Visionen von großen Werken, an die er sich beim Aufwachen nur noch schwer erinnern konnte, also hielt er sie in hastigen Skizzen im Tagebuch fest – Skizzen, die aussehen wie Tintenkleckse.«

Der Capitaine fragte mich, ob ich noch einmal mit ihm zusammen das Bild betrachten wolle. Seine Frage war schüchtern, als vermutete er, daß ich die Begegnung mit dem Bild für mich behalten wollte. Ich sagte ja. Ich wollte mit ihm hingehen.

»Einmal habe ich eine Museumstour auf der Jagd nach seinen Bildern gemacht«, sagte er. »Die Alte Pinakothek in München, der Prado in Madrid, Die Sammlung Thyssen in Lugano. Die Staatlichen Museen in Berlin. Er war einer der ersten europäischen Künstler, der die von Cortez an den Hof von Karl V. gebrachten Aztekenschätze sehen durfte. Stell dir vor: Irgendwo in diesem Gesicht ist ein Auge, das gesehen hat, was kein italienischer Künstler erblickte. Ihr Gesicht ist gewandelt vom Wissen um ein versinkendes Imperium, und die Farbtöne ihrer Haut sind der Widerschein des Goldes, das an Orten getrieben wurde, die zuvor in unserer Vorstellung nicht existierten.«

Wir standen vor dem Gemälde, ganz Ehepaar, im Museum.

»Sein Leben lang«, sagte der Capitaine leise, nur für mich, »hat Dürer Dinge gesammelt, die seine Sinne erregten: Schneckenhäuser, weiße Korallen, Pfeile aus Schilfrohr, ein Tintenfaß aus Büffelhorn, Pistazien, ein Fischskelett. Aber vor allem sammelte er Eindrücke. Ein Bett in Brüssel, in das fünfzig Menschen paßten. Der böse Blick eines dreiundneunzigjährigen Bürgers von Antwerpen. Ein Walroß, gefangen vor der flämischen Küste. Ein großer Sturm am Zierikzee. Seine eigene Frau mit dem vorstehenden Mund. Und dann alles, wovon wir nichts wissen. Eine Erkältung. Ein kurzer Moment der Glückseligkeit. Ein halbvergessenes Aroma. Angst. Ein Versprechen. Wie all das auf das Gesicht vor seinen Augen einwirkt und es verwandelt. Wie auch wir es jetzt verwandeln. Das Gesicht enthält nun auch mich. Und dich.«

Eine Gruppe von fünf oder sechs Touristen war eingetreten und versammelte sich vor dem Bild. Ein älterer Mann in Shorts und einem Schlapphut aus Leinen blätterte in einem Führer. Die anderen – zwei Frauen, ein jüngerer Mann und mehrere Kinder – bewegten sich vor und zurück, wie um einen besseren Standplatz zu finden.

»Scheußlich«, sagte eine der Frauen.

Der jüngere Mann kicherte.

»Und auch sie«, fügte der Capitaine hinzu, »die armen, die unfruchtbaren Geister spiegeln sich in ihrem Gesicht. Sieh nur, wie sie sich verändert, wie stumpf sie wird. Sieh nur, wie diese bleichen Gesichter die Pinselstriche aufsaugen und so tun, als würden sie ein kollektives Verständnis für die Botschaft eines Mannes entwickeln. Sie glauben, sie könnten lernen, indem sie sich einer Lehrmeinung unterwerfen, einem Meinungschor. Cocteau hat einmal zu mir gesagt, während er auf die Leute zeigte, die zu einem seiner Filme gekommen waren: ›Nehmen Sie sich vor ihnen in acht! Ihr Verstehen ist ansteckend!‹ Man möchte sie aus dem Weg stoßen, auf die Straße jagen, weg von hier!«

Später, in einem Café nahe der Rue de Rivoli, schüttelte er seinen Ärger mit einem Lachen ab.

»Sind meine Fotografien auch solche Reflexionen?« fragte ich ihn.

»Zeigen deine Fotografien das, was du siehst?«

»Das, was ich sehen will.«

»Dann sag es so. Sammle. Erkläre dich. Zwinge die Augen zum Vergleich. Gib uns Erinnerungen.«

In diesem Moment liebte ich ihn mit aller Intensität; ich wünschte mir milchweiße Flügel, die ihn einhüllen sollten. Ich war ihm dankbar, daß er mir nicht Anerkennung, sondern das Gespräch anbot, als würde er mit seiner tiefen, wundervollen Stimme sagen, daß er mir nichts zu erlauben habe, daß es keine verschlossenen Türen gebe, daß ich allein den Schlüssel in der Hand halte, daß der Tag mir gehöre und daß das sorgenvolle Gesicht auf dem Gemälde nur das Glied in einer unendlichen Kette sei, an der auch ich ein Glied darstelle, ein geringeres zwar, aber eben doch eines – und daß er Dankbarkeit verspüre, in mir lesen zu dürfen. In diesem Moment war ich krank vor Liebe zu ihm, dem Capitaine.

Was nicht hieß, daß ich völliges Vertrauen empfand.

Einige Zeit danach las ich in einem kleinen Buch mit Dürer-Reproduktionen, daß Dürer in Antwerpen das sechs Meter lange Ungeheuer Brabo gesehen hätte, das einst der Sage nach die Stadt beherrschte. Ich wollte in Erfahrung bringen, um was für ein Wesen es sich handelte, fand aber keinerlei Hinweise darauf und fragte auch den Capitaine nicht, weil ich aus dunklen Gründen davon überzeugt war, daß ihn eine solche Detailfrage ohne größeren gedanklichen Zusammenhang verstören und kränken mußte, so wie ihn die Ahnungslosigkeit der Touristen beleidigt hatte; daß der Stolz und die Bewunderung, die er offenbar für mich und meine Art der Trauer und die Entfaltung meines Künstlertums empfand, daß selbst die merkwürdige Ehrerweisung, die ich ihm, meinem Gatten, seiner Meinung nach zukommen ließ, indem ich mit ihm das Gemälde besuchte – daß all das unter dem Eindruck der Leichtfertigkeit oder, schlimmer noch, der Beschränktheit zusammenbrechen mußte und daß sich damit auch seine Liebe verflüchtigen konnte.

Wieder fuhr er ab, und wieder durchwanderte ich die Stadt, doch jetzt beendete ich fast jeden Spaziergang mit einem Besuch meines Gemäldes im Louvre. Ich traf mich wieder mit Ana, nahm öfter an den Proben teil und verfolgte, wie sie immer mehr an dem Stück verzweifelte, wie sie die Dinge auf ihre Weise zusammenfügen wollte und damit scheiterte. Bei mir holte sie sich Rat. Sie brachte mich in Verlegenheit, wenn sie mich bewunderte, mich um meine Selbständigkeit und meine Erfahrung beneidete und mir gestand, daß sie sich ohne mich hilflos fühlte. Den Grund dafür habe ich nie verstanden.

»Es wird nichts dabei herauskommen«, sagte sie über die monatelange Arbeit. »Wir hüpfen nur umher und stammeln blödsinniges Zeug. Wozu das Ganze?«

Das Stück hatte eine trostlose Premiere. Nicht, wie sie gehofft hatte, auf dem Boulevard des Italiens, sondern in einem Hörsaal nahe dem Bois de Vincennes. Die zwei männlichen Darsteller litten an einer Spätsommergrippe, während Ana und das andere Mädchen versuchten, diesen Mangel durch vermehrte Energie auszugleichen. Ich hielt Ausschau nach Jean-Noël, doch er war nicht zu sehen. Außer mir gab es in dem engen und feuchten Auditorium noch ein paar müde wirkende Zuschauer, und ich folgte der Vorstellung, ohne einen Faden zu finden. Der einzige Kritiker, der an der Premiere teilnahm, ein junger Mann vom *Canard Enchaîné*, ging in der Pause. Ich hatte meine Kamera mitgebracht, und ein Bild ist mir haftengeblieben: Ana, in einem weißen Laken verfangen, versucht sich zu befreien und gebraucht meine französischen Redensarten als Bitten, Drohungen, Schmerzschreie und Lachsalven, bis sie es schließlich geschafft hat und mit gesenktem Blick wie die Frau auf dem Dürerbild dasteht, während ihr das lange Haar in Locken über die Schulter fällt und aus einem schwächlichen Verstärker hinter der Bühne das monotone Hämmern der Gruppe The Doors zu hören ist. Es drängte mich, Ana zu sagen, wie sehr sie mir leid tat, wie sehr ich ihr Scheitern bedauerte. Ich schwieg aber, weil ich fürchtete, mein Bedauern könnte klingen wie ein Vorwurf.

In der Nacht regnete es, ich lag allein im Bett, die Lampe

war ausgeschaltet, und auf unklare Weise spürte ich die Abwesenheit in mir, an die ich mich fast gewöhnt hatte, dann die Abwesenheit neben mir, an die ich mich nicht gewöhnen konnte, und schließlich umgab ich mich, vielleicht im Bemühen, Schlaf zu finden, mit der Dunkelheit aus gebrannter Umbra, die den Hintergrund des Gemäldes bildete, mit der Dunkelheit, die das Gesicht einrahmte, aus der es sich erhob, die Haare aus purem Gold, der Leib von der Farbe getrockneten Bluts – und ich versuchte, Anas Vorführung zu vergessen, das Ergebnis eines langen Sommers, der nur noch aus Abbrüchen zu bestehen schien, aus Dingen, die zu Ende gegangen waren.

Plötzlich klingelte das Telefon. Mir fiel auf, daß ich diesen Klang in der fast leeren Wohnung, besonders bei Nacht, schon vergessen hatte.

Es war Ana.

Anfangs brachte mich ihre Stimme in Verwirrung, als wäre sie verstellt. Ihre Fragen, ihre Versuche, ein Gespräch anzufangen, klangen merkwürdig steif.

Wie es mir ginge, was ich so tue.

Nachts haben die Stimmen ein eigenes Leben, sie sind befreit von gesellschaftlichen Zwängen, von den erkennbaren Zusammenhängen. Sie ergreifen Besitz vom Sprechenden und breiten sich im Raum aus wie Tinte auf dem Löschpapier. In Anas Stimme schwang gewöhnlich ein Lachen mit, ein verborgenes Glück. Doch nicht in jener Nacht. Es war eine Unschärfe in der Aussprache, die sich von Silbe zu Silbe zog. Sie klang nicht betrunken, eher so, als ob ihr das Sprechen große Mühe bereitete, als müßte sie sich von einem Gedanken zum nächsten schleppen.

In gebrochenen Sätzen gestand sich Ana ein, daß sie gescheitert waren. Das Stück war ein Desaster. Drei Monate

Arbeit für nichts. Ich fragte immer wieder, ob es ihr gutgehe. Sie sprach nur über den Verlust.

Ich hörte ihr zu.

Dann starb Mama.

Ich hatte sie etwa alle vier Monate besucht, manchmal noch seltener. Die Zugfahrt nach Lyon bedrückte mich genauso wie das alte Haus mit dem Geruch nach Mottenkugeln, mit der abblätternden Farbe an den Wänden, den dunklen Zimmern und den verschossenen Garnituren, der verkrüppelten Haushälterin, die humpelnd den Kaffee servierte. Die Cousinen boten mir die zerknitterten Wangen zum Kuß, während Mama in ihrem hohen Bischofsstuhl saß und schwieg. In ihrem letzten Lebensjahr hatte ich sie nur einmal nach Ostern besucht, dann erst wieder nach meinem Geburtstag. Jeder Feiertag war für die Cousinen ein sorgfältig geplantes Ritual mit eisernen Regeln und ungeschriebenen Gesetzen, und ich war stets erschöpft, wenn ich an Feiertagen wie Weihnachten oder Palmsonntag tagelang ihre Zeremonien befolgen mußte.

Für den November war es kalt, die Straßen waren grau vereist, und die Haushälterin hatte im Wohnzimmer Feuer gemacht. Mir wurde ein Korb mit Strickzeug angeboten, den ich zurückwies. Ich verabscheute das eintönige Klappern der Nadeln – »eine glatt für den heiligen Joseph, eine verwendet für die heilige Anna«. Die eine Cousine saß in ihrem Lehnstuhl und häkelte, die andere las mit der Lupe in einem Roman und murmelte die Wörter mit, wenn sie die vergilbten Seiten umblätterte. Sie hatten Mama auf die Couch gesetzt, ihr ein spitzenbesetztes Kissen unter den Kopf gelegt und eine schwere Wolldecke auf den Schoß gebreitet. Mamas pfeifender Atem, das Murmeln der einen

Cousine, das Flüstern der anderen, das Knistern des Feuers und das Plätschern des Regens gaben einen Vorgeschmack der Ewigkeit, und selbst die Wanduhr schien mit ihrem Ticken auf der Stelle zu treten. Die lesende Cousine legte den Roman beiseite, wandte sich einem Buch mit Backrezepten zu, klappte auch das bald wieder zu und zählte aus dem Gedächtnis die verschiedenen Gebäcksorten auf, die sie in ihrem langen häuslichen Leben schon verfertigt hatte. Dabei vergaß sie nicht zu erwähnen, daß die Haushälterin weder die *mille-feuilles*, die *diplomates*, die *madeleines enrobées de chocolat* noch die *mignonnes aux cerises* beherrschte. Während sie um Mamas Zustimmung betreffs des Gebrauchs von Nußmehl anstelle von Mandelpulver in den *gâteaux bretons* warb, hörte das Pfeifen plötzlich auf. Die Cousinen bekreuzigten sich, die Haushälterin wurde in den Regen hinausgeschickt, um Priester und Arzt zu holen (»zu spät, zu spät, für den einen wie den anderen«, knurrte sie verärgert), und wir streckten Mama auf der Couch aus, mit gekreuzten Armen, geschlossenen Augen und einem vagen Mädchenlächeln auf den Lippen. Wie ein Stukkateur aus dem 18. Jahrhundert, der eine Totenmaske anfertigt, machte ich mich zum Mißfallen meiner Cousinen daran, Mama zu fotografieren. Dreizehn Aufnahmen, eine nach der anderen, während denen sich ihr Gesicht veränderte, als würde es langsam einfallen.

Im Frühling des Jahres 1968 – es war der Mai – bat mich Ana, die ich seit ihrer Heirat kaum noch gesehen hatte, eine Woche mit ihr in einem alten Bauernhaus zu verbringen, das ihr von einer Tante überlassen worden war. Es war kalt und feucht. Wir saßen auf strohgepolsterten Stühlen, und sie erzählte mir von Jean-Noël. Erst war er wochenlang verschwunden, dann eines Nachts mit einem vietnamesischen Mädchen in ihrer gemeinsamen Wohnung aufgetaucht. Ana hatte geschrien und Sachen nach ihm geworfen (sie zählte die Sachen auf, als läge in ihnen eine geheime Bedeutung: die Pflanze im chinesischen Blumentopf, die balinesische Puppe, die Plattensammlung, die Jugendstil-Pillenbüchse). Dann begann Jean-Noël sie zu schlagen. Er packte sie am Haar und schlug sie wortlos ins Gesicht, während das vietnamesische Mädchen im Dunkeln danebenstand. Er suchte sorgfältig die Stellen aus, die er treffen wollte, und prügelte lange auf sie ein, ins Gesicht, auf die Brüste, den Bauch. Sie glaubte, er hätte ihr das Nasenbein gebrochen, das Blut lief ihr in den Mund, daß sie fast daran erstickte. Er hielt sie weiter an den Haaren fest und trat sie gegen die Beine. Während der ganzen Zeit sprach er kein Wort, auch das vietnamesische Mädchen sagte nichts. Dann ließ er Ana in eine Ecke sinken. Er packte seine Reisetasche, nahm auch Dinge, die sie zusammen gekauft hatten, auch das Radio und das Glas mit Instant-Kaffee. Er rief das vietnamesische Mädchen, und beide gingen weg.

Ana war die ganze Nacht in der Ecke liegengeblieben. Am Morgen wusch sie sich, wechselte das Türschloß aus, ließ einen neuen Schlüssel anfertigen und bat die Concierge (die sich gerade über den nächtlichen Lärm beschweren wollte und nun wie ein Schaf auf Anas zerschundenes Gesicht starrte), Jean-Noël nicht mehr hineinzulassen. Aber sie wußte, daß er nicht wiederkommen würde. Sie blieb ihrem Vorsatz treu, keine Drogen zu nehmen, und leerte dreizehn Flaschen Beaujolais in vier Tagen. Eine Woche später bat sie ihre Tante, für eine Weile in dem Bauernhaus bei Nîmes bleiben zu dürfen. Die blauen

Flecken waren verschwunden, zumindest so weit, daß sie mir nicht mehr auffielen. Aber ihr rechter Brustkorb, sagte sie, tat noch weh. »Jetzt sind wir beide verwitwet«, verkündete sie. Ich wollte sie in den Arm nehmen, aber sie schob mich fort. »Nur, daß dein Capitaine wiederkommt.«

Es hat mich immer erstaunt, daß die Ereignisse, die unsere Vergangenheit markieren – die persönliche Vergangenheit wie die einer ganzen Generation, eines Landes oder, wenn es so etwas gibt, der Weltgeschichte – sich außerhalb der täglichen Abläufe und Verrichtungen abspielen, die unser ganzes Leben ausmachen. Die Tage sind angefüllt mit dem Erwachen, der Morgentoilette, dem Knirschen des Toasts, dem Milchduft des Frühstücksgeschirrs, dem Rascheln der Kleider, dem Durchzählen der Geldscheine, dem Klimpern der Münzen, den kleinen Gefälligkeiten, mit Lügen und Bosheiten, Erlösungen, Erleuchtungen, Augenblicken der Weisheit, Schlaf. Nichts davon berührt die großen Ereignisse. Sie finden statt, und wir machen weiter. Danach behaupten wir, daß wir schon lange vorher auf sie eingestellt waren, daß wir an ihnen teilhatten, als sie ihren Lauf nahmen, und doch haben wir nie unseren Rhythmus geändert oder irgendwelche Regeln gebrochen.

Nach einer Woche kehrten wir in Anas zerbeultem 2 CV nach Paris zurück. Ana sprach über Jean-Noël.

Es war fast neun Uhr abends, als wir die Stadtgrenze durch die Porte d'Italie erreichten. Kurz vor dem Boulevard St-Michel gab es einen Stau. Polizisten winkten uns heraus. Der 2 CV sprang nicht mehr an, und wir schoben ihn an den Straßenrand. Ana begann zu weinen.

»Er wußte, daß er mich geschlagen hat, als er mich geschlagen hat.«

Eine Menschenmenge kam die Straße herauf. Fahnentücher leuchteten im gelben Licht der Straßenlampen auf, verschwanden im Schatten der Bäume und tauchten wieder auf. Polizisten in Schutzmasken und glitzernden Plastikausrüstungen. Erhobene Schlagstöcke. Ein gepanzertes Fahrzeug wie ein Nashorn mit Scheinwerfern. Eine Frau in weißer Schürze steht an der Tür eines Gemüseladens, beugt sich vor und hebt eine Kiste mit überreifen Tomaten an. Im gelben Licht sieht man etwas Rotes auf den Panzerwagen klatschen. Die Schutzschilde der Polizisten gehen nach oben. Eine Magnesiumfackel leuchtet grell.

»Wenn er wenigstens etwas gesagt hätte.«

Die Menge kommt näher, Arm in Arm. Es knallt – die Polizei schießt Tränengasgranaten ab. Im Licht der Straßenlampen kann man die Spruchbänder entziffern: VERBIETET DIE VERBOTE. POLIZEI = SS. STOPPT DIE VERGREISUNG. DIE PHANTASIE AN DIE MACHT. Eine Gasgranate reißt ein Loch in eins der Spruchbänder. Gelbgrauer Rauch steigt auf. Eine Mauer aus Polizeischilden rückt vor, der Abstand verringert sich.

»Das vietnamesische Mädchen hatte ein ganz kleines Gesicht und Pockennarben.«

Ein Lautsprecher verkündet, daß die Studenten im Gefängnis La Santé nicht freigelassen werden. Aus der Menge unter den Spruchbändern steigt Gebrüll. Ein Citroën DS am rechten Straßenrand geht in Flammen auf. Rot, orange und blau. Weiter hinten heulen Sirenen, kommen aber nicht an den zwei Menschenmengen vorbei. Gesichter auf den Balkons. Die Studenten reißen das Straßenpflaster auf. *Aristokraten ans Messer!* Irgendwo spielt ein Klavier.

»Er hat kein Wort gesagt, aber er hat es fertiggebracht, mich zu schlagen.«

Tränengas in nächster Nähe. Schreie und Deklarationen. Gerüche in dieser Reihenfolge: brennendes Holz, Ammoniak, Gas, Benzin, versengtes Haar oder Leder, Schießpulver wie bei Silvesterraketen. Ein Pflasterstein kracht durch das Schaufenster eines Buchladens und trifft einen Stapel *Essais sur les »Essais«* von Michel Butor. Eine blutende Frau wird von vier Männern weggetragen, ihr linker Arm hängt schlaff nach unten. Taxifahrer in den Nebenstraßen werden angehalten und gezwungen, die Verwundeten zu transportieren. Ein algerischer Fahrer steht an der offenen Tür seines Taxis, schaut zu, kratzt sich den Kopf und lacht. »Mein Gott, was für ein Durcheinander!« Er trägt ein Hemd mit Tigerstreifen.

»Wenigstens einen Moment lang muß er sich doch beim Schlagen zugesehen haben.«

Die blaue Polizistenfront mit erhobenen Plastikschilden schiebt sich vor wie eine Raupe, Steine prasseln nieder. Sie zieht sich zurück – Geschrei – und stößt wieder vor. *Wacht auf, Verdammte dieser Erde.* Ein Mann, die Hand aufs linke Auge gepreßt, stolpert an uns vorbei. Zwei alte Frauen stehen mit verschränkten Armen im Granitportal eines Mietshauses. Die Sirenen verstummen plötzlich und heulen erneut auf. An, aus, an, aus.

»Ohne ein einziges Wort.«

Es dauert die ganze Nacht. Gruppen zerfallen und formen sich neu. Eine Frau mit nackten Schultern, die davongetragen wird, vorbei an glattrasierten, schwarzhaarigen Männern auf Beobachterposten. Die Polizei: zerrissene Uniformen, verbeulte Schutzschilde, zerbrochene Schlagstöcke, aber keine Gesichter. Die Gesichter sind auf der anderen Seite, und sie sind fast alle jung. Mehr als je zuvor in dieser Stadt zähle ich zu den Alten.

Hier sind meine Fotos. Niemand kann sagen, ich wäre nicht dabeigewesen.

1968 war das Jahr meines vierzigsten Geburtstags.

Aber von diesem Mai ist nichts geblieben. Kaum zwölf Monate später war er schon zum Konversationsthema verkommen. Ein paar Losungen waren noch am Pont-Neuf, am Springbrunnen des St. Michel als Drachentöter und an der Metrostation Jussieu zu sehen, doch ansonsten war das Ganze wie ein Abend in der Oper vorbeigegangen, wie ein Sonntagsausflug – »und wir sind dabeigewesen«. Inzwischen waren alle »dabeigewesen«. Es klang schick.

Der Capitaine kam zu seinem letzten Urlaub nach Hause, und Monique gab eine Party zu Ehren meines Geburtstags. Mir fiel auf, daß sich unter den Leuten, die sie zu diesem Anlaß, zu meiner Verabschiedung (oder Begrüßung) eingeladen hatte, kaum Gesichter fanden, die mir vertraut waren oder die mich interessierten – nur flüchtige Bekannte, Moniques Freunde und alte Kollegen des Capitaine. Ich war in Paris angekommen (und schon wieder im Begriff zu gehen), ohne viele Beziehungen zu knüpfen. Ana war nicht eingeladen.

Der Capitaine war jetzt auf Dauer an den Quai d'Orsay versetzt, ein Schreibtischposten. All die Jahre, in denen er fort war, die Jahre der kurzen Begegnungen und Briefe und verpaßten Gelegenheiten, waren plötzlich Vergangenheit.

Vor seiner Rückkehr hatte ich oft allein in der leeren Wohnung im Bett gelegen und mir vorgestellt, wie es wäre, wenn wir zusammen am Frühstückstisch sitzen, Pläne für einen Wochenendausflug machen oder Lebensmittel und Blumen auf dem Markt der Rue Mouffetard kaufen würden. Ich malte mir die Szenen aus wie Puppenspiele, führte neue Figuren ein, warf andere hinaus. Wir bewegten uns mit steifen Gesten, Punch und sein liebendes Weib Judy, und die Gespräche, die wir in der weißen Stadt meiner Jugend geführt hatten, die Stunden der Liebe – alles würde in dieser so anderen Stadt weitergehen wie früher.

Aber so war es nicht.

Ich liebte seine Umrisse, wenn er vom Fenster eingerahmt im Morgenlicht saß und der Staub in der Sonne tanzte. Ich liebte seine massige Gestalt, sein Altmännergesicht. Ich liebte die Form seiner Ohren.

Doch dann, beim Frühstück, wurde die Harmonie durch belanglose Kleinigkeiten gestört, die anfangs nur registriert, dann immer quälender wurden. Sei es, daß mir mein Nachthemd knautschig vorkam, daß es mich kniff oder säuerlich roch, sei es, daß der Capitaine unrasiert oder zerzaust aussah – oder das Geräusch, das seine Kiefer beim Kauen des Toasts machten, der Krümel, der an seinem Mundwinkel klebte, etwas Schwarzes unter seinem Fingernagel –, solche Dinge peinigten mich wie das Zerklirren von Glas. In den Zeiten des Wartens war ich manchmal, wenn mir so war, nach unten gerannt, hatte ein Baguette oder ein paar Butter-Croissants und eine vortägige *Le Monde* gekauft und es mir dann mit meiner großen Schale Milchkaffee an jenem Fenster gemütlich gemacht. Wenn ich jetzt mit der Zeitung heraufkam, lächelte er mich an (das war das schlimmste: das Lächeln), erkundigte sich nach meiner Arbeit (auch das haßte ich, denn meistens hatte ich nichts vorzuweisen, und seine Neugier stieß mich geradezu auf meine Faulheit, auf meine Leere), nahm mir die Zeitung weg (mit aller Höflichkeit, natürlich) und las sie schweigend. Oder er brach die Enden der Croissants ab oder tunkte das butterbestrichene Baguette in den Kaffee, so daß sich in seiner Kaffeeschale eine marmorierte Oberfläche aus goldgelber Butter bildete, und dann war das Frühstück für mich zu Ende, die Ruhe und Unbeschwertheit des Morgens dahin. Plötzlich haßte ich ihn, oder vielleicht war es kein Haß, sondern eine Woge des Widerwillens, das Verlangen, wieder allein zu sein, ihn wieder vermissen zu können, und das Schuldgefühl, daß ich ihn fortwünschte, das Traurige dieses ganzen Vorgangs – und schließlich die Müdigkeit, die alles überdeckende Müdigkeit beim Gedanken, daß der Tag damit begann, ihn lieben zu müssen.

Das waren nur kurze Momente, kleine Staubkörnchen, kaum der Rede wert, und sie waren schnell von der glücklichen Empfindung verdrängt, daß ich nun endlich mit ihm, meinem Capitaine, vereint war. Wenn ich einmal, was selten genug vorkam, mit Monique zusammentraf, fragte sie stets, ob noch alles in Ordnung sei. Sie sprach die Worte mit einer gewissen Gier aus – *Tout va bien?* – und wirkte immer ein wenig enttäuscht, wenn ich ihr lachend antwortete, daß alles fabelhaft in Ordnung sei. *Fabelhaft: wie ein Märchen, unglaubwürdig, lächerlich.* Monique glaubte mir kein Wort. Sie war überzeugt, daß nur ihr zustand, was sie als »Eheglück« bezeichnete. Ihre Töchter hatten schon das Haus verlassen, und der Kastellan war ein Fußballnarr geworden, der endlose Nachmittage vor dem Fernseher verbrachte. Monique erschien das völlig normal, und sie setzte als selbstverständlich voraus, daß jeder sie um ihre Ehe beneidete. Manchmal beneidete ich sie wirklich, weil mir ihr Glück so einfach vorkam.

Ana entglitt mir in diesen Monaten. Ich sah sie immer seltener, als ob sie und der Capitaine nicht am selben Ort sein konnten, sondern Gestalten aus unterschiedlichen Welten waren. Anfangs wehrte ich mich gegen das Gefühl, daß sie mir fehlte, dann nicht mehr. Zwei- und dreimal wurde mir ihre Abwesenheit sehr deutlich bewußt – etwa in der Zeit, als die Männerpissoirs von den Bürgersteigen des Boulevards St-Germain entfernt wurden. In den alten Zeiten hatte ich mit Ana im Flore gesessen und über die Beine gelacht, die unter den Sichtblenden der *vespasiennes* – benannt nach dem Kaiser, der die öffentlichen Toiletten in Rom eingeführt hatte – aus verziertem Eisenblech hervorschauten und ein merkwürdiges Bild abgaben. Wir hatten uns zu den Beinen die passenden Körper und Köpfe ausgedacht und Abenteuer für ihre Eigentümer erfunden. Ana ließ, von Gelächter geschüttelt, den Kopf auf meine Schulter sinken, wo er mehrere Minuten blieb, ihr Haar an meinem Gesicht. Das fehlte mir nun.

Ich dachte auch an sie, als ich Exemplare des riesigen Dürerbuchs, das sie mir einmal geschenkt hatte, auf dem Ramschtisch vor der Buchhandlung an der Rue Étienne-Marcel liegen sah. Sie hatte sich das Geld Gott weiß wie zusammengespart, um mir das damals noch sehr teure Buch zu kaufen. Wir schauten dann mein Frauenporträt miteinander an und verglichen es mit Dürers Darstellungen der Mater dolorosa. Ana nahm mein Gesicht in die linke Hand und behauptete, es habe ein gewisse Ähnlichkeit mit dem Dürer-Porträt. Ich machte darauf zwei Fotos von mir neben dem Bild. Doch davon habe ich keine Abzüge.

Eines Nachmittags im November traf ich mich mit dem Capitaine zum Essen an der Place Dauphine, und er fragte mich, ob ich eine Zeitlang in Südamerika, in Argentinien, leben wolle. Seine Armeekarriere war beendet. »Mit fünfzig wird man Bürokrat«, hatte er gesagt. Nun gab es Arbeit für ihn an der Botschaft in Buenos Aires, »in beratender Funktion im Ausland«.

»Für die Franzosen«, fügte er hinzu, »heißt die ganze übrige Welt nur das Ausland.«

Eine Frage der Erfahrung.

Trotz des Windes saßen wir draußen und schauten den Müßiggängern vor der Conciergerie zu, hinter deren Mauern einst Ravaillac, der Mörder des Henri Quatre, gefangengehalten und vor seiner Hinrichtung gefoltert wurde. Im Wind trieben Blätter, die zwischen die Weingläser fielen und feuchte Muster auf dem grünen Plastiktisch hinterließen.

»Ich mag das alles nicht«, sagte der Capitaine plötzlich mit einer geringschätzigen Handbewegung in Richtung der Passanten, des nassen Windes, der kahlen Äste. »Diese Häuser, diese Straßen, dieses Wetter, diese Bäume – das ist mir, als würden wir durch ein Hinterzimmer voller Unrat, altem Krempel, abgetaner Geschichte waten, und ich wäre der einzige Überlebende. Und du«, fügte er hinzu, wobei er meine Hand ergriff.

»Paris wird mir fehlen«, sagte ich.

»Ehrlich gesagt«, erwiderte er, »glaube ich nicht, daß mir je etwas gefehlt hat.«

Einen Bierdeckel von diesem Essen legte ich in Montherlants *Junge Mädchen* und später, als ich Ana das Buch zum Lesen gab, in eine meiner Fotoschachteln.

Zu den Toten.

Wir trafen unsere Vorbereitungen für eine Abreise nach Weihnachten, als sich in den Straßen der schmutzige Schnee häufte und die Busse voll waren von hustenden, übellaunigen, ungewaschenen Parisern. Ich sah mir das an und war trotzdem gerührt, weil ich überzeugt war, hier glücklich gewesen zu sein.

Ein letztes Mal rief ich Ana an, und wir trafen uns im Café de Flore »zur Erinnerung an alte Zeiten«, doch diesmal saßen wir drinnen. Die Tische und Stühle der Terrasse waren hinter den dicken Glaswänden für den Winter aufgestapelt, also ließen wir uns auf den weinroten Plastiksitzen nieder und bestellten Zitronengrog, der in den von Metallbechern gehaltenen Gläsern dampfte.

Wir versprachen uns keine Briefe und wußten, daß es zwecklos war, Besuche einzuplanen, wir erteilten einander keine Ratschläge, doch als wir uns verabschiedeten, warf sich Ana mir in die Arme und schlang die Hände um meine Hüfte. Während ich sie festhielt und ihren schmächtigen, festen Leib spürte, bemerkte ich fast mit Wehmut, daß sie ihren zarten Körper benutzen konnte, um sich attraktiv zu machen, um Schutz zu suchen, und ich konnte nicht verstehen, wie jemand fähig sein konnte, ihr weh zu tun, wie jemand etwas anderes mit ihr tun konnte, als sie zu umarmen, zu betten und in den Schlaf zu wiegen.

Ich schaute ihr nach, wie sie durch das gelbe Licht des Buchladens an der Ecke ging, dann die Straße überquerte und, ohne sich noch einmal umzusehen, in der Menge verschwand.

Buenos Aires

Wo liegt Buenos Aires?

Jahre später fand ich in meinem argentinischen Haus, als ich die Fotoschachteln auf den Fußboden leerte, um ihren Inhalt der Vernichtung zuzuführen, den Bierdeckel aus Paris, versteckt zwischen den Bildern einer anderen Zeit, kleinen Fenstern, die seitdem zugemauert waren. Gesichter, Körper, Landschaften, Stuhllehnen, Türrahmen, Straßenansichten, verschlungene Paare, Einzelporträts und lustige Gruppenbilder. Manche hatten gezackte Ränder, andere waren ganz ohne Rand.

Buenos Aires erwies sich als ein Flickenteppich aus den anderen zwei Städten, als ein zwitterhaftes Algier, dessen schmutzige Arkaden sich unter der Hand in französische Barockpaläste verwandelten, während die großen, um kühle Innenhöfe gruppierten Flachbauten sich hinter den napoleonischen Fassaden des XV. Pariser Arrondissements verbargen. In den pariserisch anmutenden Straßencafés saß ein Publikum, das mir von Afrika her vertraut war, und die vorbeihastenden Männer mit kupferfarbenen Gesichtern waren gekleidet wie auf der Avenue Matignon. Der Verkehr und die Mietshäuser waren Paris, die Bäume und die Musik in den Vorstädten waren Algier. Manchmal blieb ich wie verirrt an einer Ecke stehen und fand mich in eine Gegend versetzt, die ich vor vielen Jahren verlassen hatte. Oft befiel mich Heimweh.

Die Fotos.

Das braune, lächelnde Gesicht einer dicken Frau mit glattem, kurzem und schwarzem Haar. (Auf Fotos wird immer gelächelt. Mir ist es recht.) Ihr Kleid ist geblümt. Hinter ihr die Gittertür unseres Hauses im Stadtteil Belgrano. Die hohen, eingefaßten Mauern kann man nicht sehen, auch nicht die langen Fensterpartien mit den Fensterläden aus Stahl, die Balkone, die nie benutzt wurden und hinter denen die Schlafzimmer mit den langen Gazevorhängen und Satingardinen lagen. Sie hieß Lorenza, sie kochte, wusch und bügelte, und sie ließ sich gern fotografieren. Sie servierte auch das Essen, wenn Botschaftsgäste oder die neuen Geschäftspartner des Capitaine länger blieben, und dann half auch Lorenzas Cousine aus, die zwölf- oder dreizehnjährige Rebecca, die sich in der Küche sehr geschickt anstellte.

Lorenza sparte ihr ganzes Geld (sie hatte ein Zimmer im rückwärtigen Trakt) und schickte es ihrem Mann ins Gefängnis. Jeden Sonntag fuhr sie ihn besuchen. Die Busfahrt dauerte fast zwei Stunden hin und ebenso lange zurück. Sie war fünfzig, sah aber alterslos aus; zu alt für ein junges Mädchen, zu glatt für eine alternde Frau. In den fünfziger Jahren war sie aus La Rioja nach Buenos Aires gezogen, als Perón die arme Bevölkerung aufgerufen hatte, »zu kommen und ihr Glück zu machen«. Wie viele andere hatte sie dies als Aufforderung verstanden, nach Buenos Aires zu gehen, ins »Herz der Nation«, ins »Babylon am Río de la Plata«. Sie wohnte in einer Wellblechhütte hinter einer Mauer, deren Betonkranz sorgfältig mit Glasscherben gespickt war. Später zog sie ins Haus ihres Onkels, das in einer stillen Straße mit Bäumen stand, ein Haus mit großem Hof und einem Spalier aus staubigen Weinreben.

Sie war Köchin bei einer Deutschen gewesen, und als die Frau gestorben war, hatte deren Tochter sie an einen Mitarbeiter des französischen Konsulats weiterempfohlen. Sie erlernte die Zubereitung von Gerichten, deren Namen sie nicht aussprechen konnte. Sie war vernarrt in mein Couscous und verglich es mit *locro*, einem Gericht ihrer Heimat. Wenn sie donnerstags nachmittags bügelte und dabei die Seifenopern im Radio hörte, schaute ich ihr zu und kam mir völlig nutzlos vor. Ich beschloß daher, etwas zu tun, was ich in Paris nicht getan hatte: Aufzeichnungen zu machen, diesmal für mich selbst. Erstmals benutzte ich Farbfilme. Mein erstes Farbporträt zeigt Lorenza vor einer roten Wand, ihr Gesicht und der Hintergrund heben sich kaum voneinander ab.

Eine andere Fotografie, sehr verschwommen: die Florida, eine beliebte Einkaufsstraße, bevor sie mit Blumentöpfen zugestellt wurde. In der vorbeihastenden Menge aus Büroangestellten, Boten, mürrischen Frauen und müden alten Männern eine Frau mittleren Alters in einem blauen, weiß abgesetzten Kostüm, mit blondem Haar und einer blauen Handtasche, die an ihrem henkelförmig gekrümmten Arm baumelt. Das Foto ist unscharf; ich muß sehr genau hinsehen, um ihre Gesichtszüge oder ihren Ausdruck zu erkennen. Wenn ich mir Mühe gebe, sehe ich, daß sie ihre Brauen genauso zusammenzieht wie ich in diesem Moment. Es ist Angélica Iturralbi, die Schriftstellerin, ihr gutes Dutzend Romane ist nicht nur in Argentinien, sondern – wie sie gern betont – großenteils auch in Spanien veröffentlicht worden. Angélica Iturralbi ist eine Bestsellerautorin. Drei amerikanische Studenten haben bereits Dissertationen über sie geschrieben. *Die Fleischhändler* und *Mein Name ist Esperanza* wurden verfilmt, und ihre *Geschichten zum Tee* waren als Fernsehbearbeitung zu sehen. Im Sonntagsmagazin von *La Nación* hat sie eine Frauenkolumne. Wir trafen uns, weil sie mich als Frau eines Mitarbeiters der französischen Botschaft interviewen wollte.

»Für uns Argentinier war Frankreich immer ein Vorbild, mehr noch als England. Mode, Literatur, Architektur, Küche – all diese wichtigen Dinge verdanken wir Frankreich«, schrieb sie mir und lud mich zu einem Drink in ihre Wohnung ein, an irgendeinem Nachmittag gegen sechs.

Ihre Wohnung (sie war zweimal geschieden, beide Male in Mexiko, weil Scheidung in Argentinien nicht möglich war, doch sie behielt den Namen ihres ersten Mannes) war in einem Stil eingerichtet, den sie »unseren Louis-quinze« nannte: riesige Spiegel in vergoldeten Schmuckrahmen, Tische mit Elfenbein- und Perlmutt-Intarsien, Stühle mit geschwungenen Beinen und Rückenpolstern und chinesische Vögel auf allen Polsterstoffen. Bei dem Drink handelte es sich um Scotch. Madame Iturralbi (ich nannte sie nie anders als Madame Iturralbi, auch als wir Freunde geworden waren) sprach ein ausgezeichnetes Französisch – das nur ein wenig zu förmlich, zu altmodisch war –, und sie fragte mich, was ich von diesem »riesigen, nebelhaften Land« hielte. Ich war erst seit ein paar Monaten in Argentinien, kannte kaum den Wechsel der Jahreszeiten und hatte die Sprache nicht gelernt. Madame Iturralbi antwortete für mich: »Dieses Land wäre ganz wunderbar, wenn seine Bewohner nicht so faul wären.«

»Hier wird nicht gearbeitet, ich meine, *wirklich* gearbeitet; keiner gibt ein Beispiel. In den Jahren vor den Kriegen, vor den europäischen Kriegen, war mein Vater ein einfacher Mann, aber in jeder Hinsicht reich.« Ihr Vater, nicht sie selbst. Madame Iturralbi beharrte darauf, daß sie zu einer jüngeren Generation gehörte. »Der Peso war damals zwei Dollar wert. Heute jedoch …« Sie hob das Glas und machte eine dramatische Geste, als wollte sie etwas Grenzenloses umfassen.

In ihren Romanen habe sie versucht, den »Abstieg in die Hölle« – von einem Demagogen zum anderen, von einer Korruption in die nächste – zu dokumentieren. Ob ich sie gelesen hätte? Nur einer leider sei ins Französische übersetzt worden: Aus *Trabaje, Hombre, Trabaje!* war *Le chant du laboureur* geworden, eine Taschenbuchausgabe. »Keine schöne Ausstattung, aber wir dürfen nicht mäklig sein. Escarpit hat mir einen Glückwunschbrief geschrieben, bei meinen Kollegen natürlich nichts als Schweigen.« Sie drückte mir das Buch in die Hand. Und ich müsse unbedingt ihre Kolumne lesen, die mich in das »wahre Argentinien« einweihen werde. Letzte Woche habe sie – ob ich es gelesen hätte? – über die Vernachlässigung der städtischen Parkanlagen geschrieben und die Woche davor über das Wachstum der Slums, das, wie sie behauptete, während der ersten Perón-Diktatur begonnen hatte. (Sie haßte den alternden Diktator, der ihren Vater gezwungen hatte, seine Häuser und Wohnungen zu verkaufen und in stillem Elend zu leben. Den jetzigen Perón sah sie in buntem Neonlicht gleißen, ein Plexiglas-Dämon.) »Der Schriftsteller ist das Auge, die Nase und das Ohr des Landes«, sagte sie. Es sei ihre Verpflichtung, Zeugnis abzulegen. »Diese undankbare Aufgabe«, sagte sie, »ist mein Evangelium geworden.« Sie klingelte nach dem Mädchen, ließ mehr Eis bringen und bot mir an nachzugießen.

Es gibt Fotos von weiteren Begegnungen: mit den Rosales, einem Ingenieur und seiner Frau, die von Anfang an unsere Freunde waren; mit Mirta Beckstein, der Galeristin, bei der ich schließlich meine Bilder ausstellte; mit dem französischen Botschafter. Mein Lieblingsbild zeigt Madame Iturralbi mit einem ihrer Bücher, auf dessen Umschlag ihr Foto zu sehen ist. Die beiden Gesichter, beide schwarzweiß, eins vom Buch eingerahmt, eins vom Rand des Bildes, treten miteinander in Widerstreit.

Ein anderes Bild: Vor einem rauchenden Grill aus Ziegelsteinen stehen zwei Männer in offenen weißen Hemden. Der eine ist der Capitaine, der verlegen lächelt. Der Arm auf seiner Schulter gehört einem schwarzhaarigen Mann mit Schnurrbart. In der herabhängenden Hand hält er einen Spachtel. Das Auffällige an dieser Fotografie ist, daß der Mann mit dem Schnurrbart *nicht* lächelt. Sein Gesicht ist zwar wie zu einem Lächeln verzogen, die Wangen haben Grübchen, die Stirn liegt in Falten, aber seine Augen verraten Ärger, einen Ärger, der durch die Anwesenheit des Capitaine geschürt zu sein scheint. Bei dem Mann handelte es sich um Colonel Casares, der sich mit dem Capitaine das Büro teilte.

»Casares denkt nicht«, hatte der Capitaine einmal zu mir gesagt, »Casares handelt nur nach einer völlig leeren Pflichtauffassung. Er weiß, daß er Dinge erledigen muß, und er tut es, weil das seine Pflicht ist. Wenn man ihn aber fragt, was seine Pflicht ist, sagt er, daß seine Pflicht aus den Dingen besteht, die er zu tun hat.« Casares' Frau war dünn und von dunklem Teint, sie stammte aus dem Norden. Er hatte sie einmal dabei ertappt, daß sie in einem Gedichtband des kommunistischen Dichters Pablo Neruda las, und darauf ihren ganzen schmalen Bücherschrank in Brand gesteckt. Sie erzählte das wie eine besonders witzige Anekdote und mußte dabei vor Lachen ständig nach Luft schnappen. Sie hatten vier Kinder, drei Jungen und ein Mädchen. Wenn wir samstags oder sonntags zu ihrem Landhaus fuhren, sah ich ihnen beim Spielen zu und staunte, wie schnell sie heranwuchsen. Ich fragte mich, ob mein totes Kind so ausgesehen hätte wie die Jungen oder das Mädchen. Manchmal beneidete ich Señora Casares.

März 1972. Es war wieder ein heißer Sommer gewesen. (Mein Leben ist eine Abfolge von gleichartigen Jahreszeiten, von Sommer zu Sommer, von der trockenen Hitze Algiers in die schwüle Luft von Paris, aus dem schwülen Paris in das feuchtheiße Buenos Aires – und nirgends gab es Klimaanlagen.) Ein Gartengrill auf dem Anwesen der Casares. Bäume, ein Ententeich, ein Swimmingpool, eine riesige Bougainvillea, die aus den Mauerbögen des Hauses herauswucherte, lila auf rosa. Ich durchwanderte diese Halbwildnis, während zwei deutsche Schäferhunde mir nachbellten. Auf einem Weg, der mit Eukalyptusbäumen gesäumt war, blieb ich stehen. Mit dem Gedanken an Notre-Dame stellte ich mir vor, was ich tun würde, sollte tatsächlich geschehn, was ich mir so sehr wünschte. Nur das eine und nichts anderes wünschte ich mir. *Bitte, laß es nicht verlorengehen*, betete ich. *Muttergottes, schenk mir Deine Gnade.*

Wovor mir am meisten graute, war der Schatten des anderen, des toten Kindes, das nicht einmal einen Namen bekommen hatte – ohne Geschlecht, ohne Gestalt, ungeboren. In meinen Träumen betrat ich jetzt leere Räume oder ging stumm durch lange Korridore auf Türen zu, die sich bei meiner Annäherung auf magische Weise von selbst öffneten. Ich beschwichtigte mich damit, daß dem Aufbruch die Ankunft folgen würde und daß ich den Dingen ihren Lauf lassen mußte. Hätte ich dem anderen wenigstens einen Namen gegeben, wäre es nun leichter für mich gewesen, dachte ich.

Für mein neues Baby hatte ich einen Namen.

Das Nachdenken fiel mir schwerer, meine Gedanken verloren an Schärfe. Ich konnte mich nicht mehr konzentrieren, meine Träume hörten auf. Mein Schlaf war voller Farbfetzen, aber ohne Gestalten, ohne Stimmen. Mein Inneres ergriff völlig Besitz von mir, und ich ließ mich in diesem Gefühl versinken – ein willig herbeigeführter Spuk. Als ich den Capitaine einweihte, hellte sich – wie beim erstenmal – sein Gesicht vor Freude auf.

Fotos von mir, jeden Monat eins bis zur Entbindung. Eine wachsende Serie, die ich rahmte und an der Treppe zum zweiten Stock aufhängte. Ein Monat, zwei Monate, drei Monate. Vor der Entbindung hörte ich auf. Der 15. November. *Namenstag des heiligen Albertus Magnus, Bischof und Arzt, der Heiligen und Märtyrer Gurias, Samonas und Abibus, des heiligen Desiderius von Cahors, des heiligen Bischofs Saint Malo und der Heiligen Fintan von Rheinau sowie Leopold von Österreich*. Keine Mädchen.

Von der Entbindung gibt es keine Fotos. Das einzige, woran ich mich erinnern kann, ist der Schmerz. Und dann, durch zusammengekniffene Augen, der Anblick des seltsam pflaumenfarbenen Gesichts, der Spinnenärmchen und der fahrig strampelnden Beinchen. Als sie, die raupenartige Tochter, zu mir gebracht wurde, suchte ich zuerst ihre krumpelige Faust und öffnete sie wie die Blätter einer verschlossenen Blüte – die Finger, die winzigen, zerbrechlichen Finger, das in Schlaffalten gelegte Gesicht. Der Capitaine hielt sie an sein Gesicht, dann bettete er sie, die hohle Hand zum Kissen geformt, in seinem Arm.

Das war das erste Foto meiner Ana.

Ich schrieb an Ana in Paris, daß ich dem Baby ihren Namen gegeben hätte, und schickte ihr das Bild. Ich sah meiner Ana beim Schlafen zu, beim Saugen an meiner Brust, beim Hinausblicken in die Welt. Ihre Augen sahen aus, als könnten sie dem Lauf der Sonne und der Sterne folgen. In der dunklen Stille zwischen drei und vier Uhr morgens, wenn ich mich für ihre Lippen bereithielt und der Capitaine schlief (manchmal legte er mir seine zutrauliche Hand auf den Schenkel, ohne auch nur die Augen zu öffnen), dachte ich mir lange Erklärungen für sie aus, wie die Welt beschaffen sei, damit sie später nicht in die Irre ging oder nach der Wahrheit tasten mußte, und sang ihr die algerischen Lieder vor, die ich einmal auf der anderen Seite der Erde gehört hatte.

Zwei Tage nach Anas Geburt kehrte Perón nach Argentinien zurück.

Er war schon fast einen Monat im Lande, als die Rosales mich zum Tee in ihr Haus einluden, das in einem der grünen Viertel der Reichen lag. Als das Taxi in ihre Straße einbog, wurde es von einer Menschenmenge aufgehalten. Ich bat den Fahrer, mich hinauszulassen, nahm Ana in den einen Arm, das in Geschenkpapier gewickelte Gebäck in den anderen, bahnte mir einen Weg durch die Menge und öffnete das Tor zum Haus der Rosales. Alberto Rosales nahm mich in Empfang.

»Das sind Gaffer«, sagte er. »Sie wollen Seine Eminenz zu sehen bekommen, den König in Person. Er hat das Haus an der Ecke bezogen, doch es wird ihm nicht so herrschaftlich vorkommen wie sein Palast in Spanien.«

»Wir nennen es die Auferstehung der Mumie«, sagte Laura, als sie mich zur roten Samtcouch geleitete. »Das geht schon seit Wochen so. Ich habe dem Personal streng verboten, sich dort blicken zu lassen.«

»Sie sind alle Peronisten«, sagte Verónica, die dreizehnjährige Tochter der Rosales. »Es ist ihr gutes Recht, dorthin zu gehen.«

Ich fragte, ob er sich jemals blicken ließe.

»Aber natürlich! Zweimal täglich, mit seinen widerwärtigen kleinen Kötern. Immer um diese Zeit führt er sie spazieren.«

Ich legte Ana auf Lauras Schoß und holte meine Kamera aus der Tasche. »Bin gleich wieder da.«

Ich rannte hinaus und schob mich durch die Menge. Das Haus, auf das sich alle Blicke richteten, war ein weißgekalkter Bau mit einem einzelnen Posten davor. Eine Tür öffnete sich. Die Menge jubelte. Einen Moment lang geschah nichts, dann kam es langsam zum Vorschein, das ovale Gesicht, das ich so gut von den blau-weißen Plakaten kannte, ein faltiges und doch poliertes Gesicht, als wären die Falten mit dem Bleistift auf ein Ei gemalt, das schwarze, glatt zurückgekämmte Haar, ein Mund wie mit dem Rasiermesser geschnitten, die römischen Lippen, die gebogene Nase. Er hob die Arme zum Gruß, in einer schon klassischen Geste, und sprach einige Worte des Dankes, als würde er auf einer Rednertribüne stehen. Während seine Schergen die Journalisten abdrängten, trat er auf die Straße hinaus und ließ sich von seinen Hunden davonziehen. Mein Foto wirkt wie eine Collage. Auf der einen Seite, einsam und isoliert, der Hauseigentümer, der seine Hunde ausführt, ein privater, alltäglicher Vorgang, auf der anderen Seite die Journalisten und Verehrer, die von breitschultrigen Männern im Zaum gehalten werden – von alten Kämpfern der Partei und jungen Mitgliedern der Guerillatruppe –, schließlich die bekümmerten Nachbarn, deren Refugium von Wilden erobert wurde. Ja, die Politik.

Der Capitaine sprach kaum über die Arbeit, die er hier tat. Wenn doch, dann in einem gelangweilten Tonfall, als würde er nur auf das baldige Ende seiner Beschäftigung warten. Er war Mitte Fünfzig und schien damit das reife Alter erreicht zu haben, das seinen Gesichtszügen entsprach. Es war schwer vorstellbar, daß er bald in Pension gehen und mit anderen Alten auf Parkbänken sitzen, Tauben füttern oder Schach spielen würde – die französische Armee schickte ihre Leute mit sechzig in den Ruhestand. Seine Freizeit verbrachte er fast ausschließlich zu Hause mit Ana, und er sprach mit ihr, als könnte sie ihn verstehen. Ich weiß, daß ich eifersüchtig war, besonders abends, bis das Kind eingeschlafen war und er wieder mit mir redete.

Manchmal sprach er über Politik.

»Ich sitze und höre ihnen zu«, sagte er etwa. »Ich höre den Generälen zu, die darüber streiten, wie man Perón und sein Comeback am besten benutzen kann. Ich höre, wie sie lange Wortschlangen bilden und sie sich gegenseitig wie Amulette um den Hals hängen. Die meisten sind überzeugt, daß sie eine Mission haben. Sie sind wie Heilige auf der Suche nach einem schmerzfreien Märtyrertum, sie glauben an mühelose Pflichterfüllung und hoffen, daß gute Absichten belohnt werden. Sie denken, sie können Perón und seinen Hofstaat an die Macht bringen und dann Wunderwerke vollbringen.«

Als wir einmal auf der Avenida Cabildo unter den Jacarandas spazierengingen und die Ladenpassagen betrachteten, die allmählich die ehrwürdigen, gewaltigen Villen verdrängten, die mich immer an El Biar erinnerten, wurden wir von einem Mann im dunklen Anzug angesprochen, der uns mit seinem dünnen Bärtchen entgegenlächelte.

Der Capitaine stellte uns vor: Der Mann, ebenfalls Hauptmann, küßte mir die Hand und sprach sich lobend über das Wetter aus.

»Das Land ist wieder in voller Rüstung, würde ich sagen.« Er lächelte erneut. »Es müssen nur noch ein paar Hengste kastriert werden, dann können wir wieder ruhig schlafen. Unser Perón hat noch immer etwas in petto, nicht wahr?«

Der Capitaine nickte, wollte schon auf Wiedersehen sagen und weitergehen, doch der Mann hielt ihn am Ärmel fest. »Lassen Sie mich sagen, was mir am Herzen liegt: Wir alle sind Ihnen dankbar, Ihnen und Frankreich, daß es uns in der Stunde der Not nicht im Stich gelassen hat. Evita, Gott gebe ihrer Seele Frieden, hätte Ihnen die Hand geschüttelt.«

»Ich habe sie einmal kennengelernt«, sagte der Capitaine.

»Und?« Der Mann hielt die Hand auf, als wollte er die Bewunderung des Capitaine auf die Waagschale legen.

»Sie sah aus, als wüßte sie, was sie wollte«, antwortete der Capitaine.

»Eine großartige Frau. Mit Haaren auf den Zähnen«, fügte der Mann hinzu. »Sie werden verzeihen, Señora, aber sie hätte verdient, ein Mann zu sein. Isabel reicht nicht an sie heran, oder?« Dazu lachte er, als wüßte er, daß der Capitaine derselben Meinung sei.

»Allons, enfants!« trällerte er im Weitergehen.

Manches Mal fragten wir uns, ob wir in diesem seltsamen Land heimisch werden könnten. Wir stellten uns vor, daß Ana in dem weichen, melodischen Spanisch aufwachsen würde, das hier gesprochen wurde. In den kommenden Jahren würde sie all die erbaulichen Lesebuchgeschichten lernen, die tagtäglich von der bürokratischen Realität durchkreuzt wurden. Madame Iturralbi hatte das eine »Doppelgänger-Existenz« genannt: Mit ironischer Strenge Prinzipien hochhalten, um dann schamlos gegen sie zu verstoßen.

Wir gewöhnten uns an einen gemächlichen Lebensstil: Sonntags vormittags machten wir unseren Schaufensterbummel auf den Avenidas, einmal wöchentlich besuchten wir eins der nahegelegenen Kinos, und alle paar Tage aßen wir im Restaurant, denn wir schätzten die nächtliche Betriebsamkeit von Buenos Aires, wo ohne Unterlaß gegessen und getrunken wurde und wo die Straßen Tag und Nacht belebt waren, obwohl die Straßenbeleuchtung wegen Strommangels auf Sparflamme gesetzt war.

Wir schliefen selten miteinander. Manchmal am Sonntagnachmittag im großen, kühlen Schlafzimmer, dessen Fensterläden so aussahen wie die bei Monique in Algier, doch geschah es weniger aus Begierde als aus Kameradschaft, am ehesten aus Trauer. In Buenos Aires wird man anfällig für die Melancholie.

Eines Sonntags wurde der Capitaine früh am Morgen zum Dienst gerufen. Als er kurz nach Mittag wiederkam – ich stillte Ana in der Küche –, erzählte er mir, daß Perón gestorben sei. Man hatte den französischen Botschafter unterrichtet, und er war zusammen mit dem Capitaine in Peróns Haus bestellt worden.

Zwei Tage lang lag die Leiche im Kongreßpalast aufgebahrt. Es entsprach einer Bitte Peróns, daß man seinen Körper nicht – wie den von Evita – einbalsamierte. Das Gesicht, soweit es zwischen den Tuchfalten sichtbar war, erschien wie ein haarloses, ausgedörrtes Tier, das sich mit geschlossenen Augen in eine Ecke des Sargs drückte. Der Capitaine erwirkte für mich eine Sondererlaubnis, den Toten zu fotografieren. Das Bild, das ich auswählte, sah aus, als wäre das Gesicht bereits zu Staub zerfallen und würde nur noch für einen Moment den Platz behaupten, den es vorher innehatte.

Ich drückte Isabel Perón die Hand, die unter ihrem schwarzen Schleier hysterisch weinte. Sie war jetzt Präsidentin von Argentinien. »Fassung!« flüsterte fortwährend ein kleiner Mann in Nadelstreifen hinter ihrem Rücken. »Fassung!« Und jede dieser Ermahnungen schien sie tiefer in ihren Weinkrampf hineinzutreiben.

Ich trat ein paar Schritte zurück und machte mich erneut an der Kamera zu schaffen, doch der kleine Mann kam auf mich zu und sagte mit weicher, fast bettelnder Stimme: »Bitte, machen Sie keine weiteren Aufnahmen. Der Verblichene, Gott erhalte ihn in seiner unendlichen Gnade, ist unserem Einfluß entzogen, doch wir hier müssen alle unsere Kräfte schonen. Haben Sie verstanden? Sehr freundlich. Filme schaden der seelischen Stärke, wie Sie wissen. Und Isabelita braucht alle Kräfte, die ihr noch geblieben sind. Der bedauernswerte Engel.«

Laura Rosales hatte mich zum Kongreßpalast begleitet, doch sie war an der Tür stehengeblieben. Als wir gingen, sagte sie: »Der Mann, der mit dir gesprochen hat, war López Rega. Er befragt die Orakel. Taubenleber, Teeblätter und ähnliche Dinge.« Dann, mit einem Seufzer: »Wenn das nur nicht noch mehr Chaos bedeutet! Wir haben das Chaos so satt. Ich weiß nicht, wie lange wir das noch aushalten.«

Als sie das dem Capitaine gegenüber am Caféhaustisch wiederholte, strich er mit der Hand über die Falten des weißen Tischtuchs. »Du würdest gern die Falten herausbügeln, meinst du das? Was würdest du für diesen Frieden und diese Ruhe geben? Welche Opfer würdest du dafür bringen, Laura?«

Fotos machen glauben, daß die Vergangenheit etwas Starres ist wie ein Papierabzug, der mit einer Stahlfolie auf Hochglanz gebracht wurde. Fotos machen glauben, daß die Gesichter sich nicht ändern, daß die Orte immer gleichbleiben. Ich liebe (und ganz bewußt spreche ich in der Gegenwart) das Gesicht des Capitaine auf diesen Fotos.

Einmal fragte mich Laura Rosales, ob ich die Geschichten glaubte, daß Leute überfallen, entführt und gefoltert würden. Eine Nachbarin habe erzählt, ihre Tochter und ihre Enkelkinder seien von Polizisten in Zivil »verschleppt« worden. Rosales hätte dazu gesagt, daß die Frau zu viele Kriminalfilme sähe und daß man sich hüten müsse, alles zu glauben.

Ich antwortete ihr, daß sich die Wirklichkeit – wie auch die Fotografie – für viele Deutungen hergibt.

Eines Morgens kam ich in die Küche und sah, daß Lorenza Rebecca tröstete. Ich war hinuntergegangen, um das Frühstück für Ana zu bereiten und mit ihr eine Weile am Tisch zu sitzen, bevor sie zum Kindergarten ging, und bemerkte nicht sofort, daß ich nicht allein war. Lorenza saß in der Ecke und hielt die Hand ihrer Cousine. Sie wollte nicht sagen, was geschehen war, und wiederholte nur: »Ein Unglück, Señora, ein Unglück.«

»Ich habe ihnen gesagt, daß die Politik böse ist«, erklärte sie dann. »Wir sind eine gute Familie, Señora. Mit Politikern hatten wir nie etwas zu tun.«

Rebecca schluchzte.

Als ich später dem Capitaine davon erzählte, schien er sehr beunruhigt. Soviel er wisse, sagte er, sei ein Bruder oder Schwager des Mädchens auf einer Müllkippe tot aufgefunden worden. Er bestätigte, daß es das beste sei, wenn Rebecca bei uns bliebe, wenigstens für eine Weile.

Ein verwesender Leichnam inmitten von Kleiderfetzen und Pappe, ein Durcheinander von Haut, Haaren und Gemüseabfällen entstand vor meinem inneren Auge, war bereits Erinnerung. Ich fragte den Capitaine, ob die Regierung die Verantwortung dafür trage.

»Menschen sind für ihren Tod selbst verantwortlich«, sagte er.

Rebecca teilte sich mit Lorenza das Zimmer und half bei der Hausarbeit. An jenem Morgen machte mich ihr Weinen verlegen, als hätte ich sie nackt gesehen, aber es war das einzige Mal, daß ich sie weinen sah. Fortan zählte ihre Anwesenheit im Haus zum Alltag.

Als ich eines Tages meine Fotos auf dem Eßzimmertisch sortierte, hörte sie mit dem Fegen auf und sagte, sie hätte auch ein paar Bilder.

Aus ihrer Tasche zog sie ein speckiges Schwarzweißfoto von einem jungen Mann in Uniform. »Jorge«, sagte sie. »Mein Bruder, während der Armeezeit.«

Sie legte das Foto neben die meinen, die farbig und viel größer waren.

»Sie haben mir gesagt, was passiert ist. Ein Mann hat ihm eine Tüte über den Kopf gezogen. Jorge mußte sich hinknien. Dann stellte der Mann einen Eimer Wasser vor ihm auf. Er stieß Jorges Kopf ins Wasser. Wenn Jorge den Kopf zurückzog, wurde er wieder hineingestoßen. Der Mann hat das viele Male gemacht. Beim letztenmal ist Jorge ertrunken.«

Ich schaute auf das Foto, dann auf sie, ich nahm sie in die Arme, brach in Tränen aus und sagte ihr, wie leid mir das tat. Aber sie schob mich sanft fort und sagte, es wäre schon in Ordnung.

»Sie haben keine Schuld, machen Sie sich keine Sorgen, Señora.«

Sie lachte kurz auf und erzählte mir, daß Jorge sich gegen den Militärdienst bei der Marine entschieden hatte, weil er nicht schwimmen konnte.

»Er hatte Angst vorm Ertrinken, Señora.«

Ein Foto aus der Serie zeigte ich in Mirta Becksteins Galerie: die Plaza de Mayo mit dem rosa leuchtenden Regierungspalast im Hintergrund, unten ein Meer aus weiß bedeckten Köpfen – Frauen, die die Regierung nach dem Verbleib ihrer vermißten Kinder fragen. Verschwommen im Vordergrund ein einzelnes Gesicht, eine gestaltlose Eumenide.

Ein anderes Foto: Bogengänge mit grau blätterndem Verputz, ähnlich den Arkaden von Algier. Die gleichen fleckigen Mauern, wie Kuhhäute, das gleiche braun zerfurchte, walnußartige Gesicht des Soldaten am schmutzigen Tisch. Auf wessen Seite steht er?

»Dieser Krieg kennt keine Uniformen«, pflegte Madame Iturralbi zu sagen.

Noch ein Bild: Kinder mit weißen Schulschürzen – indianische, skandinavische Gesichter –, und hinter ihnen der riesige Lehrer, eine Schreckensversion ihrer selbst. Der Capitaine sagt, daß es in den Provinzschulen an allem fehlt – an Bleistiften, Büchern, Heizung. Das Foto wurde in Olmedo aufgenommen, fünfzig Kilometer von Buenos Aires, in der Nähe des Landhauses von Colonel Casares.

Ein weiteres: fliederfarbene Tupfen in den Bäumen, mit Ziegelmehl bestreute Parkwege, ein großer Bronzelöwe, der seine unsichtbare Beute fixiert. Ich schob Ana im Kinderwagen durch den Park des Stadtteils Palermo, unter alten Weiden, Jacarandas und Kapokbäumen. Manchmal, wenn keine Schule war, kam Verónica, die Tochter der Rosales, mit mir. Manchmal bot sie mir an, Ana allein auszufahren. Manchmal kam Lorenza und vertrat mich, wenn ich mich mit dem Capitaine zum Vormittagsdrink in einem der Cafés am Friedhof Recoleta traf.

Von Palermo konnte man zu Fuß nach Recoleta gelangen, und von dort aus war es nicht mehr weit zur französischen Botschaft, wo wir ab und zu an einem offiziellen Empfang oder an einer Party teilnahmen.

Weihnachten 75 oder 76. Die Gattin des französischen Botschafters hat sich entschlossen, einen *bal costumé* zu veranstalten. Ich weiß noch, daß die Hitze trotz der Ventilatoren unerträglich war; ich kann mich an viele Einzelheiten erinnern, doch die zeitliche Zuordnung hat sich verwischt.

Die Botschaftergattin ist als Kranich verkleidet. Ihr Kostüm besteht ausschließlich aus weißen Spangen und Federn, ihr Gesicht aus einem langen schwarzen Schnabel. Der Botschafter ist ein Truthahn. Brust und Bauch sind mit einem grauen Federkleid bedeckt, und eine gallertartige rote Masse baumelt an seinem Kopf und Hals. Oberst Casares – ich erkenne seine Stimme unter dem Bärenfell – verkündet: »Verfallen wir nicht der Sünde des Stolzes. Wir sind nicht unfehlbar in unseren Urteilen. Wenn wir in politischer Mission handeln, bleiben wir dennoch Katholiken, so wie Priester katholisch bleiben, wenn sie als Zivilisten handeln.«

Der Truthahn stimmt zu: »Ein Ausnahmezustand. Eine kluge Maßnahme. Eins ist sicher: Sie bringen wieder Ordnung in dieses Tollhaus.«

Der Bär: »Eine christliche Ordnung, Eure Exzellenz.«

Der Kranich: »Wir alle wissen das zu schätzen.«

Ein Pferd kommt hereingaloppiert und stößt mit einem Servierer zusammen, dem das Tablett mit gefüllten Champagnergläsern aus der Hand fällt. Das Pferd kreischt auf, und sein Vorderteil scheut zurück. Ein Papagei springt zwischen die zersplitterten Gläser und vollführt einen Steptanz auf den Scherben. Die Splitter glitzern.

Das Pferd wendet sich an mich und den Capitaine; wir tragen beide Tuareg-Kostüme und sind hinter Schleiern verborgen.

»Gratulation!« sagt der Pferdekopf.

»Eine wunderbare Party«, antwortet der Capitaine.

»Ich glaube, wir haben Grund zu feiern. Ein Todesfall, eine Geburt, das neue Jahrtausend, was noch?« Vorder- und Hinterteil kichern überdreht.

Ein Löwe und ein Tiger stehen unter dem sechs Meter hohen Weihnachtsbaum. Die Zweige sind mit kleinen weißen Vögeln und mit Glaskugeln dekoriert, die Spitze ziert ein neapolitanischer Posaunenengel. Unter den Zweigen hat die Botschaftergattin ein Krippenspiel aufgebaut, eine (wie sie sagt) hervorragende Schnitzarbeit aus

Bahía, frühes 19. Jahrhundert. Der Löwe hält das Christuskind in die Höhe und sagt, daß Weihnachten ihm immer wie eine politische Veranstaltung vorgekommen sei.

Der Tiger: »Sehr wahr, sehr wahr.«

Der Löwe mit Blick auf das Christuskind: »Ich frage mich, ob Perón den Peronistengruß von ihm abgeschaut hat. *Pax vobiscum!*«

Der Tiger: »Bischof Witte hat seinen Seminaristen beigebracht, daß sie die Lehre Jesu nicht zu wörtlich nehmen sollen. Christus sprach von den Armen, aber er meinte die geistig Armen, nicht die armen Armen. In Argentinien sind die Reichen die geistig Armen.«

Die sich in einen Lorbeerbaum verwandelnde Daphne steht abseits in einer Ecke. Ich gehe mit zwei aufgespießten, schinkenumwickelten Pflaumen auf sie zu, eine in jeder Hand.

»Der entführte italienische Industrielle wurde mit Kopfschuß und an den Händen gefesselt in einem Slumviertel aufgefunden. Er saß auf einer Kiste, und der ganze Raum war mit Zeitungspapier ausgekleidet. Selbst die Fenster waren mit der *Crónica* und *La Razón* zugeklebt. Im Raum stand ein Fernseher und sonst nichts. Die Hunde haben das Lösegeld kassiert und ihn dann umgebracht. Keiner von ihnen älter als fünfundzwanzig, sagt man. Fröhliche Weihnachten!«

»Aber man hat sie doch gekriegt?«

»O ja, man hat sie gekriegt. Einen Prozeß haben sie nicht verdient. Aber wir leben ja in einer Demokratie, leider.«

Ein zottiger Hund: »Wau, wau. Ich werde jetzt an Ihrem Baum das Bein heben.«

Daphne (kreischend): »Martín, laß das sein!«

»Ich bin das Gespenst unserer Nationalliteratur«, sagt eine Stimme neben mir.

Ich drehe mich um und sehe eine Collage aus Büchern, Trachtenpuppen, Fotos und anderem Kram. An der Stimme erkenne ich Madame Iturralbi.

»Das sind Gestalten aus meinem letzten Buch, und die Gitarre ist *Martín Fierro*. Die Seite aus dem Lexikon stellt Borges dar.«

Zum Gedenken: Wir erhalten kleine, hübsche Geschenke. Ich bekomme eine Perlenbrosche in silberner Fassung, der Capitaine einen gläsernen Briefbeschwerer, von dem der Botschafter behauptet, daß er einmal Chateaubriand gehörte. (Ich werde wütend beim Gedanken, daß die Gegenstände, die nur unseretwegen existieren, uns überleben werden, unversehrt, gleichgültig, zeitlos. Die Brosche hätte ich später beinahe in den Nordatlantik geworfen, wäre mir nicht klargeworden, daß die Rückkehr der Perlen ins Meer ihre Unsterblichkeit nur besiegelt hätte.)

Der Truthahn hält eine Ansprache: »Meine Damen und Herren, meine teuren Freunde. Ich möchte Ihnen allen meinen Dank zum Ausdruck bringen, daß Sie gekommen sind. Ich möchte Ihnen allen danken, daß Sie mir gestattet haben, hier unter Ihnen zu weilen, ein Fremdling in einem fremden Land. Sie haben mich empfangen, wie Sie Frankreich stets empfangen haben, und Frankreich hat Ihnen nicht vergessen, daß sich vor knapp zweihundert Jahren die Provinzen des Río de la Plata unserer Revolution anschlossen. Frankreich ist in gewisser Hinsicht die Mutter aller Republiken, und ich betrachte es als meine Verpflichtung, Ihnen die Unterstützung meiner Republik anzubieten, wo es um die Bewahrung der Ihren geht. *Joyeux Noël!*«

Eine Ente watschelt herein und eröffnet das Diner.

Es war Madame Iturralbi, die darauf bestand, daß ich eine Ausstellung meiner Arbeiten veranstaltete. Eine ihrer Freundinnen, Mirta Beckstein, hatte eine kleine Galerie auf der Florida gekauft und war nicht abgeneigt, neben Gemälden auch Fotografien zu zeigen. Ich bat den Capitaine, mir bei der Auswahl der Bilder zu helfen.

Er wirkte aufgeregt wie ein Kind. Wir breiteten den Inhalt meiner Schachteln auf dem Wohnzimmerboden aus, und eine ganze Nacht lang, nachdem er Ana ins Bett gebracht hatte, schauten wir ein Bild nach dem anderen an. Er sagte, er hätte gar nicht gewußt, was ich alles geleistet hätte, wie schwer ich gearbeitet hätte und wie stark und klar meine Bilder wären. Er sagte, ich hätte meinen Stil gefunden, eine Stimme, einen Blick.

Plötzlich schämte ich mich dafür, daß ich ihm Dinge verschwiegen hatte, zum Beispiel das halbzerfressene Seeungeheuer. Zwischen den Fotos, die auf dem Boden verstreut waren, wollte ich innehalten und es ihm erzählen. Ich tat es nicht.

Die Ausstellung wurde ohne viel Aufsehen eröffnet. Die Gattin des französischen Botschafters kam (außerdienstlich, natürlich), auch Madame Iturralbi, die einen überschwenglichen Artikel in *La Nación* veröffentlicht hatte, der wiederum eine Gruppe intellektueller Frauen anlockte.

Ein junger Mann mit Vollbart, der sich demonstrativ eine Kamera um den Hals gehängt hatte, fragte mich, ob ich die »Künstlerin« sei, und lobte mein Werk, als ich bejahte.

»Man würde kaum vermuten, daß sie hier und heute in Argentinien aufgenommen wurden«, sagte er. »Was für eine europäische Begabung! Welche Zurückhaltung!«

Ich fragte ihn, was er damit meinte.

»Mit der Zurückhaltung? Es gibt ein Foto von einem deutschen Fotografen, das in Buchenwald oder einem dieser Orte aufgenommen wurde. Man sieht einen Berg aus Knochen, Menschenknochen vermutlich. Und am Rand steht ein Hund und zerrt an einem der Knochen. Sehen Sie, der Hund weiß nicht, daß es Menschenknochen sind. Er denkt nur ans Fressen. Und natürlich hat er recht. Ein Toter, das ist auch Nahrung.«

»Meine Arbeit besteht vor allem aus Porträts. Das ist der Ausschnitt, den ich mir wähle.«

»Ach, Sie wählen! Wie schön, daß Sie das können. Ich habe auch einmal eine Porträtserie gemacht. Doch die Porträtierten konnte man nicht sehen. Nur die kahle Wand hinter ihnen. *Desaparecidos*, verstehen Sie? Ohne jede Zurückhaltung. Es tut mir leid, ich wollte nicht unhöflich sein.«

Ich fragte ihn, ob er hier in Buenos Aires arbeite. Er bejahte das und fragte, ob ich einmal seine Arbeiten sehen wolle.

Ich sagte ja.

Am Abend, als ich Mirta half, die Galerie zu schließen, fragte ich den Capitaine, ob er glaube, daß meine Fotos etwas verbargen, ob er den Eindruck habe, daß ich heuchlerisch oder blind oder beides sei.

»Weil du mit deinen Bildern keine Stellungnahmen abgibst?«

»Ich glaube, das meine ich damit.«

»Ich denke, daß du deine Wahl triffst«, sagte er. »Mit der Kamera arbeiten heißt auswählen. Wenn du einen Rahmen setzt, triffst du eine Wahl.«

»Und wenn es die falsche ist? Eine Auswahl, der falsche

Motive zugrunde liegen, die Behauptung, daß das Ausgegrenzte nicht existiert?«

»Die Gründe, meine Liebe, spielen keine Rolle, nur das Ergebnis – das, was wir sehen, wenn dein Bild vollendet ist. Man wird nie erfahren, warum Dürer dieses eine Gesicht malte, das dich so sehr gefesselt hat. Niemand wird erfahren, warum du dich für das« (er zeigte auf ein Foto), »für das« (auf ein weiteres Foto) »oder das« (ein drittes) »entschieden hast.«

Es gibt Bücher, die ich mit bestimmten Speisen oder Orten in Verbindung bringe, vor allem aber mit bestimmten Gerüchen – Balzac ist mit dem Thymian aus unserer Küche gewürzt, Dante riecht nach Räucherholz, Papas *Tartarin* und sein Tabakgeruch gehören zusammen wie Jean Rhys und Erdbeermarmelade auf getoastetem Baguette in der Sonne von Paris. Auch manche Momente der Liebe sind so beschaffen: wie Flechten gehören sie zu einem bestimmten Baum. Am Abend nach der Ausstellungseröffnung liebten wir uns stumm (es war seit Wochen das erste Mal, und Ana schlief im Zimmer nebenan) und ausgiebig, voller Glück und unterdrücktem Gelächter aus reiner Lust; im Haus stand der Geruch der Fotochemikalien, die den Capitaine, wie er sagte, an seine frühen Jahre in den Armee-Laboratorien erinnerte. Mir selbst sagte ich, daß ich ihn auch für seine Worte und seine Gedanken liebte, für den Erfahrungsreichtum, der hinter ihnen stand – Jahre und Orte voller Stein und Staub und kurzgeschnittenem grünen Rasen, Jahreszeiten –, für all die Bücher, die er gelesen hatte, die Musik, der er gelauscht hatte, die Bilder, die er betrachtet hatte, und immer wieder dachte ich daran, daß auch er seine Wahl getroffen hatte, daß er gewogen, gemessen und geprüft hatte, bis er am Ende mich erwählte.

Der Capitaine sah seiner Pensionierung entgegen. Manchmal spielte er mit dem Gedanken, in die Normandie, seine Kindheitsheimat, zurückzukehren, dann wieder fragte er sich, ob er nicht lieber einen Ort wählen sollte, der nicht so sehr »von der Geschichte niedergetrampelt« war, und er beschrieb mir die Küste der Gaspé-Halbinsel in der Provinz Quebec, die in den St.-Lorenz-Golf hineinragt und über die er vor vielen Jahren gelesen hatte. »Das Land der Seemöwen«, sagte er. »Keine Bürokratie, kein Reglement aus erstarrten Erfahrungen.« Einige Male hatte ihn die Botschaft in andere argentinische Städte geschickt, um dort bei der Regelung französischer Angelegenheiten behilflich zu sein – bei der Gründung französischer Firmen, bei der Vorprüfung von Investitionsvorhaben, bei diplomatischen Formalitäten. Einmal wurde er nach Rosario geschickt, wo sich im französischen Konsulat Berge unbearbeiteter Akten angesammelt hatten. Der Honorarkonsul, ein Marmeladenfabrikant, dessen Berufung lediglich eine Gefälligkeit gegenüber dem Gouverneur war, hatte Visaanträge und Einfuhrgenehmigungen fast ein Jahr lang unerledigt liegenlassen, und der französische Botschafter hatte – so sagte er – zu viele Beschwerden erhalten. »Für alles muß ich geradestehen«, stöhnte er.

Der Capitaine mochte sich nie von Ana trennen. Er hatte sich daran gewöhnt, morgens mit ihr zu spielen, ihr mit der stummen Präsenz eines alten Katers beim Lernen zugeschaut, über ihre Kunststückchen gelacht. Er schien ständig erstaunt über die Wandlungen, die in ihr vorgingen, wo er doch wußte, daß sie sich wandelte, seit er sie ein paar Minuten nach ihrer Geburt zum erstenmal in den Händen gehalten hatte. Wie durch einen unsichtbaren Zauber war aus ihr eine pausbäckige Zweijährige, eine neugierige Vierjährige, eine flinke, graziöse Fünf- und Sechsjährige geworden, die sich im Fortgang ihrer Metamorphose immer weiter von ihm entfernte, in die Urwälder ihres eigenen Ich.

»Wer wird sie liebhaben, wenn sie einmal groß ist?« sagte er zu mir, als er sie eines Nachmittags in den Armen hielt, weil sie hingefallen war und sich den Ellbogen aufgeschürft hatte. »Wer wird sie uns wegnehmen, ihren Namen ändern und mit ihr schlafen? Wen wird sie lieben?«

An einem Wintermorgen, als ich Ana gerade in den nahen Kindergarten gebracht hatte, meldete Lorenza mir den Besuch von Laura Rosales. Laura wirkte verstört, denn sie vermißte Verónica. Am Abend zuvor war Verónica wie üblich zu einem ihrer fakultativen Kurse an der Universität gegangen – sie studierte Jura im ersten Jahr – und nicht nach Hause gekommen. Laura hatte wach gelegen und auf sie gewartet (sie konnte nie einschlafen, bevor sie das Klappen der Haustür, Verónicas behutsame Schritte auf der Treppe, das Ein- und Ausknipsen der Badezimmerlampe und schließlich das Klappen ihrer Schlafzimmertür gehört hatte). Gegen sechs Uhr morgens hatte sie ihren Mann gebeten, zu einer Freundin Verónicas zu gehen und dort zu fragen, die Telefone waren wieder einmal außer Betrieb. Sie selbst hatte an mehreren Orten nach ihr gesucht – bei ihrem Professor zu Hause, in der Universität, im Haus ihrer Schwester in Caballito, doch ohne Ergebnis. Ihr Mann hatte die Runde durch alle Krankenhäuser gemacht. So viele junge Menschen schienen in diesen Zeiten Probleme zu bekommen, aber Verónica war anders. Laura wollte zur Polizei gehen und bat mich mitzukommen.

Das Polizeipräsidium von Buenos Aires sieht aus wie das Zerrbild eines italienischen Palazzos. Es thront in der Mitte der Altstadt, zu groß an den Flanken, mit gedrungener Dachpartie, altersfleckig und zerbröckelnd. Lange Warteschlangen ziehen sich um das Gebäude (hier werden Papiere ausgestellt), die Wachen sind in gebrechlichen Schilderhäuschen postiert, und sie sichern die Eingänge mit Maschinenpistolen.

Der erste Wachmann schickte uns zu einem Fenster, wo nach einigem Warten ein älterer Mann mit runder Brille unsere Ausweise verlangte. Er stempelte einen Zettel, reichte ihn mit zitternder Hand hinaus und schickte uns die Stufen zum Palastportal hinauf, die nach Urin und Desinfektionsmittel rochen. Im zweiten Stockwerk verzweigte sich das Treppenhaus in zahllose Korridore, die von Bürotüren gesäumt waren, und vor jeder dieser Türen saßen Wartende. Frauen in weißen Schürzen gingen ein und aus und trugen dicke, kremfarbene Aktenordner. Wir gingen auf eine der Frauen zu und zeigten ihr unseren Zettel. Sie wies auf eine Tür am Ende des Korridors.

Wir warteten in einer kleinen Ansammlung vor der Tür. Eine dunkelhäutige Frau mit kräftigen Augenbrauen tippte auf den Zettel und fragte fast im Befehlston: »Ihr Sohn oder Ihre Tochter?« – »Meine Tochter«, sagte Laura. »Bei mir auch«, erwiderte die Frau mit einem Nicken.

Fast eine Stunde später hatte sich noch immer nichts bewegt, und Laura sah sehr schlecht aus. Ich trat vor und klopfte an die Tür.

Eine hochgewachsene Frau öffnete. »Was ist?«

»Wir warten hier schon eine Stunde. Wir möchten ...«

Sie ließ mich nicht ausreden. »Warten Sie, bis Sie dran sind.«

Sie wollte die Tür schließen, aber ich hielt die Tür fest. »Wir wissen nicht einmal, mit wem wir sprechen sollen. Es steht nicht auf dem Zettel.«

»Namen werden nicht mitgeteilt. Entfernen Sie sich bitte!«

»Bleiben Sie ruhig«, flüsterte die dunkelhäutige Frau hinter uns.

Ich behielt die Hand an der Tür. »Ich möchte nur wissen, mit wem wir sprechen können. Diese Frau hier sucht nach ihrer Tochter.«

»Jeder sucht hier nach irgendwelchen Angehörigen ...«

Ich drückte weiter. Sie ließ die Tür los und schrie nach hinten: »Sánchez, die Leute dringen mit Gewalt ein!«

Ein junger Polizist erschien hinter ihr, eine Maschinenpistole in der Hand.

»Loslassen!« befahl er.

»Was geht da vor?« fragte eine Stimme aus dem Büro.

»Nichts, Herr Inspektor«, sagte der Polizist. »Nur ein paar Ruhestörer.«

Die Tür öffnete sich ein Stück weiter. Der Inspektor sah wütend und gereizt aus. Er wischte sich den Schnurrbart mit dem Handrücken. »Was sind das für Frauen?«

»Die mit der komischen Aussprache wollte hier eindringen«, sagte die Türhüterin und wies auf mich.

»Es ist wegen meiner Tochter, sie ist vermißt«, flehte Laura.

»Alle Leute hier suchen nach Vermißten«, sagte der Inspektor. »Sie sind hier auf der Polizei und nicht im Fundbüro. Legen Sie doch Ihre Angehörigen an die Leine.«

Dann, zu mir gewandt: »Sind Sie Französin? Ich höre es an Ihrer Aussprache.«

Von weitem rief jemand meinen Namen: »Madame Berence!« Es war Colonel Casares. »Was machen Sie denn hier?«

Plötzlich war alles wie verwandelt. Ich wurde vorgestellt, der Inspektor entschuldigte sich, wir schüttelten Hände und wurden, zum heftigen Ärger der Türhüterin, ins Büro gewinkt.

Der Inspektor hörte Laura zu, durchwühlte einen Stapel von Papieren und zog eine lange Liste hervor.

»Das hier«, sagte er, »ist die Aufstellung derjenigen, die gestern als vermißt gemeldet wurden. Gestern, verstehen Sie? Ein Tag, dann sind sie alle wieder da. Der eine hat ein Glas zuviel getrunken, der andere hat bei Freunden übernachtet oder das Weite gesucht, weil Mama und Papa zu streng waren. Sie sind doch nicht etwa zu streng, oder?«

»Auf Verónica trifft das nicht zu. Sie hätte angerufen oder eine Nachricht hinterlassen.«

»Es trifft nie auf jemand zu. Das sagen sie alle. Jeder Sohn, jede Tochter, alle sind sie Heilige. Señora Rosales, das sind gerade diejenigen, die den Agitatoren in die Hände fallen ... sie werden verführt ... mit Politik und Drogen ... Ich will Sie ja nicht erschrecken, aber Sie hätten besser auf Ihre Tochter aufpassen sollen. Sie wird schon wiederauftauchen, da können Sie ganz sicher sein, mit eingezogenem Schwanz kommen sie alle angekrochen. Denken Sie an die Geschichte vom verlorenen Sohn!«

Damit wies er uns die Tür.

Colonel Casares begleitete uns die Treppe hinab. »Machen Sie sich keine Sorgen. Es wird ihr nichts passiert sein. Wir tun, was wir können, um sie zu finden. Sie haben ja gehört, was der Inspektor gesagt hat. Bald wird sie zurück sein, sich schämen und albern vorkommen. Seien Sie nicht zu streng mit ihr. So ist nun mal die Jugend!«

Ein paar Straßen weiter hielten wir an einem Café. Laura sah verstört aus. Ich schlug ihr vor, am Abend mit dem Capitaine zu sprechen, vielleicht kannte er jemanden, der helfen konnte. Wir saßen vor den Espressotassen aus dickem weißen Porzellan, mir kamen diese fleckigen weißen Kreise wie Punkte vor, mit denen ich mein Leben in jeder meiner Städte bilanzieren konnte. Laura zündete eine Zigarette an und nahm einen tiefen Zug. Dann rollte sie mit ihren Fingern den Filter auf dem Rand des Aschenbechers entlang, immer hin und her. Ich legte ihr die Hand auf den Arm.

»Laura …«

»Entschuldige bitte.«

Die dunkelhäutige Frau aus dem Polizeipräsidium stand auf einmal vor uns. Das Licht, das durch das Fenster fiel, ließ ihr Gesicht seltsam fleckig wirken. Ihre kräftigen, weit auseinanderstrebenden Augenbrauen gaben ihr einen komischen Ausdruck.

»Darf ich mich setzen?«

Ohne eine Antwort abzuwarten, zog sie einen Stuhl heran. »Ich habe Sie im Büro sprechen gehört. Die tun dort nie etwas. Sie kommen in die Akte, und dann … wer weiß. Vielleicht werfen sie die Akten einfach weg.«

Der Kellner erschien, und sie bestellte Kaffee.

»Ich heiße Marta. Marta Corrales. Ich bin Witwe. Meine Tochter ist vor sechs Monaten verschwunden. Mit ihrem Mann und ihren Kindern. Möchten Sie die Bilder sehen?«

Aus ihrer Handtasche, die schwarz und faltig war wie eine riesengroße Pflaume, zog sie ein Familienfoto. Das junge Paar stand hinter seinen drei Kindern. Das kleinste – ich konnte nicht erkennen, ob es ein Junge oder ein Mädchen war – trug ein Superman-T-Shirt. Die Frau nannte die Namen und wies dabei mit ihrem Hexenfinger auf den betreffenden Enkel.

Ich fragte, was mit ihnen geschehen war.

Nachbarn hatten ihr berichtet, daß Männer in Zivil eines Morgens vor Tagesanbruch in das Haus ihrer Tochter eingedrungen waren. Niemand hatte etwas gesehen, aber sie hatten Türenschlagen gehört und das Anfahren eines Autos mit quietschenden Reifen. Das Haus war verwüstet – »von Unbekannt«, wie die Polizei im Protokoll vermerkte.

»Und dann?«

»Nichts geschah. Keiner wollte mir Auskunft geben. Schließlich habe ich eine Frau getroffen, die auch nach ihren Kindern suchte. Einem Jungen und einem Mädchen. Sie nahm mich mit zu anderen Frauen, die ebenfalls nach ihren Kindern forschten. Es sind so viele, so viele.«

Laura blickte hoch. »Verónica gehört nicht zu denen. Sie hat sich nie für Politik interessiert. Sie ist ein Kind. Verónica ist noch ein Kind.«

Señora Corrales stand auf. Ihren Kaffee hatte sie nicht angerührt. »Vielleicht möchten Sie zu unseren Treffen kommen. Wir könnten Ihnen Hinweise geben, Ratschläge.«

Ich legte Geld auf den Tisch, unter den Blechteller mit der Rechnung. »Ich glaube, du solltest das tun«, sagte ich zu Laura. »Eine andere Möglichkeit sehe ich nicht.«

Die Frauen trafen sich in einer großen, fast unmöblierten Wohnung an der Calle Bolívar, in einer Gegend mit großen Mietshäusern und alten Cafés. Wir saßen auf Holzbänken, es gab außerdem einen Metallschreibtisch und einen Aktenschrank, und an den stuckverzierten Wänden hingen Listen, ein Stadtplan und Fotos von Vermißten.

Señora Corrales stellte uns vor. Es waren zehn oder zwölf Frauen da, die meisten in unserem Alter, manche waren jünger. Einige sahen vorzeitig gealtert aus. Sie saßen am Schreibtisch und blätterten in Papieren. Dann sprach eine nach der anderen.

»Meine Tochter ist verschwunden, als wir in Mar del Plata zum Urlaub waren. Sie war mit ein paar Freundinnen im Kino. Die sagten dann, zwei Männer hätten gehalten und sie ins Auto gezerrt. Sie hat geschrien. Ich habe nie wieder von ihr gehört.«

»Meine Tochter war schwanger, als sie verschwand. Sie kamen in unser Haus, sagten, daß sie von der Polizei wären, und nahmen sie mit. Später auf der Wache sagten sie uns, daß sie von nichts wüßten und daß wir den guten Namen der Polizei in den Schmutz ziehen würden.«

»Mein Mann war in der Metallarbeitergewerkschaft. Er wurde bei einer Versammlung verhaftet, doch die Polizei streitet ab, daß sie irgendwelche Angaben über ihn hat. Ein Mitglied der Gewerkschaft hat mir gesagt, er hätte von einem anderen gehört, daß mein Mann nach Azul gekommen ist.«

»Mein Sohn und mein Mann sind eines Morgens auf dem Weg zur Arbeit verschwunden. Sie sind beide Ärzte im Ramos-Mejía-Krankenhaus. Einige Zeit davor hatten sie einen Mann behandelt, der mit schweren Verbrennungen von der Polizei gebracht wurde. Die Polizisten sagten, der Mann wäre über einen Eimer mit Säure gestolpert. Mein Mann bestand darauf, einen Bericht zu schreiben. Sie wollten ihn davon abbringen. Der Mann starb noch am selben Abend.«

»Meine Enkel, ein Junge und ein Mädchen, wurden mit ihren Eltern ins Gefängnis gebracht. Die Polizei sagte den Nachbarn, daß die Kinder zurückgebracht würden. Ich konnte mit meiner Tochter im Zentralen Frauengefängnis sprechen, doch sie hatte keine Nachricht über ihre Kinder, auch keine über ihren Mann. Eine der Wachen sagte ihr, sie könnte sich Witwenkleider anziehen.«

»Mein Mann ist Lehrer im Nationalgymnasium von Buenos Aires. Nach der Schule wurde er von drei oder vier Männern überfallen. Die Schüler erzählten mir, daß sie meinen Mann in ein Auto gezerrt haben und weggefahren sind. Seine Bücher haben sie auf die Straße geworfen. Die Schüler haben sie eingesammelt und zu mir gebracht. Ich habe nichts mehr von ihm gehört, das ist nun fast ein Jahr her.«

Plötzlich sprang eine jüngere Frau auf. »Ich halte es nicht mehr aus!« schrie sie. »Erzähl ihr, was mir passiert ist! Erzähl es ihr! Erzähl ihr von Toti, von Alfredo, von Carmen, von Señora Epstein, von Andrés, von Sonia, von Carlos, von La Negra! Erzähl ihr, wie wir sie vorgefunden haben, was wir über sie gehört haben, in ihren Briefen gelesen haben, bei anderen Augenzeugen gelesen haben! Erzähl ihr von den Vergewaltigungen, den Prügeln, den ausgerissenen Nägeln, den gebrochenen Knochen, den Stromstößen, den Erstickungen ... « Sie rang nach Atem. Niemand rührte sich.

»Meine Tochter Paula wurde verhaftet. Sie wurde gezwungen zuzusehen, wie sie Néstor, ihren Mann, folterten. Ich wiederhole ihre Namen, sooft ich kann – Paula, Néstor –, weil sie die Namen niemals nennen. Sie sagen, daß deine Kinder keine Namen haben. Sie sagen, daß deine Kinder nicht existieren, daß sie verschwunden sind. Sie wollen dich zwingen, daß du so tust, als wären deine Söhne und Töchter nie geboren worden, als wären sie Fehlgeburten, nichts als Blutflecken auf dem Teppich, nichts als bedauerliche Unfälle. Um sie zu demütigen, werden sie *aborto* genannt: Fehlgeburt. Sie nennen deine Kinder Fehlgeburten, sie machen deine Kinder ungeboren. Néstor. Paula. Ich kann nicht mehr. Ich halte es nicht aus.«

Eine ältere Frau kam zu uns und zeigte auf den Aktenschrank. »Sie können sich gern diese Akten ansehen. Es sind Hunderte von Aussagen. Manche stammen von Verhafteten, die fliehen konnten und sich versteckt halten, andere von Verhafteten, die fliehen konnten und dann ermordet wurden. Manche Aussagen sind, Gott weiß wie, herausgeschmuggelt worden.«

Die junge Frau beugte sich vor und würgte.

Eine andere stand auf: »Ich verstehe nicht, wie das möglich ist. Wie man ein menschliches Wesen in seiner Gewalt haben kann und diesem Wesen absichtlich Schmerzen zufügen kann. Wie man ein Instrument aussuchen kann, um einen Menschen damit zu schneiden, zu schlagen, zu verbrennen. Wie man seinen Verstand bemühen kann, um sich Methoden der Verletzung auszudenken, seine Gedanken an lebendes Fleisch zu verwenden. Wer jemals einen anderen Menschen im Arm gehalten hat, eine besondere Hand mit ihren schönen Fingern gestreichelt hat oder einen Kopf an seiner Schulter spürte, Haare, Augen, Zunge, kann doch nicht fähig sein, Menschen absichtlich zu verletzen, zum Bluten zu bringen! Wie ist das nur möglich?«

Laura preßte die Hand vor den Mund, als müßte sie erbrechen. Ich half ihr auf und besprengte im Badezimmer ihr Gesicht mit Wasser.

»Warte nicht bis heute abend. Frag den Capitaine jetzt, ob er nicht etwas tun kann, um sie zu finden. Bitte«, sagte sie. »Bitte.«

Señora Corrales bot sich an, Laura nach Hause zu bringen, und ich rief ein Taxi, das mich zum Büro des Capitaines fahren sollte.

Das Gebäude, in dem er arbeitete, stand allein zwischen leeren Grundstücken, wo einmal ähnliche Häuser gestanden hatten, die aber, weniger glücklich und weniger geschützt als dieses eine, in den frühen siebziger Jahren abgerissen worden waren. Es hatte zwei Fassaden: Die vordere wies in Richtung der Stadt, auf die grauen, algerischen Bogengänge des Paseo Colón, die Hoffassade schaute auf den braunen Fluß, der sich weit, weit bis zur Küste von Uruguay erstreckte. Vor dem Hauptportal spielten Kinder.

Meine Mutter, deine Mutter
stochern in der Glut.
Meine Mutter deine Mutter
haut sie auf den Hut.
Meine Mutter deine Mutter,
welche Farbe hat das Blut?

Nie zuvor war ich in diesem Haus gewesen. In den ersten Monaten hatte der Capitaine an der Calle Santa Fé mit Blick auf die Plaza San Martín gearbeitet, in einem schönen Fin-de-siècle-Palast, der nun wieder von der argentinischen Armee genutzt wurde, nachdem sie der französischen Botschaft einen Gebäudeflügel überlassen hatte. Dort hatte ich ihn einige Male besucht, doch mir waren die förmlichen Höflichkeiten unangenehm, die Stimmen, die sich änderten, je nachdem, wer man war und mit wem man verheiratet war. Nach seinem Einsatz in Rosario wurde er dann gebeten, bei anderen bürokratischen Verwicklungen in einem anderen Militärbezirk Hilfe zu leisten. »Dieses neue Büro ist schrecklich«, hatte er mir vor seinem Umzug erzählt. »Es ist wie ein verlassenes Universitätsgebäude mit lauter leeren Büroverschlägen und verwaisten Hörsälen.«

Ein Grenadier führte mich zum Auskunftsschalter, und ein quietschender Fahrstuhl mit vergitterten Schiebetüren brachte mich zur zehnten Etage. Die Ausgänge bis zur siebenten Etage hinauf waren mit Brettern vernagelt.

Der Fahrstuhl hielt ein Stück unterhalb der Tür, und ich mußte eine hohe Stufe nehmen, um hinauszugelangen. Graue Flure verliefen in vier Richtungen, es gab keine Hinweise auf die Zimmernummern. Lange, flackernde Neonröhren erhellten die Decken, doch die untere Wandhälfte lag über den ganzen Flur im Dunklen. Ich trat gegen eine leere Büchse, irgendeine Zeitung bewegte sich in der heißen Luft. Es roch nach Moder und schmutziger Wäsche. Ich entschied mich für den rechts abzweigenden Korridor und gelangte bald zu einer Reihe von numerierten Türen.

Die Nummer, die mir der Mann am Schalter genannt hatte, war 1038. Auf der Milchglasscheibe der ersten Tür las ich 1012. Dann 1008, 1056, 1024. Es schien keine erkennbare Reihenfolge zu geben. Der Korridor gabelte sich, und ich hielt mich wieder rechts – 1030, 1002, 1096. Dann, am Ende einer weiteren Biegung, 1038. Ich drückte auf die Klinke, die Tür war verschlossen. Ich versuchte es mit der nächsten Tür, 1044. Sie ging auf.

Unter mir lag ein ansteigender Hörsaal. Die neunte und die zehnte Etage waren, zumindest in diesem Flügel, miteinander verbunden, damit ausreichend Sitzreihen in der Höhe gestaffelt werden konnten. Es saßen etwa fünfzig Männer im Hörsaal, die Haare militärisch kurzgeschoren. Unten, im Brennpunkt des Raums, stand ein kleiner Tisch vor einer Wandtafel. Zwischen Tisch und Wandtafel stand der Capitaine.

Es dauerte ein paar Sekunden, bis ich ihn erkannte, denn ich hatte ihn nie von oben gesehen. Er sah kleiner und älter aus. Dann hob er den Blick, aber er entdeckte mich nicht. Er sprach zu den Männern in den Sitzreihen.

Mit der linken Hand drückte er so etwas wie einen Selleriestengel auf die Tischplatte, in der rechten hielt er ein Messer. Einen langen schwindelerregenden Augenblick beherrschte mich der absurde Gedanke, er sei dabei, Unterricht im Kochen zu erteilen. Er kann überhaupt nicht kochen, durchfuhr es mich. Was will er diesen Männern beibringen?

Der Capitaine sprach.

»... eine Aufgabe, bei der innerer Abstand absolut notwendig ist. In erster Linie müssen Sie sich selbst beobachten, mit der Wachsamkeit einer Katze. Ich möchte das damit vergleichen, daß Schlittschuhläufer das Gefühl des normalen Gehens vergessen müssen, wenn sie auf den Schlittschuhen stehen. Davon hängt ihre Balance ab. Der angeborene Gehreflex, der Drang, einen Fuß vor den anderen zu setzen, will sich immer einschleichen, wenn der

Schlittschuhläufer versucht, nicht zu schreiten, sondern zu gleiten. Daher müssen Sie völlig vergessen, daß Sie auch gehen können. Die Schlittschuhe müssen Ihnen zu neuen Gliedmaßen werden, zu einem Teil Ihres Körpers. So, als wären Sie niemals Fußgänger gewesen, sondern geborene Schlittschuhläufer.

Ihr Patient dagegen ist nur ein Fußgänger. Er (ich sage hier ›er‹; es kann natürlich genausogut eine Frau sein, und oft ist es eine) hat sich diesen Status selbst zuzuschreiben. Ihr Patient ist allein verantwortlich für die Situation, in die er sich gebracht hat, er trägt die alleinige Schuld an ihr und hat damit alle Rechte verwirkt, die Sie als Schlittschuhläufer haben. Sie müssen sich stets vor Augen halten, daß der Patient und nicht Sie der Kontraktnehmer sind und daß Sie, nicht der Patient, eine Dienstleistung erbringen und daß Sie diese Aufgabe mit unnachgiebiger Sorgfalt erfüllen müssen. Ihre persönlichen Gefühle, Ihre Ängste, Ihre philosophischen Ansichten haben damit nichts zu tun und müssen genauso wie der Gehreflex beiseite gelassen werden. Vor allem nämlich müssen Sie ein anständiger Mensch bleiben, nachdem Sie Ihre Aufgabe erfüllt haben.

Jede Aufgabe hat eine Zielstellung. Sie können den Befehl erhalten, eine bestimmte Information, einen Namen, einen Ort, ein Datum unter allen Umständen zu erwirken. Das ist aber nicht Ihr Anliegen, darf es gar nicht sein. Das ist die Aufgabe des Ermittlers – oder, um im Bild zu bleiben, des Punktrichters im Schlittschuhturnier. Ihre Aufgabe besteht nicht darin, Rückschlüsse aus der Leistung zu ziehen, sondern diese Leistung zu erbringen.

Worin besteht die Leistung? Sie besteht aus einem sorgsam organisierten und ausgedehnten Akt der Zerstörung. Sie als Männer, die mit dem Gedanken des Todes im Gefecht einigermaßen vertraut sind – oder vielleicht auch nicht, da Ihr Land seit dem letzten Jahrhundert an keinem Krieg mehr beteiligt war –, Sie wissen jedenfalls, daß der Tod nicht Zerstörung, sondern nur ein Auslöschen bedeutet. Er bringt etwas Gegenwärtiges zum Abschluß, aber er hat keinen Einfluß auf die Vergangenheit. Es ist dasselbe, wie wenn man auf einem Bauplatz die Zahl der zu errichtenden Häuser begrenzt. Nach dem Eintritt des Todes werden keine Häuser mehr gebaut, aber die, die schon da sind, werden bleiben und Zeugnis ablegen. Ihre Aufgabe ist daher weiter gespannt als die Aufgabe des Tötens. Sie müssen das Unmögliche vollbringen und die Vergangenheit auslöschen.

Schmerz kann zerstören. Schmerz ist so machtvoll, daß schon der Gedanke an den Schmerz zerstörerisch wirkt. Das Wissen, daß der andere Schmerzen empfindet, kann ebenfalls zerstörerisch sein (das ist es, wie schon gesagt, wovor Sie sich schützen müssen). Selbst die Vermutung, daß der andere Schmerz empfinden *könnte*, kann schon zerstörerisch wirken.

Was ich hier habe, ist der Teil einer lebenden Pflanze, also im wesentlichen identisch mit Ihren Patienten. Sie besitzt eine Haut, sie besteht aus einer Art Fleisch, und die inneren Blätter können wir als die inneren Organe und die Knochen betrachten. Der einzige Unterschied, der allerdings von äußerster Wichtigkeit ist, besteht darin, daß die Pflanze nicht reagiert. Sie schreit nicht, sie bettelt nicht, sie weint nicht, und sie sperrt sich nicht. Auf diesen Aspekt unserer Aufgabe komme ich später zurück.

Wenn sich das Messer der Haut nähert, beginnt die Zerstörung. Sie beginnt also bereits, bevor das Messer die Haut berührt. Das Messer bestimmt die Art der nun folgenden

Beziehung zwischen Stahl und Fleisch. Der erste Einschnitt« (er senkte das Messer und ritzte behutsam den Stengel) »erzeugt Überraschung. Überraschend ist die erste Schmerzempfindung, überraschend ist auch das Eindringen eines Fremdkörpers, der Klinge, in den Körper, und die größte Überraschung besteht darin, daß der Schmerz geringer ist, als es der Patient erwartet hat. Mit dieser letzteren Überraschung verbindet sich trotz der Schmerzen ein Gefühl der Beschämung und der Erleichterung.

Der zweite Schritt stellt klar, daß es sich um eine Zerstörung handelt. Die Erleichterung könnte den Patienten zur Annahme führen, daß der Prozeß noch umzukehren ist, daß er gar umgekehrt werden wird. Sie dürfen daher keinen Zweifel daran lassen, daß Ihr Eingriff unumkehrbar ist. Sie entfernen das Messer aus der Wunde« (er tat es mit größter Sorgfalt), »nehmen den freigelegten Hautstreifen zwischen beide Finger und ziehen ihn ab.« (In der rechten Hand hielt er den abgerissenen Teil des Stengels, die Selleriefasern hingen über seiner Handfläche.)

»Jetzt liegt die Fleischwunde offen da. Jetzt weiß der Patient, daß ihm etwas abhanden gekommen ist und daß dieser Verlust nicht mehr auszugleichen ist. Dabei müssen Sie sich ständig einschärfen: Ich habe nichts mit diesem fremden Land, mit diesem fremden Körper, mit diesem fremden Leiden gemein. Der Patient selbst hat sich die Behandlung zugezogen. Ich bin nur der Ausführende. Ich mache meine Arbeit, und ich mache sie so gut wie möglich.

Die Beachtung dieser Leitsätze wird Ihnen besonders bei der Anwendung der Wassermethoden von Nutzen sein. Ihre Aufgabe ist es dann, den Patienten wieder mit dem Aufenthalt unter Wasser vertraut zu machen. Indem Sie nur den Kopf des Patienten – nicht den ganzen Körper, nur den Kopf, der ein Wesen für sich ist – nach unten drücken, führen Sie ihn ins Wasser zurück. Das ist, wenn Sie so wollen, ein Akt der Repatriierung, ein Wechsel des Klimas. Wenn der Tod eintritt, ist er immer auf die Uneinsichtigkeit des Patienten zurückzuführen. Man kann das damit vergleichen, daß er sich weigert, bei einem Schneesturm warme Bekleidung anzulegen. Das Wort ›ertrinken‹ darf nicht so gebraucht werden, daß es als Folge von ›ertränken‹ erscheint, eines transitiven Verbs. Sie müssen sich immer wieder einschärfen, daß man niemals ertrinkt. Manche Leute ziehen es vor, ihr Leben zu beenden. Das Ertrinken ist ein Aussetzen des Willens.«

Ich ging rückwärts hinaus, lief durch den Korridor, die zehn Treppen hinab, auf die Straße, zurück nach Hause. Ich saß im Schlafzimmer, hörte Lorenza nach mir rufen, Ana weinen, später den Capitaine vor der Tür stehen und meinen Namen aussprechen, aber ich machte nicht auf. Während die Nacht kam und er schließlich eintrat und versuchte, mich zu berühren, dann liegenließ, während ich zur Wand gedreht dalag, um Schlaf zu finden, plötzlich aber Hunger und Durst spürte, während mir einfiel, daß ich gar nichts gegessen hatte, und ich mir sagte, daß es keine Rolle spielte, überzog mich der größte Jammer, die schwärzeste Traurigkeit, das tiefste Elend wie eine Verfinsterung der Sonne, und die Stimmen in mir sagten: *Ich kann ihn nicht mehr lieben. Das ist ein anderer, das ist nicht er. Das kann nicht er sein. Ich liebe ihn noch immer. Ich weiß nicht wie, aber ich liebe ihn noch immer.*

In diesem Land und im nächsten, im Wechsel der Jahreszeiten und des Klimas, im Haus, das wir verließen, und im Haus, das wir bezogen, im riesigen, anonymen Argentinien, das wir hinter uns ließen, und im riesigen, anonymen Quebec, das vor uns lag als ein Land, das keine Vergangenheit hatte, das alle Sünden verblassen ließ, erkannte ich, daß ich ihn trotz allem weiterlieben würde, trotz der Dinge, die ich gehört und gesehen hatte, und es gab nur eins, was ich tun konnte, um es abzustreifen: mich in eine Brandfackel verwandeln, in Glut und Asche, wie das wahnsinnige Mädchen aus Lothringen. Dann begriff ich die Botschaft, die hinter all den Geschehnissen stand: Sie besagte, daß etwas zu Ende war.

Der Weg von Anneliese Michaults Haus bis zu uns ist nicht lang, und der Nachmittag ist kühl, obwohl die Sonne scheint. Ich sagte zu Anneliese, daß es mir gutginge, daß ich zurechtkäme, und sie sieht es gern, wenn ich mein Schneckenhaus verlasse, mich wieder der Welt zeige, mich aus dem Versteck wage, ohne von Rebecca beschützt zu werden. In den letzten Tagen in Buenos Aires versuchte Rebecca mir anzudeuten, daß sie Bescheid wußte und daß sie glaubte, auch ich wisse Bescheid. *»Ich kann Señor Berence in die Augen sehen«*, hatte sie gesagt, ohne sicher zu sein, daß ich sie verstanden hatte. *»Ich sehe, wie er mit Ihnen und mit Ana umgeht und spricht, wie soll ich das dann glauben?«* Doch dann änderte sich etwas.

Ich sprach zu ihr nie ein Wort darüber. Aber ich hörte sie mit den Männern über Sprengstoff sprechen. *Feuer mit Feuer vergelten*, dachte ich, *wann wird es geschehen?* Schließlich brachte sie mich zu Anneliese, nahm Ana bei der Hand und sagte mit ihrer drolligen Stimme zu ihr: *»Du darfst bis zum Abend mit Matthieu spielen.«* So wird es also kommen: Heute nachmittag, wenn ich mit ihm im verdunkelten

Schlafzimmer liege und der Schlaf sich einstellt wie eine alte Gewohnheit, wird alles in Flammen aufgehen.

Im Dunkeln wird sich jeder Laut, jedes Knacken, Flüstern und Rascheln, tief in mich hineinfressen und meine Haut ausbeulen, als sei sie unterwühlt, es wird in mir wohnen wie die Gespenster der kleinen, pelzigen Tiere, die in mir wüten, die in meiner Kehle sitzen und sie zerreißen, die mich aufquellen lassen und mir die Stimme rauben, wie sie es schon in jener ersten Nacht taten, als ich es erfuhr, und den ganzen Tag danach und alle Tage bis zum heutigen Tag, an dem endlich, endlich die Angst vorm morgendlichen Erwachen von mir genommen ist.

Hier

Ana saß neben ihm und wartete, daß er sprach, denn bisher hatte er sie immer getröstet. Den Sicherheitsgurt hatte sie so festgezogen, daß sie sich eher gefesselt als gesichert fühlte. Ihr war fast übel vor Traurigkeit, und mit einemmal befiel sie eine solche Müdigkeit, daß sie sich zwingen mußte, die Augen offenzuhalten und nicht in einen Schlaf zu sinken, in dem sie wieder allein wäre. Sie schaute auf seine Hände, die sich um das Lenkrad gelegt hatten, auf seine Augen, die nach vorn auf die ihnen entgegenfliegende Straße hinausblickten. Sie wartete.

Dann sprach er.

Ist die Tür richtig zu, sitzt der Gurt fest, lehn dich an, hör zu, ich möchte dir so viel erklären, nun ist deine Mutter tot, deine arme Mutter ist tot, sie hat ein Ende gefunden, das Ende, das sie sich selbst ausgesucht hat, tapfer bis zuletzt, wir alle müssen lernen, wie man ein Ende macht, denn der Tod ist nicht wichtig, weißt du, auch ihr Tod nicht, meiner nicht und selbst deiner nicht, meine Ana, meine Tochter, weil alles seine Zeit hat, und du hast die Wahl, sie hat sich dafür entschieden, Schluß zu machen, und wir machen weiter, du mußt entscheiden, wie du weitermachen willst, und daher hör mir zu, denn du mußt mich verstehen, weil ich dir die Wahl lassen will, und du kannst keine Wahl treffen, ohne es verstanden zu haben, noch bevor wir in Quebec City sind, ganz sicher, lange vor Quebec City, und frage mich, wenn ich etwas sage, was dir zu schwierig vorkommt, was du erklärt haben willst, denn obwohl du meine Tochter bist und ich dein Vater, bin ich auch ein Mann, der viele Jahre ohne dich gelebt hat, erst am Ende sind wir zusammengekommen, du und ich, nur in diesen letzten längeren Zeitabschnitten, die dir so ereignisreich und schnellebig vorkamen, die sich unablässig änderten, nicht einmal die Zeit zum Nachdenken darüber ließen, wie sie sich änderten, was sie änderten, nicht die Zeit, dich vor fünf Minuten selbst zu betrachten und zu sehen, wie du dich so schnell in etwas anderes verwandelt hast, in das fremde Wesen, das sich eben jetzt hinter deinen Augen entfaltet, zornig oder erschreckt, das ich fast mit Händen greifen kann, wenn ich dich ansehe, als wenn du hinter einem Vorhang aus fließendem Wasser stehen würdest und ich mal deine Züge fast erkennen könnte, mal auf das Erinnerungsbild zurückgreifen müßte, das in mir ist, und ich bin sicher, daß auch du diesen Gedanken schon einmal gedacht hast, daß, wenn sich unser Gesicht wandelt und damit unser Aussehen – und mit Wandel meine ich nicht nur Wachstum, ich meine auch Lernen und Vergessen –, daß dann die Frage entsteht, welches dieser Gesichter wir sind, welches in einer ganzen Abfolge von Gesichtern, vergleichbar den ins Wächserne und Verfallene übergehenden Gesichtern eines Toten während einer langen, nächtlichen Totenwache, wie in einer meiner frühesten Erinnerungen, als ich drei oder vier Jahre alt war, in dem großen Haus in Étretat in der Normandie mit seinen von der Küste abgewandten Fenstern, dem langen, schwarzen Trauerflor an der Tür, den umgedrehten Spiegeln, weil Mère Félisie gestorben war, Mère Félisie, die Mutter meines Vaters, deine Urgroßmutter, deren Augen nun die deinen sind, und im Eßzimmer, einem langen, dunklen Eßzimmer, wo das Silber funkelte und die Möbel nach Äpfeln rochen, hatte man auf dem Eßtisch ihren Sarg aufgestellt, und einer meiner Onkel hob mich hoch, damit ich ein letztes Mal ihr Gesicht sehen konnte, und er hielt mich fest, während ich die gelblichen, spitzengesäumten Wangen betrachtete, die dünnen Lippen, die geschlossenen Augen, und während ich hinschaute, den einen langen Moment hindurch, in dem mein Onkel mich hochhielt, fing das Gesicht von Mère Félisie an, sich zu verändern, es wurde grau, dann errötete es, und dann schien es langsam in sich zusammenzufallen, als würden die Knochen es nicht mehr halten, ich schrie, der Onkel setzte mich ab und nannte mich einen Feigling, und ich habe nie wieder daran gedacht, bis die Erinnerung viele Jahre später zurückkam, als ich im Rasierspiegel zu erkennen versuchte, wie sich mein Gesicht verändert hatte und wie sich die Welt mit ihm verändert hatte, und vielleicht wird dir das gleiche passieren, vielleicht kommt plötzlich etwas zum Vorschein, was du vergessen hattest wie ein vermißt geglaubtes Buch, das dir plötzlich aus dem Regal entgegenfällt, wie das Buch von Jules Verne, das du verloren und wiedergefunden und dann versteckt hast, als ich böse mit dir war, weil du es nicht behandelt hast, wie ich meine Bücher behandle, sondern wie eine leere Hülse oder eine Leiche, da war es also, und es gab keine Erklärung dafür, wo es vorher gewesen war, wenn es denn da war, versteckt, als Geheimwesen, als Buch unter Büchern, »meine Gäste«, wie du sie einmal genannt hast, vielleicht weil du gefühlt hast, daß es Dinge gab, die deine Phantasie festhielt, und andere, die nur durch sie hindurchgingen wie Gäste aus einer anderen Welt, die um Quartier baten, manche nur für eine Nacht, andere für längere Zeit und wieder andere, die seltensten, die lebenslange Heimstatt forderten, mit riesigen Ländereien, die man durchwandern konnte, Besucher, die ich für verbotenen Umgang hielt, als ich in deinem Alter war, für gefährliche Fremde, vielleicht weil sie nicht immer da waren, vielleicht weil deine Großmutter zu Hause glaubte, daß Bücher etwas Skandalöses an sich hatten, daß sie sich ihrer Kontrolle entzogen, daß sie in ihren Schränken, hinter ihrem Lederrücken, eine fremdartige Musik verbargen, unsichtbare Streiche, im Unterschied zum Porzellan, zum geschliffenen Glas, zu den polierten Möbelstücken, die man stets reglos an ihrem Platz stehen sah, wogegen Worte und Geschichten die Druckerschwärze durchpulsten und nur gebändigt werden konnten, indem man sie erforschte, indem man dieser Sünde frönte, und daher gab es wenig Bücher in Étretat, sie standen aufgereiht wie alte Leute auf einem dicken Eichenbrett, weniger wichtig als das Porzellan aus Sèvres, eine Bibel, die Goldene Legende, ein paar Bände von Chateaubriand, *Das Leben Christi* von Renan und eine zweispaltig gedruckte Weltbeschreibung, in der ich erstmals die Orte sah, wo ich später lebte, als ob das Wiedererkennen nicht nur in die Vergangenheit, sondern auch in die Zukunft reichen würde, ah, sieh einmal, dort werde ich glücklich sein, dort werde ich verzweifeln, dort werde ich sterben, ein Ersatz für das mühsame Verfahren, einen Ort nach dem anderen zu erproben, soviel sinnloses Umherwandern, und wo fängt es an, denn es scheint so zu sein, daß Anfänge zum Verstehen führen, Ursachen paaren sich mit Wirkungen, wie die sich verändernde Luft draußen um das Auto und das Grau des verblassenden Tages da drüben und der heraufziehende Regen, die noch grünen Bäume, die die Gewitterwolken aufreißen und dann die ersten Tropfen, das sind Dinge, an die ich mich erinnern kann, ein ummauerter Garten, ein Drahtnetz gegen Insekten oder Katzen, und wie sich das Netz langsam mit dunklen Flecken überzieht, die sich zu Wolken verbinden, bis etwas Nasses und Kaltes auf meiner Haut landet, der köstliche Regen, ah, die auftauchenden Erinnerungen, wie gut wurde ich doch von den Nachbarn bewacht, ein Junge, korrekt in Samt und Seide gekleidet, der Sohn des verstorbenen Herrn Doktor, dessen Finger zu den intimsten und verstecktesten Körperteilen vorgedrungen waren, dessen Stimme ihre Darmtätigkeit, ihre Eßgewohnheiten, ihre Schlafzeiten und Spaziergänge geregelt hatte, der Sohn, der tadellose Manieren zeigen mußte, der dem Vater zu Ehren Bescheidenheit zeigen und überwacht werden mußte, damit er nicht ein schlechtes Beispiel abgab, die Lektüre, die Umgebung, die Freunde, mit denen ich im sandigen Hausgarten spielte, ausgesuchte Freunde wie der Sohn des Cousins deiner Großmutter, »der arme Kleine spielt so gern mit dir«, sagte meine Großmutter in dem kalten Tonfall, den ich so verabscheute, »du mußt ein gutes Vorbild für deinen Cousin Bernard abgeben«, und sein blonder Haarschopf stand so unschön von seiner Stirn ab, »geh spielen mit deinem Cousin Bernard, geh spazieren mit Cousin Bernard, zeige Cousin Bernard das alte Dock, aber seid vorsichtig, damit ihr nicht ausrutscht«, und Cousin Bernard fiel prompt ins tangtriefende Wasser, oder er trat absichtlich hinein, was seinen Fischgeruch nur verstärkte, und selbstverständlich bekam ich die Schuld, »du hast ihn geschubst, Antoine, deine Bosheit ist nicht zu dulden«, dann der Entzug des Abendessens, doppeltes Gebetspensum und die Entschuldigungen bis zum nächstenmal, wieder und wieder, bis ich eines Tages nein sagte, mein erstes Nein, ein Anfang oder ein Ende, an dein erstes Nein kann ich mich nicht erinnern, meine Ana, deine erste Entscheidung, in der du Gestalt annahmst wie Feilspäne an einem Magneten, an mein erstes Nein dagegen kann ich mich genau erinnern, weil wir zusammen losgegangen waren, Cousin Bernard und ich, um Besuche zu machen, die sich Jahr für Jahr wiederholten, Besuche bei unseren alten oder kranken Verwandten, bei Madame Enriquez Berence, Tante Dora, Pater Boniface, besonders bei Pater Boniface, dem kleinen, runzligen Pfarrer von Notre-Dame de Grâce, der zu Himmelfahrt das Meer segnete und es ermahnte, sich an die vom Schöpfer gesetzten Grenzen zu halten, Pater Boniface, der einzige von den Verwandten meiner Großmutter, den ich gern besuchte, trotz des scharfen Geruchs in seiner Pfarrstube mit der niedrigen Decke, der Hitze und dem Qualm des Kaminfeuers, das immer brannte, die Bibliothek voller grüner Lederbände in niedrigen Regalen, umgeben von verschnörkelten schwarzen Möbeln, ich erinnere mich an die Stuhlbeine aus Adlerklauen, die Äpfel umkrallten, und auf einem dieser Stühle saß Pater Boniface, seine Füße reichten kaum bis zum Teppich zwischen den Klauen, er stellte belanglose, langweilige Fragen, die Cousin Bernard und ich höflich beantworteten, und dann sagte Pater Boniface, »ihr müßt hungrig sein, meine Kinder, ich will sehen, ob ich etwas da habe«, verschwand in der dunklen Küche mit ihrem flüchtigen Orangengeruch, und brachte einen silbernen Topf mit heißer Schokolade und einen Teller mit dünnen Fingerbiskuits herein, die ich, wie mir meine Großmutter eingeschärft hatte, beim erstenmal ablehnen mußte, erst beim zweiten Anbieten dürfe ich einen nehmen, aber nur einen, mich artig bedanken und ihn nicht in die Schokolade tunken, mein Cousin Bernard nahm zwei, saß da mit seinem Haarschopf, bis Pater Boniface wieder in die Küche ging, dann sprang er auf, zog flink wie ein Wiesel ein paar Bücher aus dem Regal, klappte sie auf, riß, wie es kam, ein paar Seiten heraus, als wären es die Haare einer verhaßten Puppe, warf die Blätter ins Feuer, stellte die Bücher zurück und setzte sich wieder hin, wobei er mir unter seinem Schopf hervor einen triumphierenden, trotzigen Blick sandte und scheinheilig guckte, als Pater Boniface mit mehr Schokolade und Biskuits zurückkam, und ich war nicht imstande, ein Wort zu sagen, mir war schlecht beim Gedanken, daß Pater Boniface am nächsten Tag oder im nächsten Jahr eins seiner geliebten Bücher herausnahm, eine Stelle aufschlug, die er fast auswendig konnte, und feststellte, daß die Seiten herausgerissen waren, nur noch ein paar Wörter an den zerklüfteten Rändern einer Wunde zu lesen waren, daß er nicht verstand, nicht wußte, wer das getan hatte und wie, es nicht einmal vermuten konnte, während Cousin Bernard nachts in seiner Kammer vor sich hin grinste und sich ausmalte, wie der alte Mann dastand, inmitten seiner Adlerkrallen, und vielleicht weinte, und ich beschloß im stillen, daß ich nicht wissen wollte, wie man so etwas tun konnte, ich wollte niemals dazu fähig sein, Gedanken, wie Bernard sie hatte, in die Tat umzusetzen, Seiten auszureißen und dem alten Mann Schmerzen zuzufügen, ich wollte nicht sein wie Cousin Bernard, wollte, daß alle meine Taten einen Grund haben, so daß ich nun mit dir darüber sprechen kann, während draußen der warme Regen fällt und das Auto einen Regenvorhang nach dem anderen durchfährt und die Tropfen auf die Windschutzscheibe prallen und von den Scheibenwischern beiseite geschoben werden, immer mehr Tropfen, immer größere, die sich auf der Scheibe ausbreiten und verschwinden, so wie die ganze Welt ihre Farbe verliert, farblos wird, aus Formen beschmutzte Buchseiten werden, eine abgewischte Tafel, ein neuer Anfang und ein neuer Versuch, dir zu erklären, daß es einmal eine Zeit gab, in der ich das Böse verabscheute und als so widerwärtig empfand, daß ich Cousin Bernard nicht mehr sehen wollte und mich lieber Tag für Tag in mein Zimmer einsperren ließ, ohne den Nachtisch, den mir die leicht zu Tränen gerührte Magd auf dem Tablett gebracht hätte, Fabiola, die Magd mit dem verkrüppelten Bein, dem wunderbar dünnen Bein, mit dem sie über Treppen und Korridore humpelte, als würde sie tanzen, bis sie es aufgaben, die Besuche mit Cousin Bernard nicht mehr stattfanden und ich wußte, daß ich einen Sieg errungen hatte, etwas erreicht hatte, von dem ich gar nicht wußte, daß es existierte, es war wie die Entdeckung einer unbekannten Insel, von der ich ganz allein Besitz ergriff, und es folgte Sommer auf Sommer, eine Zeit, in der ich alte Bücher mit Stichen betrachtete, auf denen die Großtaten der Menschheit abgebildet waren, erschrekkend detailgenaue Bilder von der Erstürmung der Alhambra, der Suche nach den Nilquellen, der ersten Lokomotive, von Menschen mit Prophetenantlitzen, die in die auf- oder untergehende Sonne blickten, Entdecker wie ich, bis ich eines Tages, in einem kleinen Geschichtsbuch, glaube ich, Mantegnas *Christus* sah, auf einen Felsen gebettet, gelb und tot, die Füße voran, knorrige, welterfahrene Füße, und ich staunte, daß man so etwas mit Tupfern aus Farbe sichtbar machen konnte, daß man mit Pinselstrichen, mit Hell und Dunkel, eine solche überwältigende Schönheit auf ein Stück tote Leinwand zaubern konnte, und ich dachte, das tue ich selbst, der Maler ist tot, ich bin es, der das in etwas Lebendiges verwandelt, ohne mich würde dieses Wunderwerk nicht leben, und später, in der Schulbibliothek in Tours, fand ich Ruskin in der Übersetzung von Proust, und Proust war es, nicht Ruskin, der mir beibrachte, im Sommer im Gras zu liegen oder im dunklen Eßzimmer zu sitzen und einem Buch zu verfallen, einem Jules Verne, einem Karl May, und es immer von neuem zu meinem eigenen Buch zu machen, zu meinen eigenen Abenteuern des Kapitän Hatteras, meinen eigenen Millionen der Begum, meinem eigenen Floß auf dem Orinoko, meinem eigenen Schatz im Silbersee, kennst du dieses Gefühl, meine Ana, unendlich viel zu besitzen, das Gefühl, daß deine Augen, deine Nase und deine Ohren wie Entdeckerarmeen sind, die die Welt für dich erobern und dir zu Füßen legen, zu deiner freien Verfügung, von deinen Wünschen abhängig, dir, Ana, die dieser Welt Leben einhaucht und die unter der Kriegsbeute einen makellosen Edelstein findet, der für mich dann mein Dürer von einem Pariser Flohmarkt war, er war es, der mir klarmachte, daß ich, Antoine Berence, ihn in ein neues Dasein überführt hatte, ihn vor Staub und Zerfall gerettet hatte, und eines Abends in der Kathedrale von Tours, als die Musik von Telemann langsam um mich herum aufstieg wie die hingetropften Sandburgen am Strand, erlebte ich, wie sich die Klänge in den versteckten Winkeln meines Bewußtseins aufbauten und festsetzten, ohne daß es jemand wußte, ohne daß ich jemandem davon erzählen konnte, denn für die anderen war die Musik verschwunden, für immer verflogen, aber nicht für mich, ich trug den unsichtbaren Schatz mit mir durchs Gymnasium mit seinen zugigen Korridoren, riesigen Eichentüren und dem gelb gepflasterten Hof, in dessen Mitte sich ein Springbrunnen erhob, dort standen wir beisammen und schwatzten, und dann wurde Präsident Doumer ermordet, die Lehrer kamen mit schwarzen Armbinden zur Schule, und in der Kapelle erzählte uns der Kaplan, daß Gott seine Hand über Frankreich erhoben hatte, um uns für unsere Sünden büßen zu lassen, denn jeder Blutstropfen, der zu Boden fiel, als der Präsident starb, war von unserer Hand vergossen worden, und das galt für jeden von uns, damals dachte ich, er weiß nicht, wovon er spricht, er spricht von einem Gott, der zerstörerisch ist, von einem gleichgültigen Gott, nicht von dem Gott, in dessen Hand ich ruhe und von dem er nichts versteht, der uns im Gegenteil für unsere Sünden liebt, so wie ich Fabiola liebte, wenn sie in Étretat am Waschbecken stand und ihr schwarzes Kleid bis über die Kniekehlen hochgezogen hatte und ihr dünnes Bein viel erregender war als alles andere an ihrem Körper, weiß wie das Horn des Einhorns, das ich später im Museum von Cluny sah, elfenbeinweiß, bis sie sich eines Tages umdrehte und mich ertappte, worauf sie grinste, die Arme kreuzte, den Kleidersaum festhielt und mich fragte, ob ich noch nie eine Frau nackt gesehen hätte, ich wurde von wilder Angst gepackt, rannte weg und versteckte mich in meinem Zimmer, dann, als mein Körper wuchs und sich veränderte, als meine Stimme brüchig und meine Haut unrein wurde, fragte ich mich, für welche Sünde ich ausersehen war, und dachte an die entsetzlichen Vorgänge in den sepiafarbenen Magazinen, die auf dem Tisch des Friseurs verstreut waren, bei dem mich mein Vater noch eingeführt hatte, damit das Ritual des Haarschneidens an mir vollzogen wurde, ein Raum mit Parfümduft, der Boden mit Haarbüscheln übersät, der Geruch von Tabak und Zwiebeln vermischt mit dem der Pomaden und Rasierseifen, wo Männer über die Politik und Stadtklatsch redeten, und ich fühlte mich beklommen und schüchtern wie ein Eindringling, war überzeugt, ein Verdammter zu sein, allein auf der Welt, schuldig einer schmutzigen Tat, für die mich Gottes Finger die ganze Nacht verfolgte, ein Finger, der wie der Finger des Friseurs roch, wenn er mein Ohr festhielt, um das Messer anzusetzen, und ich mich fragte, hoch oben auf dem Barbierstuhl, für welchen Makel ich geliebt werden würde, welches Geheimnis meinen Vertrag besiegelte und in welchem Licht Gott mich sah, sah Er doch auch die strahlende Schönheit der Kröten, blickte er doch auch in die fratzenhafte Schnauze einer javanischen Fledermaus, liebte er die Nacktschnekke, die Seegurke, den warzigen Stachelfisch in seinem Korallenbett tief unten im Meer, und ich begann bei den anderen nach dem düsteren Funkeln zu suchen, nach einem Aufflackern hier, nach einem Blick dort, doch bald erkannte ich, daß dieses Funkeln, da gottgegeben, unerforschlich war, daß es uninteressant und banal erschien, daß Mephistopheles eine Erfindung war und ich mich um meinen eigenen ummauerten Garten in mir kümmern mußte, daß ich die kleinen gelben Tentakel pflegen mußte, die tief unter den Schichten der Blütenblätter als unsichtbare Augen im Herzen der Rosenknospe verborgen waren, und das kam mir zugute, so glaube ich, als wir alle, das Gymnasium endlich hinter uns, ins Leben hinaustraten, als die alte Blum-Regierung um uns herum zusammenbrach und wir in den Krieg eintraten, Uniformen anprobierten, auf Befehle hörten und uns langsam an das heisere Krächzen gewöhnten, an die rauhen Stoffe, die rauhe Haut der Hände, an den Anblick der endlosen Flüchtlingsströme von Männern, Frauen und Kindern auf den schlammigen Landstraßen, der Pferdeleichen in den Gräben, der entrindeten Bäume, des Hauses in Étretat, das irrtümlich von den eigenen Leuten in Schutt und Asche gelegt worden war, an die Herrschaft des blinden Zufalls, das Hocken im Graben, schmutzverkrustet, wo ich das Kribbeln der Läuse in den eigenen Körperfalten zu ignorieren versuchte und dachte, das sind die Momente, in denen diese geheimen Sünden sich Bahn brechen, nur auf einen Zündfunken warten, und schon schneidet sich der Sergeant eine zu große Scheibe von der gemeinsamen Ration ab, schon läßt der Soldat seinen Kameraden mit einer klaffenden Wunde im Stich, ist der Feldkaplan zu ängstlich, um die Notölung zu vollziehen, doch dann dachte ich, nein, das sind keine geheimen Sünden, sie liegen einfach auf der Lauer und warten auf ihre Chance wie die drei klassischen Unmöglichkeiten, und dann, als die Deutschen die Maginot-Linie überschritten hatten, an der mein Cousin Bernard starb, war es Sommer, und alles wartete darauf, daß etwas geschah, eine Mischung aus Furcht und Heiterkeit, und in Paris hatte die Seine Niedrigwasser, grüne Wasserpflanzen hatten sich an den Kaimauern gesammelt, und der Gestank des fauligen Schlammes breitete sich in den Straßen aus, in den Geschäften, den Cafés und Restaurants, wohin man auch sah, gab es keine Antideutschen, keinen Gegner der Besetzung, keinen Gegner Pétains, überhaupt keinen, der gegen irgend etwas war, weil es keine Sieger gab, denn ein Sieg ist nicht erlangbar, ein Sieg ist Sterblichen nicht vergönnt, die Sterblichkeit raubt uns den Sieg, alle Hoffnungen auf eine Ewigkeit sind nur ein schlechter Scherz, und die Leute saßen da wie immer, tranken ihren Wein an runden Marmortischen, spielten Pétanque auf den Ziegelschotterplätzen, schlenderten paarweise über die Brücken, o ja, es gab Panzerwagen und Besatzer, und deutsche Fahnen mit dem Spinnenkreuz flatterten auf den Dächern der Warenhäuser, aber wenn sich Stimmen gegen sie erhoben, war es nur ein Gemurmel, und wenn ein paar Leute Steine warfen, waren sie nicht bedrohlicher als Kinder, die mit Kieseln werfen, ungezogene, verdrießliche Kinder wie die Kinder, die eines Morgens durch Paris liefen, in der Kälte des zu früh gekommenen Winters, von einem langen, dünnen Mann in Pelerine zu den offenen Lastwagen geführt, die an der Spitze der Ile St-Louis warteten, dort, wo der erste Heilige Frankreichs, der außerdem ein König war, seinen Untertanen das Benedictus las, und die Leute, die auf die Balkons getreten waren, um die letzten Spatzen zu füttern oder ihre Bettdecken auszuschütteln oder nur auf die im Frühdunst gealterte Stadt hinabzublicken, riefen dem Mann zu: »He, Rattenfänger, warum laufen dir die Kinder nach?«, und er schaute hoch und antwortete, daß die Kinder ihm folgten, weil sie ihm trauten, und die Leute fanden die gelben Sterne, die an die Mäntel der Kinder genäht waren, komisch, und sie riefen hinunter, »noch so klein und haben schon so große Sterne«, und einige Kinder lächelten, weil sie gelernt hatten, daß man über die Scherze der Erwachsenen zu lächeln hatte, und die Leute gingen in die Wohnungen zurück, schlugen ihre Fenster und Läden zu, ließen die Vorhänge herab, die

Lastwagen wurden beladen und fuhren ab, dann war es schon ein wenig wärmer, und jetzt konnte der Morgen richtig beginnen, und ich dachte, vielleicht habe ich es auch gesehen und einfach alles geschehen lassen wie der arme Pontius Pilatus, weil es nirgends einen festen Zusammenhalt gibt, nichts, was für alle und jeden gültig ist, weil Paris wie ein Babel ist, die Frau am Zeitungsstand spricht griechisch, der Kellner italienisch, und der Gentleman, der im Restaurant Cicero liest, spricht englisch, wir sprechen französisch und die Soldaten deutsch, und jeder geht seinen Geschäften nach, ich lief durch die Straßen mit anderen Soldaten, ging in Bars, Schulen und Wohnhäusern ein und aus, und nichts änderte sich, hier bedienten sie einen deutschen Oberst, und dort verlangten sie die Papiere, einer hörte von Truppenbewegungen hier oder da, von Leuten, die nachts verschleppt wurden, von dem Bäcker Soundso, vom Lehrer Soundso, die abgeführt wurden, doch nie wurde vernommen, daß einer mehr sagte als ein geknurrtes »O nein!« oder ein schroffes »Ich hab's satt« oder, im Extremfall, einen Tritt gegen den Stuhl und ein Fluch, als hätten sie beim Kartenspiel verloren oder ein Glas Brandy verschüttet oder sich beim Anzünden der Zigarette die Finger verbrannt, und nachher sagten sie, sie hätten nichts gewußt, nichts gehört, sie wären nie darauf gekommen, höchstens, daß manche sich erinnerten, die langen Züge gesehen, im Schlaf oder im Traum das Krachen von Türen gehört zu haben, die Schreie in den Höfen des Marais, daß sie so etwas geahnt hatten, es aber nicht glauben wollten, und als alles aufgeklärt war, die Toten gezählt, die Überlebenden nach Hause geschickt, die Generäle geehrt und die geschleiften Häuser wiederaufgebaut waren, als neue Bäume gepflanzt und neue Straßen nach neuen Freiheitskämpfern benannt, neue Verträge unterzeichnet waren, da lebten fünfundfünfzig Millionen Menschen weniger, und ich fragte mich, wo all diese Geschehnisse miteinander verknüpft wurden, wo die Balance zwischen den Farben auf einem Totenbildnis von Mantegna und einem Porträt von Dürer hergestellt wird, wo die Klänge sich zu einer einzigen Harmonie zusammenfügen, Erinnerungsschicht auf Erinnerungsschicht, wie die Landkarte, die beim Lesen eines Buches entsteht, geformt vom Fortgang der Fabel und der Entwicklung der Charaktere, der Herausbildung der Ideen und dem Wuchern der Bilder, alles, was auf eine Ordnung verweist, ohne die Farben, Klänge, Wörter zerfallen würden, ohne die mein Blut gegen die kippenden Wände spritzen würde, meine Knochen brechen, meine Nerven zu wirren Geflechten zerfasern und an den Trümmern dieser einen, letzten Explosion klebenbleiben würden, und daher muß ich nach diesem Zentrum suchen, den letzten, innersten Kern, ich muß ihn finden und festhalten auf meinem Weg durch die Ereignisse, die so schwer zu erklären sind, als würdest du eine Geschichte deines Lebens in vielen Kapiteln schreiben, alle Erinnerungen an deine Wandlungen festhalten, Momente, die wie Fliegen am Fliegenfänger klebengeblieben sind, ohne daß du wüßtest, weshalb, eine Erinnerung an den Lehrer im Gymnasium, der vor uns steht und Racine liest, während ihm die Tränen übers Gesicht laufen, oder an die Schwester von Jean-Marie, meines besten Freundes vielleicht, die im Lehnstuhl ihres Vaters sitzt, das Kleid hochgerutscht, so daß ich ihre fleischfarbene Unterwäsche sehe, oder die Erinnerung an die Entdeckung der *Verliese des Vatikan* mit der Erkenntnis, daß man eine Tat ohne

Nachdenken und ohne Grund begehen kann, und der Angst, daß meine Gründe nur Ausreden waren, oder die Erinnerung an den Nachmittag, als ich zusah, wie ein ganz junges Pärchen von einem noch jüngeren deutschen Soldaten in ein Auto gestoßen wurde und das Pärchen lachte und sich der Soldat an seinen Vorgesetzten wandte und fragte: »Warum machen die das?« – *die*, nicht *wir* –, und die Erinnerung an den Tag, als ich dreißig wurde und beim Blick in den Spiegel mein Gesicht nicht mehr erkannte, weil ich geglaubt hatte, daß mein fünfzehnjähriges Gesicht unter den Stoppeln und der erschlaffenden Haut noch immer vorhanden war, bis ich mein Alter schließlich akzeptierte, und so kam es, daß ich 1955 als Capitaine mit zwanzigtausend anderen Soldaten nach Algerien gelangte und wahrscheinlich der einzige war, der in seinem Ranzen *Le Trésor de la Poésie Française* hatte, eine Gedichtsammlung, deren Herausgeber, Monsieur Bertrand Lavech de Valério, auf dem Umschlag versicherte, »unter Ausschluß lebender Autoren«, ein Buch, über das sich Monsieur Clive oft lustig machte, ein Buch, das in jenen Tagen mein Denken wachhielt, wie etwa Évariste Parny mit »Mißtraut den Weißen, ihr Bewohner der Küste« oder Lautréamont mit »Alter Ozean, alter Junggeselle« oder Hugo mit »Das Herz ward weit nach zahllos vielen Wunden« oder Ronsard mit »Es bleibt die Substanz, geschwunden ist die Form«, und in der knochenweißen Stadt Algier, die du nicht gesehen hast, Ana, in den schmalen, hellen Straßen mit dem dunklen Inneren der Häuser füllten sich die Zeilen mit anderen Bedeutungen, das Mißtrauen wurde nun erzeugt von denen, die die Ordnung untergruben, der Ozean wurde zu etwas Immerwährendem und Konstantem, das zerstörte Fleisch zählte weniger als das Herz, und die Substanz blieb am Ende bestehen, weil ich die Gewalt immer verabscheut habe, weil sie mir Übelkeit bereitet, mehr als alles andere, wie einmal am Meeresufer in Algier, an einer mit menschlichen Exkrementen übersäten Treppe, die ins Wasser führte, als ich Möwen über einer Katze kreisen sah, die sich in einer Spalte zwischen den Steinen verfangen hatte, eine ganz magere, kleine, gelbe Katze, und die Möwen umkreisten sie, maßen die Reichweite ihrer Krallen, stießen mit einem Schrei auf sie nieder und ließen sich vom Wind davontragen, nachdem sie zugehackt hatten, nach den Augen der Katze gezielt hatten, und ihr Angriff kam so plötzlich, war so leicht und flink, daß man kaum sehen konnte, was geschah, sie flogen nur auf und ab, und dabei vollzog sich die Blendung, erst war da eine um sich schlagende Katze und das Möwengeschrei, gleich darauf schrie die Katze, wie ich nie zuvor etwas hatte schreien hören, und nur ihre blutigen Augen verrieten, was geschehen war, nackte, sinnlose Gewalt, die zu nichts führte, keinen Zweck verfolgte und der daher jede Leidenschaft fehlte, doch ohne Leidenschaft kann nichts entstehen, nichts bewahrt werden, Leidenschaft im Dienst der Ordnung, aber ich habe deiner Mutter nie erzählt, was ich sah, ich wußte nicht, wie ich es ihr beibringen sollte, ich hätte es gern getan, ich weiß, ich hätte ihre Erklärungen hören wollen, ich habe gern von ihren Gedanken gelernt, ihrer Leidenschaft, die sich so sehr von meiner unterschied, war sie doch fähig, ihrer Leidenschaft die Form zu geben, die sie sich wünschte, und was ich am meisten fürchtete, die Fesseln der Bindung, hat sie nie erschreckt, das nahm sie frohgemut in Kauf, und jede Nacht, wenn sie ins Bett kam und sich der Duft der Zahnpasta auf dem Kissen ausbreitete, liebte ich sie für das alles, und mein Schweigen erschien nie als Verrat, weil es von meiner Liebe zu ihrer Leidenschaft bestimmt war, eine Leidenschaft gleich jener, die der Herstellung und dem Schutz der Ordnung dient, wie Sergeant-Major Grolier stets sagte, ein Unteroffizier, der sein Gelübde beim Benediktinerorden abgelegt und sich für seinen Dienst an Gott die Armee ausgesucht hatte, ich erinnere mich sehr genau an sein Gesicht, es war lang und ausgemergelt, als wäre er ständig müde, er litt sehr unter der Sonne, und seine Aufgabe war es, uns das neue Terrain zu erklären, die Strategien, die Tücken, weil man uns in Frankreich zwar geographisches, historisches und anthropologisches Wissen vermittelt hatte, aber wir wußten auch, daß wir die Erinnerungen derer brauchten, die alles durchgemacht hatten, und Sergeant-Major Grolier hatte das alles viele Male durchgemacht, die Ermordung des jungen französischen Lehrerehepaars, das liberal und voller guter Absichten gewesen war, oder der Bus voller Kinder in der Nähe von Oran oder die Bombe in der Milchbar, wo er in einer Astgabel die abgerissene Hand eines fünfzehnjährigen Mädchens fand, und er wiederholte immer wieder, wir sind nicht hier, um zu bestrafen, wir sind hier, um etwas zu beenden, denn dieses Schlachten muß ein Ende haben, und weil es enden muß, werden wir gewinnen, und um zu gewinnen, müssen wir etwas wissen, und um es zu erfahren, müssen wir Fragen stellen, er hatte eine Methode entwickelt, um zu den Antworten zu gelangen, eine Methode, mit der er alle Verästelungen der algerischen Guerilla bis ins kleinste zurückverfolgte, weil A sich B und C zum Verbündeten gemacht hatte und C sich mit D und E verbunden hatte und E sich F und G ausgesucht hatte, und um von Z zu A zu gelangen, brauchte er mindestens genauso viele Schritte, wie A gebraucht hatte, um zu Z zu gelangen, und das bedeutete, daß man sich jedes einzelne Mitglied des Untergrunds vornehmen mußte, jedes Mitglied ohne Ausnahme, ob Mann oder Frau, wenn nötig, auch Kinder, und wir mußten lernen, die richtigen Fragen zu stellen, es ist wie bei der Betrachtung eines Gemäldes, wenn man den einen Ausschnitt mit dem anderen in Beziehung setzt, wenn man sieht, wie die oberste Farbschicht von den darunterliegenden durchdrungen wird, oder sieht, genauso, wie die Regentropfen die Scheibe benetzen, das Dreieck hier, das immer wiederkommt, ein Fenster zur Welt, auf dem alles fließt, Sergeant-Major Grolier hat das die Lücken im Herzen genannt, »Finden Sie die Lücken im Herzen«, aber die meisten haben ihn nicht verstanden, auch Clive nicht, der arme Dummkopf, der sich aus lauter Verlangen nach Freundschaft einredete, daß wir beim Einsatz in den kleinen Wüstenorten Kameraden wären, Pfadfinder, die über die Welt und ihre kosmische Bestimmung diskutierten, aber er ist geistig stehengeblieben, Monsieur Clive, den du nicht leiden kannst, ein abgerackerter Gaul, der sich mit der Arbeitslast des Tages abschleppt, von früh bis spät, gutwillig, doch völlig uneffektiv, er bringt mich in Verlegenheit, der einsame Monsieur Clive, mit seinem Pochen auf eine Kameradschaft, die heute nur noch peinlich ist, weil wir wachsen, weil wir geläutert werden, ich und drei oder höchstens vier andere, wir waren aufgeregt wie vor einer Prüfung, als der Sergeant-Major einen Gefangenen hereinbrachte, einen Patienten, wie er ihn nannte, »Bezeichnen Sie sie immer als Patienten«, und der Patient stand vor uns, ein schmächtiger, kleiner Mann mit schwarzem Schnurrbart, ebenso verschreckt wie wir, und der Sergeant-Major befahl ihm, sich auszuziehen, »Tun Sie so«, hatte er uns gesagt, »als wüßten Sie alle Antworten, als wüßten Sie alle Fragen, als würde alles nur dem Wohl des Patienten dienen«, und der Patient zog sich aus, neben sich eine gebrechliche, mit dünnem Stoff bespannte Klappliege, einen kleinen Tisch, einen Stuhl, zwei Eimer Wasser, ein Feldtelefon und eine flackernde Gaslampe, der Patient behielt die Hosen an und wartete, und der Sergeant-Major brüllte: »Wird's bald?«, weil die Araber sehr schamhaft sind, sie zeigen sich niemals nackt, nur vor sich selbst und vor Gott, der Sergeant-Major erhob sich, und das reichte schon, da stand der Patient wie ein kleines Kind mit angeklebtem Schnurrbart, dann stellten wir unsere Fragen, zuerst freundlich, dann lauter, bis der Sergeant-Major mit der Faust auf den Tisch schlug und befahl, daß der Patient mit dem Wasser übergossen wurde, dann nahm er den Elektrostab, den ich gar nicht bemerkt hatte, erprobte ihn in der Luft und erklärte uns langsam, wie er funktionierte, wie der Strom durch den Stab und über den nassen Körper floß, weil der Schmerz sich durch das Wasser besser ausbreitet und die Haut vor Verbrennungen geschützt ist, und überließ es uns, Nutzen aus dem Schmerz zu ziehen, der Schmerz verlangt unserer Phantasie mehr ab als die Lust, und während der Patient wimmerte und schrie wie ein Tier, erklärte uns der Sergeant-Major, daß man sich mit dem Stab nicht übereilen darf, daß man sich Zeit nehmen und Pausen einlegen muß, um Fragen zu wiederholen und den Körper wieder zu Kräften kommen zu lassen, daß der Schmerz nach der Erholung noch stärker wirkt, bis der Verstand die Erholung genauso fürchtet wie den Schmerz, er erläuterte uns das in aller Ruhe, er erklärte: »Wenn Sie dann sprechen, seien

Sie höflich, das Geschrei ist vorüber, der Patient wird schreien, aber Sie müssen die Ruhe bewahren, stellen Sie sich vor, Sie sind der Zahnarzt und sagen zum Patienten: ›Nur noch ein bißchen hier und ein bißchen dort, mal sehen, was sich machen läßt, es tut nur kurz ein wenig weh, seien Sie tapfer, seien Sie stark‹, denn der Patient muß Ihnen trauen, und am Ende muß er bei Ihnen Halt suchen, am Ende sind Sie, der ihm die Schmerzen zufügt, derjenige, der ihm sagt, wann die Schmerzen aufhören, und dann wird er antworten oder auch in wenigen Fällen hartnäckig bleiben, was nicht unser Fehler ist, keiner will das Chaos, keiner will die endgültige Vernichtung, die alles mit sich fortreißt, auch den Vernichter, was wir wollen, ist ein kontrollierter Zusammenbruch, eine Reinigung«, wie das Licht der Scheinwerfer, das nun die Nacht durchdringt und in jedem einzelnen Tropfen auf der Windschutzscheibe aufglänzt, bevor er vom Scheibenwischer sanft beiseite geschoben wird, nichts ist weniger gewalttätig als die Folter, nichts läuft geordneter, sachlicher, penibler ab, denn die Folter ist eine dienstliche Aufgabe, die an Langeweile grenzt, eine manchmal notwendige Langeweile, wie die langsame Umdrehung eines Planeten, notwendig, damit die Ordnung des Lebens sich fortsetzen kann, verstehst du, und das ist es, was wir versucht haben, und wie wir es versucht haben, mein Gott, wir haben so schwer gearbeitet und Algerien tatsächlich gesäubert, denn um 1958 war es in Algier wieder ruhig, und wir hätten diesen Zustand halten können, in aller Ruhe, doch die Politik verdirbt den Menschen, Politiker beugen sich niederen Gelüsten wie der Gier, und sie haben uns im Stich gelassen, haben in unserem Namen verzichtet, und wir zogen ab, ich versuchte weiter, da, wo Bedarf bestand, meine Kenntnisse anzuwenden, wie man für Ordnung sorgt, Platz schafft, umgestaltet, wiederherstellt, und so wurden wir schließlich zu Lehrern, doch nicht nur zu Lehrern, sondern zu Arrangeuren, zu Gottes Hand über den Wassern, denn wenn man alt wird, ist es das, was einem bleibt, und uns blieb die Möglichkeit, unseren Ordnungssinn an anderer Stelle zu bewähren, unsere Systeme irgendwo anders auszuprobieren, als Forscher auf dem Orinoko, Livingstone in Afrika, Hatteras am Nordpol, nur um sagen zu können, »Ich bin dagewesen«, um Utopia einen Ort zu geben, und dann findet man auch eine Orientierung, so wie wir Argentinien halfen, seine Orientierung zu finden, diesem wunderschönen Land, das verloren im Meer trieb und in dessen Unordnung wir wieder ein wenig Ordnung bringen wollten, doch wie sollte das möglich sein, wenn die Rebellen bessere Menschen waren als die, die am Ruder standen, Männer, die sich hinter Kostümierungen versteckten, militärischen, religiösen, Männer von minderer Intelligenz wie Casares, du mußt dich an Casares erinnern, der nach billigem Kölnischwasser roch, mit lackglänzenden, zurückgekämmten Haaren, die wie Käferflügel aussahen, Casares, der den Krieg gegen die Aufrührer führte, Casares, der die »uralten Werte der Nation« verteidigte, Casares, der stolz darauf war, daß ihm jemand beibrachte, »wie man mit diesem Abschaum fertig wird«, der sagte: »Wir besitzen die Entschlossenheit, Sie geben uns das Fachwissen«, der sagte: »Wir werden dieses Land in die Knie zwingen« und in seinem Landhaus die Weingläser kreisen ließ, den Geruch des holzkohlengegrillten Fleisches mit dem des Eukalyptus vermischte, der mir einiges erzählte, als wir uns von der Party absetzten, am Haus mit den Bougainvilleen vorbei, die wie ein Kropf an der rosafarbenen Mauer wucherten, entlang am Ententeich ohne Enten, der mit einer samtartigen Schicht aus grünem Schleim bedeckt und mit rissigen spanischen Kacheln umgrenzt war, geziert von gußeisernen Fröschen, die Wasser speien sollten, aber längst verrostet waren, bis zur hinteren Ecke des Grundstücks, wo ein blau und weiß getünchter Turm ins Nichts ragte, und Casares wies stolz auf den Turm, öffnete eine kleine Tür und zeigte mir einen winzigen, fensterlosen Verschlag, der einmal zur Lagerung von Gartenmöbeln gedacht war, und sagte: »Hier habe ich meinen Beitrag für das Wohl des Landes geleistet«, und als ich nachfragte, sagte er: »Hier haben wir sie hergebracht, die Studenten«, er hatte befohlen, daß eine Gruppe verhafteter Studenten zu seinem Haus transportiert und dort verhört wurde, ohne daß es etwas zu ermitteln gab, natürlich, seine Leute hatten die Studenten zufällig aufgegriffen, und sie feierten dort eine Party, schlugen, vergewaltigten, quälten ohne jede Methode, ohne Ziel und Zweck, wie geborene Idioten, die mit jungen Katzen spielen, und sie wären beinahe entdeckt worden, erzählte Casares, seine Frau hatte Schreie gehört und war in den Garten gelaufen, »blöd, wie sie ist, im Nachthemd und barfuß«, sagte er, und er schickte sie zurück, ohne den Versuch einer Erklärung, weil er sowieso nie begriff, was er gerade tat, wenn Casares am Ruder blieb, das erkannte ich jetzt, würden wir scheitern, er würde die kommende Ordnung zerstören, wenn sie denn jemals kam, sein Fleisch anbrennen lassen, seine Aufsichtsbefugnisse überschreiten, den nächtlichen Abtransport der Leichen mit dem Lkw befehlen, wo doch die Hunde der Nachbarn die Spur aufnehmen, verschreckte Rekruten die Sache bezeugen konnten, die Leichen würden auf Müllhalden landen, wo sie von den Möwen gefunden würden, ohne Methode, ohne Verantwortung, ohne Sinn und Verstand, aber uns war klar, daß wir durchhalten mußten, wir mußten Casares und seinesgleichen das Denken beibringen, das zielgerichtete Handeln, obwohl wir von Anfang an wußten, daß wir kaum Aussicht auf Erfolg hatten, wir arbeiteten Hand in Hand mit dem Abfall der Menschheit, wie Christoph Kolumbus, der mit den übelsten Kriminellen als Mannschaft zur Neuen Welt aufbrach, und sie machten ihrerseits die Neue Welt dem Erdboden gleich, warfen Kinder den Hunden zum Fraß vor, vierteilten den Inkaherrscher, vergewaltigten die Frauen, schändeten die Vergangenheit, schnitten die kranken Hirne derjenigen auf, die ihr Heil außerhalb der Ordnung suchten; am Ende waren sie selbst zerrüttet, mußten wie Aussätzige in andere Länder fliehen, ließen sich in diesem Purgatorium nieder, im Seniorenpark des Nordens, um zu lesen, Musik zu hören, Geselligkeit zu pflegen, aufs Meer zu schauen, und mußten nun erneut, aufgescheucht wie ein Kaiser auf der Flucht, eine neue Bleibe suchen, ein neues Arkadien, ich weiß nicht wo, und ich habe es versucht, immer wieder versucht, doch ich brachte es nie fertig, deiner Mutter zu erklären, was ich fühlte, meinen Ekel, meinen Widerwillen, in einem kosmischen Sinn ohne jede Bedeutung, meine Schwäche, wie Livingstones Malaria oder Scotts Wundbrand, daß ich Teile meiner selbst dem dreiköpfigen Hund zum Fraß vorgeworfen hatte, der den Eingang zu einer Welt bewacht, nach der ich mich im stillen sehne, eine Welt so dunkel und still wie Prousts leeres Speisezimmer an einem heißen Sommermorgen, aufgehoben und geborgen in Gottes Hand, wo Verluste nicht mehr zählen und Qualen gestillt werden und die Zeit keine Macht mehr hat und Schlaf wieder möglich wird, und daher lautet meine Frage an dich, meine Ana, ob du, nachdem du all das weißt und die wirst, die du bist, und verstehst, wer ich bin und was ich will – wirst du, meine Tochter, mit mir kommen?

Als die Stimme aussetzte, brachen die Dunkelheit und die Stille mit einer solchen Gewalt über Ana herein, daß sie sich krümmte. Das war der Meeresgrund. Sie war bei den Ertrunkenen. Phosphorn leuchteten die Gesichter am Armaturenbrett

»Antworte mir«, sagte die Stimme.

Und Ana, gehalten vom Gurt, sagte: »Nein.«

Antoine Berence hielt am Straßenrand. Er griff an Ana vorbei und öffnete ihr die Tür. Sorgfältig löste er ihren Gurt und ließ ihn in die Halterung zurückrollen. Er beugte sich hinunter und küßte sie. Er sah zu, wie sie sich in ihre Windjacke wickelte und in die Nacht hinausging. Erneut langte er hinüber und schloß die Tür. Dann, mit einem sanften Schwirren, erzeugt vom Rutschen der Räder im Schlamm, fuhr das Auto an und entfernte sich westwärts ins Dunkle.

Ana hatte keine Vorstellung davon, wo sie sich befand. Sie spürte die Nässe, und ihr war kalt. Sie schaute nach vorn, den schwindenden Rücklichtern nach, dann ging sie los, in den unsichtbaren Regen hinein.

Anmerkungen

Sofern nicht anders angegeben, handelt es sich bei den Worterklärungen um Textstellen aus dem Französischen.

S. 14 *Viens voir* Komm, sieh es dir an.

S. 23 *L'ambulance arrive* Der Krankenwagen kommt.

S. 24 *noyé, noyé, mort noyé* ertrunken, tot

S. 42 *Samuel de Champlain* (1567–1635), Gouverneur von Kanada und Gründer Quebecs

S. 43 *Orangisten* Bezeichnung für die englischsprachigen Protestanten Kanadas

S. 43 *FLQ* Front de Libération du Quebec, Bewegung für die staatliche Unabhängigkeit der frankokanadischen Provinz Québec

S. 30 *esprit de combat* Kampfgeist

S. 31 *La Nouvelle France* Historische Bezeichnung für die französischen Kolonien in Nordamerika. Anfang des 18. Jahrhunderts umfaßten sie ein Gebiet zwischen dem St. Lorenz-Golf bis westlich des Oberen Sees; dazu gehörten auch Neufundland, Akadien, Quebec und das (unerschlossene) Gebiet westlich des Mississippi.

S. 31 *Terre des nos aïeux* Land unserer Ahnen, Verszeile aus der kanadischen Nationalhymne.

S. 48 *Ô Dieu, qu'est-ce que donc que la voix?* O Gott, was ist dann die Stimme? Vers des französischen Dichters Victor Hugo (1802–1885) aus »Les Contemplations«. Im Zusammenhang des Gedichts:

Ein Wort kann dem grausamen Brunnen entsteigen.
Frag nicht danach. Ist der Abgrund der Mund,
O Gott, was ist dann die Stimme?

S. 48 *n'est-ce pas, mon cher* nicht wahr, mein Lieber?

S. 83 *Qué suerte, eh?* (span.) Was für ein Glück, nicht?

S. 83 *Art pompier* Im Franz. Bezeichnung für überladene, schwülstige Kunst, vor allem für Malerei im 19. Jahrhundert, z. B. allegorische und Historienmalerei.

S. 128 *colons* Siedler, Kolonisten

S. 131 *Une parole peut sortir du puits farouche* Ein Wort kann dem grausamen Brunnen entsteigen. S. Anm. zu S. 48

S. 138 *Madame, soyez au rendez-vouz* Madame, seien Sie zur Stelle.

S. 138 *ces arabes* diese Araber

S. 145/146 *Païens ont tort et chrétiens ont droit* Heiden haben unrecht und Christen haben recht.

S. 154 *être français* französisch sein

S. 156, 223 *Tartarin* »Die wundersamen Abenteuer des T. von Tarascon«, humorvoller Roman des franz. Autors Alphonse Daudet (1841–1897) über einen südfranzösischen Aufschneider und Maulhelden.

S. 156, 170 *pied-noir* Bezeichnung für die franz. Kolonisten in Nordafrika, besonders Algerien, wörtlich »Schwarzfüße«

S. 175 *Où suis-je? Qu'ai-je fait? Que dois-je faire encore?* – Wo bin ich? Was habe ich getan? Was soll ich noch tun?

S. 196 *Tout va bien?* Alles in Ordnung?

S. 204 *Trabaje, Hombre, Trabaje!* (span.) Arbeiten Sie, Mann, arbeiten Sie!

S. 204 *Le chant du laboureur* Lied des Pflügers